治療

DIE THERAPIE

瑟巴斯提昂·費策克　張世勝——譯

Sebastian Fitzek

凡我所見所聞，無論有無業務關係，我認爲應守祕密者，將保守祕密，絕不洩漏。

——醫學之父希波克拉底誓言

告訴我你的朋友是誰，我就能告訴你，你自己是誰。

——諺語

序曲

半個小時過去，他知道自己再也看不到女兒了。

之前，她扭開了門，轉身朝他瞥了一眼，便隨著那老人走進房裡。是的，他十二歲的寶貝女兒裘依絲不會從那扇門走出來。這一點他十分確信。以前，當他哄她上床睡覺時，她會對著他笑得一臉天眞爛漫，這種事情以後再也不會有了；當她一睡著，他就關掉床頭櫃上的彩色檯燈，躡手躡腳地離開，這種事情以後再也不會有了；而半夜她時而驚恐的叫聲將他自夢中喚醒，這種事情以後都不會再有了。

這股確定性猛然襲來，像是劇烈的追撞才有的瞬間衝擊力道。

當他想站起來時，身體拂逆他的意志，仍眷戀地留在搖搖晃晃的塑膠椅子上。倘若他的雙腿就這樣摔斷了的話，也絲毫不足爲奇。倘若他能砰地倒下，直接躺在候診間嚴重磨損的鑲木地板上，那就好了，最好就躺在那個身材粗壯、患有牛皮癬的家庭主婦，和放置舊書報的小桌子中間。但是，他並沒有就這樣昏倒，他沒有得到這種寬恕。相反地，他的意識非常清醒。

診治病人的先後順序不是依其到達的時間，而是緊急程度。

免疫過敏專科醫生診療室的白門外層包裹著皮革，掛在上頭的指示牌在他眼前變得一片模糊。格羅克醫師是他們全家人的朋友，也是裘依絲的「第二十二號醫生」。維克托．拉倫茲有一長串的名單，之前已遭淘汰的二十一名醫生都沒能找出什麼來。

一無所知。

一號醫生是位急診醫生，他在耶誕節第二天來到天鵝島區的家族莊園。就在整整十一個月前。起初他們以爲，裘依絲只是因爲過節的乳酪火鍋大餐，而引起腸胃不適。頭一晚她吐了好幾次，然後開始拉肚子。妻子伊莎先通知了私人診所的急診中心，維克托把裘依絲裹在細緻的麻紗睡衣裡，抱她下樓到起居室。直到今天，只要回想起那一幕，他仍能感受到裘依絲纖細的胳膊。她一隻手摟著他的脖子，像在尋求幫助；另一隻緊緊抱著她最心愛的布偶藍貓。就在家屬嚴厲目光的注視下，醫生聽診了小女孩柔窄的胸腔，給她打了點滴，補充電解質，採取順勢療法開了藥。

「小小的腸胃感染，趕上這一波的流行。不用擔心！沒事的。」急診醫生離開的時候這麼說。沒事的。那個男人說謊。

維克托就站在格羅克醫生的看診室前。他想要打開那扇白色厚重的門，卻連把手也按不下去。一開始他還在推測，是過去幾個小時的緊繃與壓力讓他筋疲力盡，雙手無力。然後他才恍然大悟，門是鎖上的。有人從裡面把門給鎖住了。

這是怎麼一回事？

他突然轉過身來，感覺四周彷彿「手翻書」的動畫般，眼前所有景象都與時間分離錯開，然後又猛然一下子全部衝進他的腦袋，包括診所牆上的愛爾蘭風景照、窗臺上蒙上灰塵的塑膠樹、坐在椅子上患有牛皮癬的女人。拉倫茲再次使勁地扯了扯門把，然後拖著身軀穿過候診室的過道。走廊上依然是人滿爲患，漫長的等待讓人絕望，彷彿格羅克是全柏林唯一的醫生似的。

維克托慢慢往前走向櫃檯。一個長了滿臉發紅膿腫青春痘的青少年，正要領取處方箋，維克托粗暴地把他擠到一邊，立即開口與門診助理說話。幾次的看診下來，他已經認識瑪麗亞了，不過半小時前他帶著裘依絲走進診所時，瑪麗亞還沒坐在那裡。他很慶幸，顯然她的代班人去休息了或者分派到其他任務。瑪麗亞二十歲出頭，看上去就像女子足球隊壯碩穩重的守門員。她也有一個小女兒，因此拉倫茲心想，她一定會幫助他的。

「我得趕緊進去找她！」拉倫茲扯開了嗓門，儘管他並無意說得這麼大聲。

「喔，你好，拉倫茲醫師，很高興見到你。」瑪麗亞立刻認出這位精神科名醫。就算他許久沒有出現在這家診所，但是從電視螢幕或雜誌中，仍然可以見到他那張輪廓鮮明的臉。拉倫茲醫師經常上脫口秀節目，很受大眾歡迎。不光是因爲他擁有俊美的外貌、優雅的談吐，他還能將複雜糾結的精神問題，以淺顯易懂的方式解釋給外行人聽。不過他今天開口說的話，卻教人完全摸不著頭緒。

「我得馬上去找我女兒！」

被他擠到一旁的青少年感覺到這個男人有點不對勁，本能地往旁邊讓了一步。瑪麗亞也很困惑，但她仍努力自持，不讓臉上經過訓練的刻板微笑消失不見。

「很抱歉，我不明白你的意思，拉倫茲醫師。」她說道，緊張地用手捏了一下左邊的眉毛。通常那個地方戴著一個穿環，當她激動的時候就會不自覺地拉一下。不過因爲她的老闆格羅克醫生非常保守，所以只要診所裡有病患，她就得將那個銀環取下來。

「裘依絲今天有預約嗎？」

拉倫茲開口，本想要給她一個很不客氣的回答，但他克制住自己，又闔上了嘴巴。裘依絲今天當然有預約，是伊莎打電話約診，由他開車帶裘依絲過來的。就像往常一樣。

「免疫過敏專科醫生是做什麼的，爸爸？」裘依絲在車子裡還這樣問他：「是研究天氣的嗎？」

「不是的，小老鼠。那是氣象學家。」他透過後視鏡觀察她，渴望撫摸她金色的秀髮。在他眼中，她的身體日漸孱羸，弱不禁風，就像一個畫在日本棉紙上的天使。

「免疫過敏專科醫生負責照顧那些不能接觸某些特定物質的人，他們一旦接觸到那些東西就會生病。」

「像我這樣？」

「也許是的。」他當時這麼說。但願是這樣，他當時也這麼想。要眞是這樣，那至少有個診斷了，可以算是個起頭。

裘依絲的病有著無法解釋的症狀，全家人都受到影響。裘依絲已經有半年沒去上學了。在大多數情況下，抽搐來得毫無預兆，無規則可循，她不可能長時間坐在教室裡。也因爲這樣，伊莎只上半天班，她費心爲裘依絲安排私人授課。維克托也關閉了位於黃金路段的診所，好能將每天二十四小時全獻給裘依絲。說得更確切一點，是獻給她的那些醫生。

可是，儘管在過去幾個星期，他們經歷了馬拉松式的尋醫就診，也諮詢過所有的專家權威，依然毫無進展，不知所措。他們全都無法解釋裘依絲爲什麼不時地發燒抽搐，爲什麼一直有感染，爲什麼在深夜流鼻血。有時症狀出現的頻率少一點，甚至完全消失，全家人頓時滿懷希望。但是，經過短暫的停歇後，一切又從頭開始了，大多數情況還發作得更厲害。目前爲止，那些內科醫生、血液學家和神經病學家只能排除是癌症、愛滋病、肝炎以及他們所知道的傳染病。他們甚至還檢查過裘依絲是否得了瘧疾，結果是陰性。

「拉倫茲醫師？」

瑪麗亞的聲音讓拉倫茲彈回現實之中，他才意識到，自己很可能瞠目結舌地瞪著門診助理有好一陣子。

「妳把她怎麼了？」他又找到自己的聲音，而且是越來越大聲。

「你這麼說是什麼意思？」

「裘依絲。妳把她怎麼了？」

拉倫茲開始大聲吼叫，正在候診的病人突然停下了交談。大家的目光都落在瑪麗亞身上，遇到這種情形她簡直不知如何是好。當然，身爲格羅克醫生的門診助理，應付病人不尋常的行爲舉止，通常她還算游刃有餘。畢竟這裡並非什麼要自掏腰包、收費昂貴的私人診所，烏蘭德大街早就不屬於柏林的高尚地區了。附近利岑堡大街上的賣淫者和吸毒者，就經常湧進診所的候診室。要是一個正在戒除毒癮、骨瘦如柴的男妓對著門診助理大聲吼叫，因爲他不想讓醫生治療他的濕疹，只想取得某種藥物以減輕自己的痛楚，那是一點也不會讓人大驚小怪的。

可是今天的情況截然不同。因爲拉倫茲醫師並沒有一身髒兮兮的衣服，也不是爛了窟窿的T恤；他腳上蹬的不是撐大的邋遢運動鞋，臉上也沒有擠滿迸裂化膿的丘疹。完全相反。事實上，「優雅」

這個概念就是爲他而存在的：頎長挺拔的身材、寬大厚實的肩膀、廣而方正的額頭、有稜有角的下巴。他在柏林出生並長大成人，但絕大多數人都以爲他來自漢薩同盟的城市。如果有一點斑白的鬢角和古典的鼻子，也許更增添幾分韻味；儘管他近來蓄長了柚木般的棕色鬈髮，鼻子也不夠筆直，那是一次帆船事故留下的痛苦回憶，這些都無損他的整體形象：深諳處世之道的男人。

維克托・拉倫茲當時四十三歲。別人很難猜出他的年齡，但是人們看得出來，他肯定隨身攜帶繡著名字縮寫的亞麻手絹，口袋裡絕對不會有叮噹響的零錢。他的皮膚有些慘白，因爲他加班過多。也正因爲如此，瑪麗亞才會覺得棘手。沒有人想像得到，一位擁有博士頭銜、穿著量身訂作價值兩千歐元西裝、兢兢業業的精神科醫生會在公共場所大喊大叫。他的嗓音響亮又刺耳，說著一些令人費解的話，還激動地比劃著手勢。正因爲如此，瑪麗亞實在不知道該怎麼辦。

「維克托？」

拉倫茲轉身朝向低沉聲音的來源。格羅克醫師聽見了吵鬧聲，停下正在進行的診療。這個削瘦的老醫生有著淺棕色的頭髮和深陷的眼窩，看起來憂心忡忡。

「這裡怎麼了？」

「裘依絲在哪裡？」維克托沒有回答他的問題，對著他大聲吼叫。格羅克被朋友嚇得倒抽一口氣。他認識這家人將近十年了，從來沒有見過拉倫茲這副模樣。

「維克托？到我的房間去……」

拉倫茲根本沒有在聽他說話，目光從老醫生的肩膀上掠過，掃視他的後方。當他看到診療室的門正好開啓一條縫時，毫不猶豫地衝了過去。他用右腳踹開門，飛速闖了進去，踉踉蹌蹌地撞上一輛放置儀器和藥品的手推車。那個牛皮癬女人上半身一絲不掛地在診療躺椅上，她被這突如其來的狀況嚇得忘記遮掩自己裸露的胸部。

「維克托，你是怎麼了？」格羅克醫師追在後面喊道，拉倫茲旋即跑出了診療室，穿過他身邊奔回走廊。

「裘依絲？」

他往過道後方跑去，撞開每一扇門。

「裘依絲，妳在哪裡？」他驚恐地大叫著。

「我的天啊，維克托！」

年邁的過敏專科醫生使盡全力緊隨在後，但是維克托無視於他的存在，恐懼讓他失去了理智。

「這裡面是什麼？」他打不開候診室左邊的最後一道門，急迫地大喊問道。

「去污劑，裡面只有去污劑。這是我們的儲藏室。」

「打開！」維克托像瘋子一樣使勁搖動門的把手。

「你聽我說啊……」

「打——開——！」

格羅克醫師突然抓住拉倫茲的兩隻胳膊，並將他緊緊扣住。

「安靜一下，維克托！你聽我說。你的女兒不可能在那裡面。清潔工上午把鑰匙拿走了，他明天才會再來。」

拉倫茲沉重地呼吸著，雖然他聽見了這些話，卻沒有聽懂其中的意思。

「這是怎麼回事？」格羅克醫師鬆開了拉倫茲，一隻手攬著他的肩膀。

「你最後看到裘依絲是在什麼時候？」

「半個小時前，就在這間候診室裡，」維克托聽到自己這麼說：「她進去找你了。」

老醫生憂慮地搖了搖頭，轉向跟在後面的瑪麗亞。

「我沒有看到裘依絲，」她對自己的老闆說：「她今天並沒有約診。」

胡說，拉倫茲在腦中大吼著，並用手揉了揉太陽穴。

「伊莎打電話約好看診時間的啊。瑪麗亞當然不可能看到我女兒。當時坐在櫃檯的是代班。一個男的。他說，我們應該先找位子坐下。裘依絲當時是那麼虛弱，非常疲憊。我先把她安頓在候診室裡，然後就到外面去幫她拿一杯水。等我回來的時候，她就……」

「我們沒有代班的，」格羅克打斷了朋友的話，並說：「我們這裡只有女性職員。」

維克托無助地盯著格羅克的臉，試圖理解剛剛傳入耳中的話。

「我今天既沒有幫裘依絲看診，她也沒有到我的診間來。」

拉倫茲覺得醫生的話正在對抗一個非常急迫、嚴重刺激著神經的聲音。他聽到在一定距離之外冒出一道聲音，而且是越來越響亮。

「你們想要我怎麼樣？」他困惑地怒吼：「她明明走進了診療室。你們還叫了她的啊。我就站在她旁邊，聽到櫃檯的男子喚了她的名字。她今天要獨自接受看診。她還徵求我的同意。你們知道嗎，她剛滿十二歲，不久前才開始鎖上衛浴的門。等我回到候診室的時候，我當然以為她已經在裡面了。」

維克托張開嘴巴，突然意識到自己並沒有眞的說出這一番話。他的理智在運轉，但是他顯然沒有能力表達自己的想法。他無助地四下張望，感覺這世界就像慢動作的影片一樣。那個刺激神經的聲音越來越急促了，幾乎掩蓋過四周的噪音。他感覺，所有人都在諄諄勸導著他，包括瑪麗亞、格羅克醫師，甚至還有幾個來就診的病人。

「我已經一年沒有看到裘依絲了。」這是格羅克最後說的話，維克托正好還能清楚聽到這一句。他突然一下子明白了。頃刻之間，他明白發生了什麼事情。可怕的眞相瞬間乍現，非常短暫，就像在寤寐之間、睡醒之前的夢境。而這個眞相又以同樣的速度溜走了。須臾片刻中，他理解了所有的事情。裘依絲的病。她在過去幾個月到底爲何受苦。他突然看清楚發生了什麼事情。她遭遇到什麼。當他明白，她現在也很可能就在他背後朝他走來，他禁不住一陣哽咽。他們會找到他的。早晚會的。這一點他是知道的。然而，這種令人恐懼的認清眞相也是來去匆匆，一去不返，就像匯入河流的一滴小水滴。

維克托用雙手捶打太陽穴。那陣急迫、折磨人的聲音已經逼近身邊了，教人無法承受。就像飽受苦難可憐人的嗚咽，痛徹心扉。許久，等到他再度闔上了嘴，那聲音才終於止息。

1

今天，幾年之後

維克托·拉倫茲從來想像不到會有這角色更換、易地而處的一天。以前，威丁區心身創傷醫院簡樸無華的單人病房中，住的都是他的重症患者；今天，他自己卻躺在這裡的液壓式升降病床上，他的胳膊和雙腿都被人用灰色的彈性帶子固定住。

到現在，還沒有人來探視過他。既沒有朋友，也沒有以前的同事，更別提任何一位親屬了。他只能兩眼盯著褪色的壁紙、油膩膩的褐色窗簾和水漬斑斑的天花板，唯一的調劑就是年輕的主治大夫馬丁·羅特，他每天會來探視兩次。沒有人向精神病院提出過探望維克托的申請，就連伊莎也沒有。從羅特醫師那裡得知這個事實後，對於妻子他也毫無怨尤。在所有那些事情發生之後，還能要求什麼呢？

「我停藥多長時間了？」

他問主治醫生，羅特醫師正在檢查生理食鹽水的點滴，那個裝置就固定在床頭的一個三角金屬架上。「差不多三個星期了，拉倫茲醫師。」

維克托由衷感謝這位醫生，因爲他一直還用他的頭銜稱呼維克托。在他們兩人過去幾天的交談中，羅特醫師總是給予他應有的尊重。

「我從什麼時候開始說話的？」

「九天前。」

「哦。」他稍微停頓了一下。

「那麼我什麼時候可以出院呢？」

維克托看到羅特醫師對於這個玩笑話，露出了尷尬的笑容。他們兩人心裡有數，他永遠也別想出院，至少不會從這種安全級別的醫院出去。

維克托看著自己的手腕，輕輕晃動了那些鎖鏈。看來，院方已經從慘痛經驗中學到教訓了。在他剛被送進來的時候，他們立刻收走他的皮帶和鞋帶，甚至連浴室中的鏡子都卸除了。現在，他每天在監視下去兩趟廁所，他都無從證實，自己看起來是否就像感覺到的那般可憐。以前，大家總是會讚美他的外貌。那時他的肩膀寬厚、頭髮濃密、身體健壯結實，在那個年齡來說他的體型可算是非常完美了。如今，往日的丰采似乎未留下任何蛛絲馬跡。

「羅特醫師，請你說句實話，當你看到我這樣躺在這裡，你有什麼感覺？」

主治醫生仍避免與維克托有任何目光交會，他拿起掛在床腳的記事板。可以看得出他正在思考。同情還是憂慮？

「恐懼。」羅特醫師選擇了說實話。

「因爲，你害怕類似的事情也可能發生在你身上？」

「你覺得這樣自私嗎？」

「不會。你很誠實，我很欣賞。再說，有這種想法也很合情合理，畢竟我們有一些共同點。」

羅特醫師只是點了點頭。

儘管這兩個男人目前的處境天差地別，但過去都循著相似的發展軌跡。兩人是家中備受寵愛的獨生子，在柏林的高雅地區長大成人。拉倫茲來自萬湖區的律師家庭，公司法尤其是家族的專長；羅特醫師的父母居住在威斯騰特區，是專攻手部外科的醫生，對於兒子呵護得無微不至。兩個年輕人都在達勒姆的柏林自由大學攻讀醫學，均選擇精神病學爲專業重點。兩人都從父母那裡繼承了家族別墅和價值不菲的財產，可以衣食無虞地過一生。然而，不知是偶然還是命運讓兩人的生命在這個地方有了交錯。

「是吧，」維克托接著說：「你也看出我們的相似之處。如果你遇到我的情況，你會怎麼反應呢？」

「你的意思是，如果我能找出是誰對我的女兒做了那些事情的話？」

羅特醫師在記事板上寫下今天的紀錄後，第一次直接看著維克托。

「是的。」

「老實說，我不知道自己能不能撐過你所經歷的一切。」

維克托緊張地大笑起來。

「我也沒有撐過來。我已經死了，而且是以你所能想像最殘酷的方式。」

「你能告訴我，這是怎麼發生的嗎？」

羅特醫師坐到床沿上，挨著拉倫茲。

「什麼事情？」維克托反問，儘管他很清楚答案。過去幾天，醫生已多次向他提出這個建議。

「所有的一切，整件事情的始末。你是如何發現裘依絲發生了什麼事，她的病是怎麼一回事。你要不要談一談，從頭到尾。」

「大部分的我都已經告訴你了。」

「是的。但是我對那些細節很感興趣。我想再聽你詳細地講述一遍，特別是最後怎麼會變成那樣的。」

變成了災難。

維克托長長地吐了一口氣，又朝上看著水漬斑斑的天花板。

「你知道嗎，在裘依絲失蹤後的那段時間，我一直在想，沒有什麼比不知情更殘酷的了。四年來，沒有任何下落，音訊全無。有時候我真希望電話響起，有人能通知我們她的屍體在什麼地方。我眞的這麼想，沒有什麼比在未知和確知之間搖擺不定更讓人驚恐。但是，我還是錯了。你知道什麼比這更可怕嗎？」

羅特醫師帶著詢問的眼神看著他。

「眞相，」維克托很快低聲說道：「眞相！我以爲自己在格羅克醫師的診所裡碰到過眞相，就在裘依絲失蹤後沒多久。眞相如此慘不忍睹，我不願意接受它。但是，我還是又撞見了它。這一次我再也沒有辦法逃避，因爲它寸步不離尾隨著我，突然一下子衝到我面前，當著我的面咆哮嘶吼。」

「你的意思是……？」

「就是這個意思，一字不差。我與造成這不幸的人，面對面相視而望，教我如何承受。哦，你也很清楚，我在那座島上做了什麼事，然後它又把我帶到了什麼地方。」

「那座島，」羅特醫師追問道：「帕庫姆島，對嗎？你爲什麼要去那裡呢？」

「身爲精神科醫生，你心知肚明這是個錯誤的問題。」維克托微笑著說：「儘管如此，我嘗試提供一個答案給你：《繽紛週刊》在裘依絲失蹤幾年後，再次邀請我接受專訪。一開始我打算拒絕，伊莎也表示反對。後來我一轉念，心想那些透過傳眞和電子郵件寄來的問題，也許有助於我整理自己的感受，讓我平靜下來。你能懂嗎？」

「於是你就去了那裡，想回答採訪的問題？」

「是的。」

「你一個人去的？」

「伊莎原本想一起去，但是她分不開身，她在紐約有一場重要的公務談判。說實話，我倒很高興自己一個人，希望能在帕庫姆與一切保持必要的距離。」

「有了這種距離你就可以向女兒告別了。」

維克托點頭，儘管羅特醫師這句話並不是一個問題。

「差不多這樣。於是，我帶著狗開車到北海，再從敘爾特搭乘渡輪過去。當時我毫無預感，這趟北海之旅會引發一連串的事情。」

「你能多談談嗎，在帕庫姆到底發生了什麼事？你第一次察覺所有事情都有關聯，又是在什麼時候？」

　　裘依絲無從解釋的病情。她的失蹤。採訪。

「那好吧。」

維克托轉了轉自己的腦袋，聽到頸椎骨發出喀嚓喀嚓的聲音。由於身上鎖鏈的束縛，這是他目前唯一能做的放鬆運動。他深呼吸幾下，緩緩閉上雙眼。像往常一樣，不消片刻，他的思緒飛到過去，回到帕庫姆島上，抵達那棟屋頂鋪著麥稈的海邊度假屋。在那個地方，他原本打算對悲劇發生後四年的生活進行一番梳理；在那個地方，他原本冀望尋求足夠的距離以便重新開始。然而事與願違，恰恰就在那個地方，他失去了所有的一切。

2

帕庫姆，真相大白前五天。

《繽紛週刊》：悲劇發生之後，你是什麼感受？

拉倫茲：我已經死了。雖然我還在呼吸，偶爾吃喝點東西。有時候甚至也能在白天睡上一兩個小時。但是，我已經不存在了。從裘依絲失蹤的那天起，我就死了。

維克托瞪著句尾不停閃爍的游標。他到這島上有七天了。一週以來，他從早到晚都坐在紅木老書桌旁，試著回答採訪的第一個問題。直到今天上午，他終於將五個有關聯的句子敲進筆記型電腦裡。

死了。事實上，沒有更加確切的字眼能夠描述，他在那件事情之後幾天、幾週的狀態。

在那件事情之後。

維克托閉上眼睛。

他想不起來震驚之後頭幾個小時的情況。他既不知道跟誰說過話，也不記得到過什麼地方。就在那場混亂毀滅他的家庭之後，伊莎撐起了重擔，是她爲警方翻遍衣櫃，以確定裘依絲失蹤時的穿著；是她從家庭相簿中挑選出小女孩的照片，好提供給警方發布偵緝令；也是她通知聯絡了所有的親友，那時維克托卻在柏林的大街小巷中盲目地奔竄。他這位據說鼎鼎大名、專業的精神科醫生，在人生的關鍵時刻竟然是一籌莫展，無助得可憐。往後的幾年中，伊莎的表現也比他堅強。三個月之後她便重返職場，擔任企業顧問，維克托則是拋售了診所，從那以後再也沒有診治過任何一位病患。

電腦突然發出一聲響亮的警告，維克托注意到又得充電了。在他抵達的當天，他把書桌從有壁爐的房間移到可眺望大海的景觀窗前，那時他就發現，窗前沒有插座。現在，工作的時候雖然能夠騁目盡覽北海冬日懾人心魄的景色，不過每隔六個小時，就必須把電腦搬到壁爐前的小桌子上充電。維克托迅速存檔，免得資料從此消失不見。

就像裘依絲一樣。

他凝視窗外，目光落在海上彷彿瞥見了靈魂的鏡像，他立刻收束心神。起風了，海風咻咻地掠過麥稈的屋頂，吹起了微微波浪，傾訴著清晰的話語。十一月底了，冬天忙不迭地帶著霜雪與寒冷趕往島上來。

一如死神，維克托心想，他站起身來，把筆記型電腦拿到壁爐前的茶几上，接上充電的電線。

這棟海邊小屋有兩層，建於上個世紀二〇年代初，自從維克托父母過世後，就不曾再請過工匠來整修。幸運的是，島上的村長哈波施特讓屋前的發電機與電力供應正常運作，這樣屋內至少還有燈光與暖氣。但是，畢竟長期無人居住照料，木造老房子的景況已大不如昔。室內外的牆體都亟需重新粉刷一番，地板在多年前就該打磨了，玄關那裡也有一部分等著更換。雙層玻璃的木窗框被暴風雨蹂躪得變形，屋內因而添了些許寒意與濕氣。室內裝潢在八〇年代算得上是豪華，即使今天仍彰顯著拉倫茲家族優裕的生活。但是，那些第凡內燈飾、納帕皮革軟墊家具和柚木櫃，都因爲缺乏細心打理而染上不少綠鏽。它們已經很久沒有拂拭了。

四年零一個月又兩天。

維克托根本不用瞧廚房裡的手撕日曆，他心裡有數。上一回踏上帕庫姆島是很久以前的事了。那時房間的天花板已久未油漆，壁爐腳也因煙燻而一片烏黑。其他的沒什麼兩樣。

包括他的生活。

因爲有裘依絲陪他來這裡，即使在那個十月的最後幾天，病情已將她折磨得虛弱無力。

維克托坐在皮沙發中，將筆記型電腦接上充電器，試著不去回想命運驟變之前的那個週末。然而，徒勞的。

四年。

四十八個月過去了，裘依絲仍下落不明。雖然有幾次大動作的偵緝，也透過媒體向社會大眾尋求協助，電視臺還製作了上下兩集的專題報導，都沒帶來任何有用的線索。儘管如此，伊莎仍拒絕相信唯一的女兒已不在人世。基於這個原因，她反對維克托接受這個採訪。

「不能排除任何的可能性。」在他出發前，她這樣對維克托說。

當時他們站在屋前的礫石引道上，維克托已經把行李塞進黑色的「富豪」廂型車裡。三個行李箱，一個裝著他的衣物，另外兩個裝滿他自女兒失蹤後所蒐集的資料，包括剪報、紀錄，還有他聘請的私家偵探凱·史特曼撰寫的報告。

「沒有什麼東西需要你去處理或結束的，維克托，」她神情堅定地說：「什麼也沒有。因爲我們的女兒還活著。」然而結果就是，她讓他一個人來到帕庫姆，她自己很可能正在紐約中央公園旁的辦公大樓裡忙著開會。這就是她轉移注意力的方式，仰賴工作來麻痺傷痛。

壁爐中一塊燒得火紅的劈柴忽然迸裂，發出一聲巨響，黑色沙發中的維克托嚇了一跳，一陣瑟縮，書桌下打瞌睡的辛巴達也因驚嚇倏地站起身來，心懷不滿地對著火苗打了個哈欠。兩年前，這隻遭人棄養的黃金獵犬出現在萬湖沙灘旁的停車場上，並跑到伊莎跟前。

「妳在想什麼？妳該不會打算以一條野狗來取代裘依絲吧？」當伊莎把黃金獵犬帶回家時，他在門廳對著她如此吼道，聲音之大，讓人在二樓的女管家也匆忙消失在熨衣間裡。

「依你之見，我們該怎麼稱呼這個小畜牲呢？維克托。」

在這種情況下，伊莎一如往常無視於他的挑釁，再次捍衛了北德傳統銀行家族的尊嚴。只不過鐵藍色的眼睛已向維克托洩漏了她那一刻的想法：「要是你當時稍加留意的話，裘依絲現在就能在我們身邊，開心地跟這條狗玩耍了。」

維克托明白伊莎的意思，就算她一個字也沒說。命運真會作弄人，打從第一天起那隻狗就把維克托當作最親近的人。

他站了起來，想去廚房重新泡杯茶。辛巴達拖著身軀跟在他後面挨蹭，希望能再吃一頓午餐。

「別指望這個了，夥計。」維克托正想輕輕拍牠一下，就在這時，他發現黃金獵犬警覺地豎起了耳朵。

「怎麼了？」他朝牠彎下腰去，突然他也聽到了。一種金屬刮磨的刺耳聲音，在他腦海喚醒陳舊的回憶，一時之間他還無法釐清。*那是什麼？*

維克托來到門邊。

就在那裡，又是那聲音，就像有人拿著錢幣刮石頭，又響了一次。

維克托屏住呼吸，然後他想起來了。他聽過這種聲音，當他還是個小男孩時，每次他父親乘帆船出遊回來，他都會聽到這聲音。

那是金屬發出的喀嚓聲，像有一串鑰匙在敲擊陶罐。以前父親若忘了帶鑰匙出門，返家後便在門口的花盆下掏出備用鑰匙，就會發出這種聲響。

難道還有別人？

維克托抽搐了一下。有人在門外，而且知道他父母藏鑰匙的地方。顯然這人意圖闖進屋來。

他的心臟砰砰猛跳。他沿著玄關走過去，透過厚重橡木大門上的貓眼往外窺探。什麼也沒有。他想將門右邊褪色的百頁窗稍微拉起，好從小窗戶往外瞧。但是他改變了想法，又從門上的貓眼向外看了一眼。他驚恐地倒退了一步，脈搏加速，他剛剛眞的看見什麼了嗎？

維克托感覺到手臂冒起了雞皮疙瘩、寒毛豎立，耳朵裡有血液竄流的轟然巨響。他相當確定，毫無疑問。就在一秒鐘的瞬間，他看到一隻人眼，顯然也想從外頭往這棟海邊小屋裡瞧。那是他曾在某個地方見過的眼睛，但他無法確定是誰的。

鎮定，維克托！

他深深吸了口氣，一把拉開了大門。

「幹什麼？」維克托的話停在半空中，他想要大聲斥喝站在門口的陌生人，嚇嚇那傢伙。但是，那裡空無一人。走廊上沒有半個人影，院子門口六公尺的步道上空蕩蕩，在通往漁村、沒有加固的沙灘道路上也不見人跡。維克托步下前院的五層臺階，查看走廊突出部分的下方。他還是個小男孩的時候，老喜歡躲藏在那裡，好讓鄰居家的孩子找不到他。但現在即使夕陽西下，黃昏中仍可看得一清二楚，除了風吹來的一些枯枝落葉以外，那裡什麼東西都沒有，更遑論有什麼人能打攪到他，破壞這一片寧靜。

維克托冷得有點發抖，他一邊沿著臺階往回走，一邊搓揉雙手。一陣風幾乎把淺棕色的橡木門給關上了，維克托費勁頂著風推開了門。就在打開門的那一刻，他突然停下動作。

那個聲音，又來了。聽起來不那麼像金屬，更加響亮些。無論如何，它又來了，這次不是從外面傳來，而是從客廳。

不管這個企圖引人注意的傢伙是誰，他現在並非站在門外，他就在這屋子裡面。

3

維克托一邊躡手躡腳地往壁爐所在的房間走去，一邊尋找合適的工具，以備自我防衛之需。遇上這種情況，辛巴達絲毫幫不上什麼忙。這隻黃金獵犬對人類太友善了，就算有小偷登堂入室，牠大概也只會邀請對方一同戲耍，而不會盡其本能地追捕入侵者。就像這一刻，那隻狗甚至更加懶散，毫不在意莫名的干擾。當主人在屋外四下查看的時候，牠已經無精打采地回到客廳了。

「是誰在那裡？」

沒有回答。

維克托想到，自一九六四年以來這座島上就不曾發生犯罪情事，當時那件有案可查的事件也不過是無關緊要的酒館鬥毆罷了。然而，這些事實現在都不能給他帶來什麼安慰。

「有人在那裡嗎？」

他屏氣凝神，小心翼翼沿著通道走向壁爐。他已盡量舉步輕盈，但他每挪動一步，那老舊的鑲木地板便嘎吱作響，而腳下的皮質鞋底也像平常一般鏗鏘。

*爲什麼我在大聲講話的同時還要躡手躡腳呢？*他不禁自問。眼看他的手就要碰到客廳門的把手，那扇門突然從裡面給拉開了。維克托嚇得幾乎癱瘓，根本忘了要喊叫。

當他看見她的時候，他不知道自己應該鬆口氣還是要大發雷霆。讓他略感安心的是，這個闖入者是個漂亮、嬌小的女人，而不是什麼善於打鬥的彪形大漢。他畢竟感到氣憤，因爲這個女人居然在光天化日之下非法進入他人宅邸。

「妳是怎麼進來的？」他大聲問道。金髮女人正站在客廳和過道之間的門檻上，既沒有尷尬退卻，也無不知所措的神色。

「我敲過通往沙灘的門，它剛好是開著的。如果打擾到你，我很抱歉。」

「打擾？」

維克托從驚恐中回過神來，開始斥責這名陌生女子以鬆弛原先緊繃的神經。

「哦，沒有打擾，妳只是快把我嚇死了！」

「我很抱……」

「而且妳還撒謊。」維克托打斷了她的話，並從她身邊繞進客廳。

「從我來到這裡之後，還沒有打開過後門。」

雖然我也沒有檢查過後門，但是這一點妳並不需要知道。維克托一邊這麼想著，一邊站在書桌前，仔細打量這名不速之客。她身上有些什麼讓他覺得很熟悉，儘管他很確定之前從來不曾見過面。她大約一六五公分，金髮齊肩長，隨性地紮成馬尾，身材出奇地瘦。儘管如此，卻非中性化，衣著下清晰可見凹凸有致的臀部和勻稱的胸型。她的皮膚略顯蒼白，牙齒白皙，看起來倒像是一位模特兒，只是不夠高䠷。否則維克托很可能會認爲她在島上迷了路，想要問他怎麼前往海灘，她正在拍攝一支電視廣告。

「我沒有撒謊，拉倫茲醫師。我這輩子從來沒說過謊話，也不會在你的屋子裡開始說謊。」

維克托用手梳過頭髮，整理了一下自己的想法。這個情形太荒謬了。一個女人闖入他的房子，把他嚇得魂飛魄散，然後還要跟他來上一場關於謊言的辯論；他簡直不敢相信這樣的事情。

「我不管妳是誰，妳給我聽好：我要求妳立刻、馬上離開我的房子！我的意思是……」

維克托再次打量起這個陌生女人。

「……妳到底是何方神聖啊？」

他發現自己看不出她的年齡，她顯得很年輕，一張無可挑剔的臉，大約二十五、六歲吧，但是，她的衣著打扮更適合熟女。

她身穿一件及膝的黑色喀什米爾大衣，裡面是粉紅色的香奈兒套裝，還有黑色的皮手套、名牌皮包，尤其是她用的香水更讓人認為她跟伊莎的年紀相仿。此外，她的遣詞用字也證明她至少有三十歲。

她肯定是耳聾了，維克托想。因為她根本不為他的話所動，依然佇立門邊，不發一語地從那裡端量著他。

「好吧，也無所謂。妳把我嚇了一大跳，現在我請妳從前門出去，然後不要再踏進這屋子。我在這裡工作，不想有任何干擾。」

那個女人快速朝他走了兩步，維克托踉蹌往後退。

「難道你一點也不好奇我的來意嗎，拉倫茲醫師？你要攆我走，不問我為什麼來這裡嗎？」

「是的。」

「你不想知道，一個女人獨自來到這偏僻的小島要找什麼嗎？」

「不想。」

還是想知道呢？

維克托注意到，一個他自以爲早就失去了的聲音在他內心悄然出現。好奇心在作祟。

「你也不在乎，我怎麼知道你在這裡的嗎？」

「對。」

「我不相信，拉倫茲醫師。請你信任我，我要說的事情，你會感興趣的。」

「信任？我該信任一個擅自闖入我家的人？」

「不。請聽我說，我的病例……」

「我不在乎妳的病例，」拉倫茲粗暴地打斷了她的話，並說：「如果妳知道我的遭遇，那麼妳就該明白，來這裡打擾我簡直是無恥行徑。」

「我並不知道你發生了什麼事，拉倫茲醫師。」

「什麼？」維克托已渾然不知自己爲何如此驚訝，是因爲他居然在跟一個陌生人進行討論，還是她的話聽起來竟如此眞誠。

「過去四年妳沒看報紙？」

「沒。」她回答得很簡潔。

維克托感到越來越迷惘。同時，他對這位怪異美女的好奇心也在悄悄滋長。「哦，不管怎麼說。我不再開業行醫，兩年前我就把診所賣掉了……」

「……賣給范・德盧森教授。這我知道，我去過他那裡，是他讓我來找你的。」

「他怎麼能這樣？」維克托訝異不已。現在，他的好奇心更加強烈了。

「哦，不是他直接教我來找你。范・德盧森教授只是說，如果你能接手我的案例，情況可能會有轉機。實話說，這也是我的願望。」

維克托搖了搖頭。難道他年事已高的導師，眞的把自己在這座島上的地址給了一個新病人？他無法相信。再說范・德盧森知道他已無法行醫，在帕庫姆島上更不可能。算了，這件事以後再搞清楚吧，當務之急是先擺脫眼前這個人，好恢復平靜。

「我必須再次申明，請妳盡快離開這裡。妳只是在浪費時間而已。」

沒有任何反應。

維克托覺得原本的恐懼逐漸化爲疲憊。他有一種不祥的預感，眼下的情況正是他最擔心的：在這裡也無法找回自己，即使到了帕庫姆仍不得安寧，不管是生是死，那些幽靈都不會放過他。

「拉倫茲醫師。我知道你在這裡絕對不想受到任何打擾。今早，我搭一位哈爾施姆先生開的船過來，在我踏上這座島之前，他還向我提起你。」

「哈波施特，」維克托糾正了她的錯誤：「他是這裡的村長。」

「是的，島上最重要的人物，除了醫生你之外。他也讓我明白了這一點，我會聽從他的建議，『盡快滾離帕庫姆』，只要你讓我把話說完。」

「他是這麼說的？」

「是的。但是，只要你給我五分鐘的時間，然後親口對我說那句話，我就離開。」

「說什麼話？」

「你不想爲我進行治療。」

「我沒有時間，」他的語氣並不令人信服：「請便吧。」

「好的，我會走。我答應你，但是先讓我講一個故事，我自己的故事。請相信我，只花你五分鐘，你不會後悔浪費時間的。」

維克托略爲躊躇，好奇心戰勝了心中其他的情緒，反正他的寧靜已被翻攪得一團亂，而且他實在沒有力氣繼續爭辯。

「我不會咬人的，拉倫茲醫師。」她對他微笑。

她又向他走近了一步，木質地板在她腳下咯咯響。現在他已經聞到她那昂貴的香水了。鴉片。

「只有五分鐘？」

「說到做到。」

他聳了聳肩。經過這番拉鋸，多幾分鐘或少幾分鐘已無關緊要了。況且，如果他現在眞的把她攆出去，她恐怕也會在門外繼續徘徊，他顧不得那麼多了。

「那好吧。」

他示威性地看了看手錶。

「五分鐘。」

4

維克托走向壁爐，上面放著一個小暖爐與一只邁森瓷廠出產的舊式茶壺。他發現她的目光正仔細地觀察著自己，於是挺直了腰背，強迫自己打起精神來，別忘了得體的舉止。

「喝點茶嗎？我剛才正在泡茶。」

那個女人微笑地搖了搖頭。

「不用了，謝謝。我得把握寶貴的時間。」

「好吧，那至少脫下大衣，請坐。」

他把單人沙發上的一疊舊報紙拿開，那張沙發是整套家具的一部分。多年前，他父親就這麼擺放著，讓家人只要拿起一本書窩進沙發中，便能瞧見壁爐裡跳動的火苗，還有窗外遼闊的大海。

維克托在書桌旁坐下，打量這個美麗的陌生女人。她也坐下了，卻沒有脫下喀什米爾大衣。有那麼一瞬間，空氣中凝聚著尷尬的沉默，耳邊可清楚聽見一排大浪拍打上海灘，然後又嘶嘶地退去。

維克托再次看了看手錶。

「那就開始吧，……嗯……尊姓大名？」

「安娜．施皮戈爾，我是個作家。」

「我應該認識妳嗎？」

「前提是你的年齡介於六到十三歲之間，並且喜歡閱讀童書。你有小孩嗎？」

「有。我是說……」那種痛苦來得短暫而劇烈，一如他的回答。他看到她的目光在壁爐上方蒐尋全家福的照片，爲了避免不必要的解釋，他趕緊扯開話題，另行提問。

她好多年都沒有看過報紙。

「妳說話沒什麼口音，哪裡人？」

「柏林，算是土生土長的柏林人。不過我的童書主要在國外受到歡迎，特別是日本。但是，那已經是過去的事了。」

「爲什麼？」

「因爲我有好幾年沒出新書了。」

不知不覺中，他們的談話變成典型的一問一答，就像以前他與病人交談時所遵循的模式。

「有多長時間沒出書了？」

「差不多五年。上一本寫的也是童書，我原以爲那會是我最好的作品，每寫下一行我都能強烈感覺到這一點，但是完成前面兩章之後就無以爲繼。」

「爲什麼？」

「因爲我的健康狀況突然惡化，住進了醫院。」

「是什麼原因？」

「我想，公園醫院的人到今天也還不清楚原因吧。」

「公園醫院？在達勒姆？」維克托驚奇地盯著她。他沒有預料到談話中會有這個轉折。一方面，他現在可以確定，如果她能夠負擔得起那裡的昂貴費用，她一定是個非常成功的作家；另一方面，她眞的有很嚴重的問題，因為那家私人醫院並不治療酗酒或吸毒成癮這類的名人病症，而是最棘手的精神問題。在他自己崩潰之前，他還去過那家醫院好幾次並擔任外聘專家。在他看來，這所機構名不虛傳，擁有全國首屈一指的專家和相當先進的診療技術，在很多病例上都取得了開創性的成就。但是，他還未曾遇到過哪個病人離開那家醫院後，能有安娜·施皮戈爾這樣的精神狀態，現在她非常清醒地端坐在他的房子裡。

「在那裡妳住院多久？」

「四十七個月。」

這下子維克托完全無話可說。這麼久？要麼她在撒漫天大謊，要麼她是眞的「病入膏肓」，也有可能二者兼而有之。

「他們把我關了將近四年，一直讓我猛吞藥物，有段時間我既不知道自己是誰，也渾然不知身在何方。」

「診斷結果是什麼？」

「這是你的專長，拉倫茲醫師。為此我來到這裡，我患有精神分裂症。」

維克托靠回椅背上，她的話他聽得一清二楚。在精神分裂症這個領域他確實是個專家，至少以前曾經是。

「妳是怎麼被送進醫院去的？」

「我打了一通電話給瑪爾丘斯。」

「妳自己請院長收妳入院？」

「是的，當然了。那家醫院名聲很好，而我也不認識有誰能幫助我，直到前一陣子才有人向我推薦你。」

「妳從誰那裡聽到我的名字？」

「從公園醫院一位年輕醫生那裡。他先讓我停了藥，好使我能夠清楚思考。也是他告訴我，你是治療我這種病例的最佳人選。」

「他們給妳服了什麼藥？」

「什麼都有，安神寶錠、氟斯必靈，最多的是福祿安錠。」

傳統的精神疾病用藥，遇到各種情況都不會是錯誤的治療方法。維克托這麼想。

「有作用嗎？」

「沒有，從入院那天起，症狀就越來越嚴重。在停藥之後，我又花了幾星期的時間才恢復健康。我想，這就充分證明了，藥物治療並不適用於我這種特殊形式的精神分裂症。」

「妳的精神分裂症有什麼特殊之處，施皮戈爾女士？」

「我是個作家。」

「是的，這點妳已經提過了。」

「我試著以實例來說明。」安娜第一次不再直接朝他看，而是將眼神定在他身後某個想像出來的焦點上。以前在腓特烈大街的診所裡，維克托並沒有運用弗洛依德式的沙發，而是與患者進行面對面的交談。所以，他經常可以觀察到這種行爲模式，只要患者處於極度緊張的情緒中，且必須詳細描述一件意義重大的事情時，他們往往會躲避他的目光，在撒謊的時候也會這樣。

「我十三歲時，第一次嘗試創作，我寫了一篇短篇小說，參加市政府的中學生創作比賽。當時擬訂的題目爲『生命的意義』，描述幾個年輕人進行科學實驗的故事。我才剛把文稿交出去，第二天就發生事情了。」

「什麼事？」

「當時我最要好的朋友在四季酒店的宴會廳中，慶祝她的十四歲生日，席中我想去趟洗手間，正當我穿越酒店大廳時，她突然出現在那裡，就站在櫃檯旁邊。」

「誰？」

「尤莉亞。」

「尤莉亞是誰？」

「就是她，尤莉亞。我那則短篇小說中的人物，在開場時扮演著重要角色。」

「妳是說妳看到一個女人，她跟妳作品中的某個人物很相像？」

「不，」安娜搖了搖頭，接著說：「不是很像，她完完全全就是那個女人。」

「妳是怎麼認出她的？」

「因爲那個女人一字不差地說出了，我讓她在第一個場景中所說的話。」

「什麼？」

安娜的聲音變低了，她重新直直地看著維克托的眼睛。

「尤莉亞彎身越過櫃檯，對接待人員說：『嘿，小傢伙，要是我對你好點，你會不會給我一個好房間？』」

維克托承受住她那挑釁的目光。

「妳有沒有想過，那可能只是一種巧合呢？」

「想過，我眞的想了很長時間。非常長的時間。只是，我很難相信那是一個巧合；因爲尤莉亞接著恰好做了我在小說中描述的事情。」

「什麼事？」

「她將一把手槍塞進自己嘴裡，一槍轟出了自己的腦漿。」

維克托吃驚地看著她。

「這是……？」

「……一個玩笑？可惜不是。櫃檯前的女人只是夢魘的開始，將近二十年來我一直受困於噩夢中。有時候嚴重點，有時候輕微點，拉倫茲醫師，我是個作家，這對我簡直就是詛咒。」

維克托幾乎可以隨著她的話牽動嘴脣，他非常確定她接下來要說些什麼。

「從這個短篇小說開始，原本在我腦海中的人物最後全都變成了眞實的人。我可以看到他們，觀察他們，有時候甚至還可以跟他們交談。我把他們想像出來，沒多久他們就出現在我的生活中。這就是我的病情，拉倫茲醫師。這就是我的問題，我那所謂的精神分裂症的特殊之處。」

安娜向前探了探身子。

「所以我來這裡找你。這麼說……」

維克托看著她，一時之間什麼也沒說。

他腦海中同時有太多的想法、太多的情緒在相互對抗。

「這麼說，拉倫茲醫師？」

「怎麼說？」

「你感興趣了嗎？你會爲我進行治療嗎？現在我可都來到你這裡了。」

維克托看了看自己的手錶，五分鐘已經過了。

5

維克托後來回想起這一幕，不禁自責，假如初見面時他能聽得再仔細一點，並正確理解那些跡象的話，那麼他早該發現哪裡不對勁了，而且是非常地不對勁。但是，果眞如此，災難很可能會提早降臨。

不管怎麼說，安娜的目的達到了。她闖進他的房子，突襲他，教他措手不及，無從招架。她的故事也確實吸引了他。這名女子如此不尋常，讓他在那五分鐘裡既沒有想到自己，也忘了本身的問題。但是，儘管他很欣喜這種幾乎拋開煩憂的狀態，他仍然不想爲她進行治療。在經過短暫而明確的討論後，安娜心不甘情不願地答應，第二天一早就搭乘下一班渡輪離開這座島，再去向范．德盧森教授諮詢。

「我有我的理由，」當她問及爲什麼不能留在島上的時候，他簡短地回答：「其中一個原因就是，我已有四年多沒行醫了。」

「但是，你並不會因此喪失醫生具備的能力啊。」

「這不是能力的問題……。」

「也就是說，你不願意……」

是的，維克托想著，有個什麼東西阻止他對這女人提起裘依絲的事情。如果她在住院期間眞的沒有聽過維克托的悲劇，那麼現在他也不想親自改變這狀況。

「我想，在妳這個複雜的病例中，如果沒有準備妥當就貿然開始，是非常不負責任的，況且這裡也不是正規的診所。」

「準備？拉倫茲醫師，這可是你的專長啊。如果有人要我到你在腓特烈大街的診所就診，首先你會問我什麼？」

面對這愚蠢的企圖，維克托報以微笑，她想要讓他上當。

「如果是那樣的話，我會問，妳這輩子第一次產生幻覺是在什麼時候？可是……」

「在剛才提到的四季酒店更早以前，」她打斷了他的話：「但是在那裡，我的精神分裂症才發作得如此……」

她在尋找貼切的字眼。

「……如此眞實，如此清晰。在此之前，我從未有過這般鮮明的感受。當時我看到那個女人，也聽到槍聲，看到她的腦漿飛濺在櫃檯前。而且，這是第一次牽涉到我創造出來的故事人物。當然跟大多數精神分裂症患者一樣，在我身上也出現了一些徵兆。」

「什麼徵兆？」

維克托決定再給她最後五分鐘，然後下逐客令，請她離開這房子。

永遠離開。

「哦，我應該從哪裡開始呢？我想，我的病史可以回溯到童年。」

他等著，等她自己往下說，並啜飲一口已經冷了、變得苦澀的阿薩姆茶。

「我父親是職業軍人，是個美國兵。戰後他留在柏林，並於美軍廣播網擔任電臺主持人。當時他小有名氣，還是個情場高手。他在美軍俱樂部勾引過眾多的金髮女郎，其中一個名叫蘿拉的懷孕了，她是柏林當地人，也就是我母親。」

「你提起父親的時候用的是過去式？」

「我八歲的時候，他在一場悲慘的事故中去世了。瑪爾丘斯教授認爲那是我生命中第一個帶來心理創傷的經歷。」

「發生了什麼事？」

「當時他在軍中醫院接受盲腸手術，結果因處理不當導致血栓，意外喪命。」

「我很遺憾。」維克托對於無能醫生造成的疏失總是義憤塡膺，這種不幸加諸病人及其家屬極大的傷害。

「妳是如何面對失去父親的打擊？」

「難以承受。當時我們住在美軍營區附近並排房子中一棟邊間的屋子，在後院養了一條混種小狗，喚作特里，牠是自己跑來的。不過，因爲我父親很討厭那條狗，所以大部分時間牠都拴著一條短鍊，不能進屋。當我母親告訴我爸爸死了之後，沒多久我走出屋子，並開始揍那條狗。我拿起爸爸的棒球棒，是那種鐵心的重棒。由於鍊子很短，特里無處躲避，更別說逃跑了。打了幾下之後，牠的腿斷了，蜷縮成一團。我仍繼續揮棒，一個八歲大的小女孩，卻有著瘋子般的憤怒和力氣。不知道有多久，可能是在打了十幾下之後，特里的背脊斷了，動彈不得。牠痛苦地大聲哀嚎，叫得很淒厲，但是我仍然繼續，最後牠嘴裡淌出鮮血，成了地上的一攤肉，顯然我已把牠活活打死了。」

維克托試著掩藏自己厭惡的眼神，平靜地問道：「妳爲什麼那麼做？」

「除了父親，特里就是我生活中最心愛的。當時我滿腦子孩童的瘋狂想法：我的最愛已被奪走，那麼第二心愛的事物也沒有存在的理由。我當時非常憤怒，因爲特里還活著，而我父親卻死了。」

「這是一種可怕的經歷。」

「沒錯，的確是這樣。但是它的駭人之處你仍一無所知。」

「妳的意思是？」

「你還不了解整個故事，拉倫茲醫師。這個經歷中眞正可怕的不是我父親的過世，也不是我把一條無辜的小狗殘酷地凌虐至死。」

「那是什麼？」

「對我來說，眞正令人驚恐的是，事實上我家根本就沒有那條狗，特里從來就不曾存在過。是有一隻貓跑到我家，但沒有狗。然而，直到今天特里那飽受虐待的弱小身軀，還如夢魘般折磨著我，現在我終於認清，這個可怕的經歷源自於我病態的想像。」

「妳是什麼時候認清這一點的？」

「哦，花了很長的時間。到了我第一次進行心理治療的時候才談起它，那時我大約十八、十九歲。之前我完全無法開口，也不信任別人，有誰願意懺悔說自己是個虐待動物的人呢，更別說還要坦承自己是個瘋子了。」

維克托失神地撫摸著辛巴達，牠仍在腳邊靜靜地打著盹，對這場非同尋常的談話根本不在意。十多年來，這個可憐的女孩背負著強烈的罪惡感，這大概就是精神分裂症最殘酷的桎梏了。大多數的假像都只有一個目的：暗示患者他是一個沒用、惡毒、不值得活著的人。很多情況下，那些可憐的靈魂就俯首聽命於自己想像出來的虐待者。

維克托瞄了一眼手錶，才發現已經很晚了，他感到有些意外。看來今天他是無法繼續週刊的採訪了。

「好吧，施皮戈爾女士。」

他站了起來，示意談話已經結束了。當他朝安娜走近一步時，忽然覺得一陣暈眩。

「我已再三向妳表明，我無法在這裡爲妳進行治療。」他繼續說著，希望自己在往外走的路上不要搖晃。

安娜不動聲色地看著他，然後也站了起來。

「當然，」很奇怪的是，她居然輕快地說道：「無論如何，我還是很高興，因爲你傾聽了我的敘述，現在我就遵從你的建議。」

她往門口走去，那模樣喚起維克托腦海中模糊的回憶，但它倏忽而來，同樣也倏忽而去。

「醫師，你不舒服嗎？」

顯然她注意到他輕微的平衡問題，他很生氣。

「沒有，沒有，一切都很好。」

奇怪。維克托覺得，剛才彷彿坐了一段時間的船，雙腳正要踏上陸地。

「妳在島上住哪裡？」他問她，想把注意力轉移到另一個話題上。兩個人往玄關走，維克托爲她打開通往過道的門。

「錨莊。」

他點了點頭。還能住哪兒呢？旅遊旺季以外的時間，只有這家旅店還備有客房。老闆娘是島上公認的大好人，三年前她丈夫在漁船上出了事，不幸過世。

「你眞的沒問題嗎？」她繼續追問。

「好得很，好得很。不過是太快站起來了，偶爾會這樣。」他撒了個謊，只希望不是感冒前兆。

「好吧，」她放心地接著說：「那麼我現在就回去了。明天早上要搭乘渡輪的話，還得收拾行李呢。」

維克托聽到這番話很安心。她最好盡快從島上消失，他就能不再受到打擾，終於可以好好靜一靜。

他與她握了握手，她迅速而不拘禮節地告別了。

人總是要等到事後才變得聰明。如果維克托在第一次談話中能聽得再仔細一點，那麼他就會注意到話裡隱藏的危險訊號。但是他那麼輕率，就讓安娜走了，連看都沒有再看她一眼。她肯定知道會這樣。當身後的門一關上，她絲毫未掩飾自己的眞實意圖，目標明確地朝北走去。

那是往錨莊相反的方向。

6

安娜前腳才離開，維克托又被敲門聲給打擾了，是哈波施特，島上的村長。

「謝謝你替我修好發電機，」維克托歡迎他的到來，握住老人的手並說：「我到的時候，這裡非常溫暖。」

「很樂意的，醫師。」哈波施特簡短地回應了一句，奇怪的是，他很快就把手抽回去。

「怎麼了？快變天了，這時候你還出門到我這裡來？郵件明天才會到吧。」

「是的，沒錯。」哈波施特左手拿著一塊浮木，把黑色橡膠靴底凹槽裡的沙子敲出來，「我不是來送郵件的。」

「嗯，」維克托指了指門，「不進來嗎？看起來馬上就要下雨了。」

「不了，謝謝。不想打攪太久，只是有一個問題。」

「哦？」

「那個女人，剛才在這裡的那個，她是誰？」

維克托沒想到他會這麼直接。通常情況下，哈波施特都很有禮貌，很客氣，一向不過問島上居民的私事。

「這實在不關我的事，但是如果我是你的話，我會小心點的。」哈波施特稍稍停頓一下，把口嚼菸草吐到走廊欄杆外的沙路上，「非常小心！」

維克托瞇起雙眼，彷彿有刺眼的陽光直接照到臉上，他打量著村長。這些話的口氣和內容聽起來頗令人不悅。

「我能了解一下，這麼說是想暗示我什麼嗎？」

「我什麼也不想暗示，我只想明白地說。那個女人來路不明，不太對勁。」

維克托理解一般人對精神病患者的疑慮，他只是很奇怪哈波施特這麼快就看出安娜有病。

但是，我也不健康啊。不再是健康的了。

「別擔心那位女士……」他表示。

「我才不管她呢！我只是擔心你會出什麼事。」

突然，之前的狀態消失了，因安娜的闖入和她那令人毛骨悚然的故事，所帶來思緒停頓的狀態驀然結束了。裘依絲。在維克托的腦海中有上百萬種可能的衝擊，會如反射動作般引發他對女兒的回憶。村長語帶威脅的聲音就是其中之一。

「這麼說是什麼意思呢？」

「我怎麼說的，就是什麼意思。我認爲你身處危險之中。我在這座島上生活了四十二個年頭，看到很多人來來去去。有些人是受歡迎的旅客，是善良的人，我們希望他們多停留一些時間，就像你，醫師。而另外一些人呢，打從一開始我就知道他們會帶來麻煩。說不上什麼原因，應該就是第六感吧。不管怎麼樣，我第一眼看到那個女人的時候，就有這種感覺。」

「你能解釋一下嗎？她到底對你說了什麼，害你這麼不安？」

「她什麼也沒說。我根本就沒有跟她說過話，只是從遠處觀察她，然後尾隨她到你這裡來了。」

奇怪，維克托心裡想。安娜之前說的是截然不同的版本。可是，她爲什麼要捏造與哈波施特的談話呢？

「奈克也說了，她的行爲引人側目，兩個小時前她出現在他的雜貨舖。」

「怎麼個引人側目呢？」維克托探問。

「她在找槍械。」

「什麼？」

「眞的。開始的時候她想要大魚叉或者曳光槍，後來她買了一把切肉刀和幾尺的釣魚線。自然有人會想，這個女人到底要幹什麼？」

「我也不知道。」維克托失神地說。他確實不知道，一個心理異常的女人拿著把利刃在這座和平的島上想做什麼？

「嗯，」哈波施特拉起黑色羽絨外套的帽子，蓋過頭頂，「我得走了。抱歉，打擾了。」

「沒關係。」

哈波施特跑下走廊的臺階，在柵欄小門那裡又轉過身來。

「還有，醫師。我一直想對你說，我感到很遺憾。」

維克托默默地點點頭。都四年過去了，已毋須解釋同情的理由，一切盡在不言中。

「待在島上對你有幫助的，也因此我才走這一趟。」

「你的意思是？」

「我眞的很高興，知道你搭乘渡輪來到島上，我看著你上岸，眞心希望你能好好休養，早日康復，可是……」

「可是什麼?」

「你的臉色比一週前更加蒼白了,有什麼原因嗎?」

有的,一個噩夢,它就叫做「我的人生」,但在這裡似乎仍未得到改善,維克托心想。但是,他沒有說出心裡的想法,只是搖了搖頭,忽然又是一陣天旋地轉。

哈波施特從外面關上前院的小門,目光嚴肅地瞧著他。

「請別介意,也許是我看錯了。可是,無論如何關於那個女人的事,請記住我說的話。」

維克托只是點了點頭。

「我是認真的,醫師。這段時間請好好照顧自己,我才能放心。」

「我會的。謝謝!」

維克托關上大門,透過貓眼望向哈波施特的背影,直到他自狹隘的視線中消失。

這是怎麼回事?他想,這一切是什麼意思呢?

再過四天,就眞相大白了。遺憾的是,到那時,對他來說一切都太晚了。

7

帕庫姆，真相大白前四天

《繽紛週刊》：你還抱著希望嗎？

對維克托來說，第二個問題是最糟的。在一個失眠之夜和一頓索然無味的早餐之後，從早上十點起他就呆坐電腦前。不過，今天他有一個好藉口，所以過了半個小時螢幕還是一片空白。現在已毋庸懷疑，在他身上確實出現了感冒徵兆。昨天那種暈眩感雖然消失，但一早醒來，取而代之的是輕微的吞咽困難和鼻塞。儘管如此，他仍掛念昨天失去的時間，一心想要彌補回來。

希望？

他最想用這樣的反問來回答：

希望什麼呢？希望裘依絲仍活著，還是希望發現她的屍體？

一股強風吹來，木框窗戶顫動起來。維克托隱約想起之前發布的暴風雨警報。根據昨天的氣象預報，颶風「安東」的外圍將在今天下午觸及小島。現在海面上已形成一堵灰色的雨牆，陣陣強風將第一波雨水吹打在海岸上。一夜之間氣溫驟降，壁爐中的火也不再只是爲了視覺美感燃燒著，而是要支援發電機燃油取暖設備的不足。漁民和渡輪的船員都嚴肅看待海岸監測站的警戒信號。維克托從書桌望向窗外，越來越高的海浪上幾乎看不到一條船了。

希望

維克托在鍵盤上方將雙手握拳，然後又伸展開手指，沒有碰到鍵盤上的字母。當他第一次讀到這個問題的時候，腦子裡彷彿有一道堤壩炸了開來。第一個慢慢形成的念頭，是關於他父親最後的那些日子。古斯塔夫．拉倫茲在七十四歲那年罹患淋巴癌，只有不停地服用嗎啡，才能忍受持續的疼痛。但是，在最後階段，就連強效藥錠也無法抵擋痛楚。「就像一座彌漫著濃霧的鐘……」，父親當時這樣向兒子描述那種悶聲悶氣的偏頭痛，侵略性的痛楚只能藉由每隔兩個小時的服藥，來減緩到勉強可以承受的地步。

就像一座彌漫著濃霧的鐘，我把自己的希望埋藏在那裡面。父親的症狀似乎也找上了我，就像傳染病一樣。只是癌細胞侵襲的不是我的淋巴系統，而是我的理智；腫瘤借助於我的情緒迅速轉移擴散。

維克托做了一個深呼吸，終於開始寫。

是的，他那時仍抱著希望，希望有一天他的女管家通報他有一位客人，不願到起居室坐，堅持在玄關等著。他希望這個雙手拿著制服帽的人，能夠一言不發地看著他的眼睛。好久之後，員警才終於吐出一句話：「我很遺憾。」這就是他當時的希望。

但是，伊莎每晚都在祈禱相反的事情。他很確信這一點，但他並不清楚，她是從哪裡獲得力量。在她內心深處藏著一個幻想，有一天她像往常一樣回到家，在大門口看見裘依絲的自行車翻倒在地。在她將車子扶起來推進車庫之前，裘依絲會帶著爽朗的笑聲從湖邊跑來，她上氣不接下氣，與爸爸大手牽著小手。她很健康，非常開心。「中午有什麼好吃的？」還在老遠的地方她就大聲問著。所有的一切都跟過去一樣。如果有朝一日幻想成眞，伊莎也毫不驚訝。她不會追問裘依絲過去這些年是在什麼地方度過的，她只會撫摸裘依絲變長了、稍顯紅色的金髮，她會簡單地接受這一切：女兒回來了，一家人終於團聚了。她會接受這一切，一如她幾年來默默接受分離的事實。這就是她內心沒有說出口的希望。

好了，這樣回答你的問題可以嗎？

維克托不為所動地意識到，他又在跟自己說話了。這次他的虛擬聽眾是伊達・赫維，《繽紛週刊》負責與他聯繫的編輯，後天他就該透過電子郵件將第一部分的訪談寄給她。

維克托的筆記型電腦發出一個聲響，讓他想起一只老舊的咖啡壺，煮咖啡時，當它把最後一點水吐到濾紙中，就會冒出這種聲音。維克托決定將最後幾行字刪除。但他吃驚地發現，根本沒有什麼可刪的。在過去半小時中，他只寫下一個句子，而且似乎也與問題沒有多大關係：

「在未知和確知之間就是生與死。」

維克托也無法對這唯一的一行字進行補充，因爲電話突然響起。他來到帕庫姆之後，這是第一次電話鈴響。他嚇了一跳，鈴聲大得出奇，帶著刺耳的回音打破屋內的寧靜。他讓電話響了四聲，才拿起老式旋轉撥號盤電話的沉重聽筒。幾乎和屋子裡所有的東西一樣，這座黑色的電話也是他父親留下來的。電話就放在書架旁的一張小桌上。

「醫師，不好意思，我打擾到你了嗎？」

維克托在內心發出一陣呻吟，他幾乎可以預料會發生這種事情。突然他又感受到昨天那種暈眩，外加明顯的感冒徵兆。

「我們不是說好了嗎，施皮戈爾女士？」

「是的。」她小聲回答。

「妳不是答應過我今天早上就會離開這裡，渡輪幾點出發？」

「正因爲如此我才打這通電話。我沒辦法走。」

「妳給我聽著！」維克托緊張地抬頭盯著天花板，瞥見屋頂的角落裡有幾張蜘蛛網。

「我們不是已詳細討論過了？妳目前處於穩定期，在這種狀態下可以安然無恙地返回柏林。然後妳立刻去見范．德盧森教授，我會打電話……」

「我沒辦法走。」安娜沒提高嗓門就打斷他的話。在她開口之前，維克托已明白她要說什麼。

「因爲暴風雨，渡輪取消航行。我被困在島上了。」

8

維克托似乎早就知道了，在他拿起聽筒之前就有預感。她的聲音也透露這項訊息，彷彿是她一手操弄了這場風雨，爲了繼續耽誤維克托的工作，並阻礙他擺脫過去的陰影。這個女人給人的印象是，她似乎有什麼要對他傾訴，而且是非常重要的事情，爲此她甘願承受從柏林到這裡的舟車勞頓，還有旅途的花費。昨天出於某個原因，她還無法將那件事說出口。維克托無從得知那到底是什麼，但是他感覺，在把自己的故事講出來之前，她是不會輕易離開這座小島的。所以，她必然會再出現。

爲了小心起見，他沖了個澡，換了衣服，並把一片阿斯匹靈發泡錠放在水杯中，三口兩口吞進空蕩蕩的胃裡。他覺得眼睛有點脹，這是頭疼即將來臨的確實信號，也許還會發燒。一般情況下，維克托在身體出現這些警訊的時候，會馬上服用兩顆科達得龍。不過，這種藥物會讓人昏昏欲睡，他相信自己最好帶著清醒的頭腦，來面對不請自來的客人。

所以，中午時分當辛巴達用一陣警告性的狺狺聲，宣告安娜已到達前門時，維克托雖然有感冒的不適，但還不至於疲憊不堪。

「我剛好散步路過，看到你客廳裡有燈光。」他開門之後，安娜朝他微笑。

維克托皺起眉頭。散步？這樣的天氣，就連養狗的人都不願意走得稍遠。雖然還不是瓢潑大雨，但是海邊的毛毛細雨挾著強風，也教人夠難受的了。安娜穿著精緻的呢絨套裝，腳踩高跟鞋，完全不適合這種天氣。從村子到海邊的房子至少要走十五分鐘，那條步道很不好走，下雨天盡是大大小小的水坑。然而，安娜優雅的高跟鞋上沒有污漬。而且，她的頭髮也還算乾，儘管她既沒有撐雨傘，也沒有戴頭巾。

「我來的不是時候嗎？」

維克托意識到自己什麼都還沒有說，只是一直目瞪口呆地盯著她。

「是。就是說，我……」他結巴了，「抱歉。我有點頭腦不清，很可能是感冒了。」

哈波施特有關妳的一番話，可讓我一點也不樂意開門。

「噢，」安娜臉上的微笑消失了，「我很抱歉。」

海上的一道閃電從屋後將周遭環境照亮了片刻，緊接著響起隆隆打雷聲，暴風雨越來越近了。

維克托很是惱火。現在他沒辦法立即趕走這個不速之客。出於基本禮貌，他不得不忍受安娜，至少要等到第一陣雨過去。

「好吧，既然妳這樣費功夫出門來找我，那就進來喝杯茶吧。」他不情願地建議道。安娜毫不猶豫接受了。她又露出微笑，維克托甚至覺得從她的神情中瞥見一絲勝利的表情，就像小孩子在超市經過長時間的哭鬧糾纏後，終於讓媽媽屈服給他買了糖果一樣。

安娜隨他走進有壁爐的房間，兩人在前一天的位置上分別坐下。她坐在長沙發上，雙腿交疊；他坐在書桌前，背朝窗戶。

「請自己來。」

他舉起自己的茶杯，用腦袋指指壁爐的方向，茶壺就放在保溫小爐上。

「等一下再說吧。謝謝！」

維克托的喉嚨比先前疼得更厲害，他喝了一大口阿薩姆茶，味道越來越苦澀。

「你不舒服嗎？」

又跟昨天一樣的問題。維克托感到不悅，看來她很容易就看透他了，雖然他才是醫生啊。

「謝謝。我很好。」

「自從我來這裡以後，你一直陰沉著臉，拉倫茲醫師，你在生我的氣嗎？請相信我，今天早上我眞的打算搭乘渡輪離開。但是，遺憾的是，船公司決定暫時停止航行。」

「他們有沒有告訴妳，大概什麼時候會重新開船呢？」

「沒有。他們只是說，最快也得兩天。如果運氣特別好的話，是二十四小時以後。」

如果運氣壞的話，甚至得等一個星期，維克托跟父親便有這種經驗。

「也許，我們可以利用這段時間再進行一次治療談話嗎？」她直截了當地問道，臉上又堆起溫順的笑容。

她心裡有話要說，維克托想。

「要是妳以爲昨天的談話是一次治療，那妳就錯了。那只是閒聊，妳不是我的病人，我也不是妳的主治醫師。外頭的暴風雨並不能改變這一點。」

「好吧，那我們就繼續昨天的閒聊。昨天的閒聊對我很有幫助。」

她有話要說，在她說出來之前，她不會讓人有片刻的安寧。

維克托與她四眼相對好一陣子，最後，當他發現她的目光毫不退縮時，他點了點頭。

「哦，那好吧……」

……就讓我們結束昨天開了頭的事情吧，他在腦海裡補充道，而安娜已經滿意地倚靠在長沙發上了。

然後，她便開始講述維克托一生中所能聽到最不幸的故事。

9

「妳目前在寫什麼書？」維克托對她提出了第一個問題，這也是他今早醒來時，掠過腦海的第一個問題。

哪些人物在妳的噩夢中變成活生生的人？

「我不寫書了，至少不再是傳統意義上的寫作。」

「妳的意思是？」

「現在我只寫自己的事，算是自傳。這樣可以繼續維持創作的愛好，同時思考自己的過去，並阻止虛構人物闖進我的生活，把我給逼瘋，一石三鳥。」

「明白。那妳可以談談最近一次崩潰的情況嗎？就是導致妳住進公園醫院的那次。」

安娜深深吐了一口氣，雙手握在一起，像是要禱告一般。

「哦，最後一個成爲眞實的虛構人物，是一篇給小孩看的現代童話中的女主角。」

「童話寫的是什麼？」

「關於小女孩夏綠蒂的故事。她是一個純眞可愛的金髮天使，就像薑餅或巧克力廣告中看到的天使那般。」

「有這樣的虛幻人物陪伴應該還不壞。」

「是沒錯。夏綠蒂這個小寶貝人見人愛，她是國王的獨生女，生活在一座島嶼的小宮殿中。」

「故事具體敘述的是什麼？」

「尋找。有一天，夏綠蒂突然生病了，病得很厲害。」

維克托正想再喝一口茶，卻又把杯子放下了。安娜這句話吸引了他的注意力。

「她開始莫名其妙地發高燒，身體變得越來越虛弱。全國所有的醫生聚集在一起會診，對她進行詳細的檢查，但是沒有一個人說得清楚她到底怎麼了。小女孩的狀況一天一天地惡化，父母親感到十分絕望。」

維克托不由得屏住呼吸，全神貫注聽著她說的每一句話。

「一天，夏綠蒂決定對抗命運之神，她離開了家。」

裘依絲。

維克托努力遏止念頭的興起，但是毫無用處。

「你說什麼？」安娜迷惑地望著他。維克托沒有意識到自己開口說了話，緊張地摸著頭髮。

「沒什麼。我不想打斷妳，請繼續。」

「哦，剛才說到，小女孩自己跑出來尋找生病的原因。可以說，這個故事是一則寓言，關於一個生病小女孩的童話，她不輕言放棄，而是採取了具體行動，她要憑著一己之力，到外面的世界去闖一闖。」

不會這樣，不可能的。維克托的思緒一片混亂。他很熟悉這種感覺，早在格羅克醫師的診所裡，這種感覺就出現了，後來一直持續在他生命中的每一天，直到他終於決定徹底結束對小女兒的尋找。

「你真的還好嗎，拉倫茲醫師？」

「什麼？哦……」維克托看見右手的指頭，它們正緊張地敲擊著老書桌的紅木桌面。

「對不起，我可能多喝了點茶。請繼續夏綠蒂的故事，後來的結局呢？中間發生了什麼事？」

裘依絲怎麼了？

「我不知道。」

「什麼？妳不知道自己的書是怎麼收尾的？」

維克托提高了嗓門，他本無意這麼大聲問這個問題的。但是，看上去安娜對於他不尋常的反應似乎一點也不驚訝。

「我說過了，我沒有把這本書寫完，那個故事沒有結局。正因爲如此，夏綠蒂才不放過我，她把我推進了噩夢的深淵。」

噩夢。

「妳的意思是？」

「我已經說過了，夏綠蒂是最後一個闖進我眞實生活的虛構人物。我跟她一起經歷了非常駭人的事情，後來我就崩潰了。」

「請說一遍，到底發生了什麼事？」

維克托知道自己這樣做是不對的，病人還沒有到可以談論創傷的地步。但是，他必須知道。安娜只是呆呆地望著地面，沒有回答。他接著以較爲謹愼的方式再追問了一次。

「妳第一次出現夏綠蒂的幻覺是在什麼時候？」

「大約四年前，是柏林的冬天。」

「十二月二十六日。」維克托無聲地補充道。

「當時我走在街上，正要去購物，忽然身後響起巨大聲響，輪胎尖銳刺耳摩擦著地面，接著是金屬撞擊、玻璃破碎，那些撞車事故中可聽見的聲音。我還心想：『但願沒有人受傷。』然後我轉過身去，就看到那個小女孩，她站在馬路中央，彷彿癱瘓了一樣，顯然她是引發事故的肇因。」

維克托在椅子上不由自主地全身緊繃。

「突然，就像受到一個看不見的信號所指引，她轉過頭來，看向我這邊，並對我微笑。一瞬間我認出了她，是夏綠蒂。我筆下虛構的生病女孩。她朝我跑了過來，握住我的手。」

她瘦小的胳臂，那麼地脆弱。

「當時我十分緊張，呆住了。一方面我清楚知道她是不存在的，不可能存在；另一方面她又是那麼地眞實。我沒有別的選擇，我必須承認她的存在。於是，我就跟著她走了。」

「去哪裡？妳們去了什麼地方？」

「爲什麼？這重要嗎？」

安娜有點心煩意亂地眨著眼，似乎隨時都不願再說下去了。

「不重要。對不起，請繼續吧。」

安娜輕輕咳了一聲，站起身來。

「如果你不介意的話，拉倫茲醫生，我想休息一下。我知道，我一直在強迫你進行這次談話。但是我忽然發現，或許我還沒有到那種階段。對我來說，這些幻覺眞的非常可怕。現在談論它們仍有些困難，比我想像中的還要困難。」

「當然。」維克托說，儘管他心中渴求更多的資訊，他也站了起來。

「從現在起，我不會再來打擾你，也許明天我就能回家了呢。」

不！

維克托慌亂地試圖尋找一條出路，他不能眼睜睜地看著她離開，從此不再出現，儘管幾分鐘之前他還迫切地要求她那麼做。

「還有最後一個問題，」維克托笨拙地杵在屋子中間：「這本書的書名是什麼？」

「它還沒有確定的書名，只是暫定爲《九》。」

「爲什麼叫《九》？」

「因爲夏綠蒂離開家的時候是九歲。」

「噢。」

太小了！

維克托吃驚地發現，安娜的幾句話已經在他身上產生效應。他多麼希望這位患者精神分裂的幻覺與現實有關啊。

維克托慢慢地走向安娜，他覺得自己開始發燒了。儘管他在沐浴後服用了阿斯匹靈，他的頭疼並沒有得到紓解，太陽穴抽痛得厲害，眼睛開始流淚了。突然，安娜的身影輪廓變得模糊，似乎是透過一只裝滿水的玻璃杯。維克托瞇了瞇眼睛，當視線再度清晰時，他從安娜的雙眼讀到了一些他暫時無法解釋的東西。然後他知道了：他認識她。很久以前某個時候，他曾經遇到過她。但是他還不能將她的臉跟某個人、某個名字對應起來。就像有時候會想不起來某個演員叫什麼名字，也忘記在哪部電影裡看過他。

他笨手笨腳幫她穿上大衣，然後送她到門口。安娜一隻腳已經邁出屋外，但又轉過身來，她的雙脣一下子緊挨著維克托的臉龐。

「哦，對了。你剛剛問到。」

「什麼？」維克托往後退了一步，氣氛和談話開始時一樣地緊繃。

「我不知道是不是很重要。但是，那本書有一個副標題，還算特別，因爲它跟故事本身一點關係也沒有。我得到靈感的時候正好泡在浴缸裡，我覺得這是個好點子。」

「副標題是什麼呢？」

維克托短暫思考了一下，不知道自己是否想聽。但是，已經來不及扭轉了。

「《藍貓》，」安娜回答說：「請不要問爲什麼。我當時想像著，如果封面上出現一隻藍貓的話，應該是很漂亮的。」

10

「我只想再確認一下你說的話……」

維克托幾乎可以看到，在電話線的另一端，身軀龐大、體重超重的私家偵探正不知所措地搖著頭，並提出這個問題。安娜前腳一離開，他立刻打電話給偵探。

「你是說，有一個罹患精神病的女人，在帕庫姆島上不請自來拜訪了你？」

「是的。」

「而這個女人宣稱，她被自己想像出來的虛構人物跟蹤了？」

「差不多這樣。」

「而我現在要爲你調查一下……嗯……她的……這些瘋狂想法？」

「很抱歉，凱，只有眞正必要的時候，我才會告訴你她的名字。雖然我已不再行醫，嚴格說來，她也算是我的病人，身爲醫生我有保密的義務。」

至少能保密多久就多久。

「隨你的便。可是，你眞的相信這位陌生患者精神分裂症的發作，與你女兒的失蹤有關？」

「就是這樣。」

「你應該猜得到，我對這件事的看法。」

「當然，」維克托回答：「你一定以爲我完全失去了理智。」

「這是比較好聽的說法。」

「我能夠理解，凱。但是，請你想一想，她講的故事不可能只是個巧合啊。」
「不是巧合，那會是什麼？」
維克托不理會他的反對意見。
「一個小女孩得了無法解釋的病，某一天突然失蹤，而且就發生在柏林。」
「好吧，」凱莫可奈何：「可是，如果是她在騙你呢？她很有可能聽過裘依絲的事。」
「你忘了，我們從來沒有公開提到裘依絲的病情。她不可能知道的。」當時，警方建議他們公布裘依絲的病，但他這個做爸爸的堅持，女兒無法解釋的病症不該淪為媒體炒作的道具。
「這樣的話，我們便握有重要資訊，能判斷誰是眞正的綁架者。」當時那位年輕的刑警這麼解釋：「我們可以知道誰眞的控制了你的女兒，誰又只是想騙點錢。」
確實，在尋人啓事播出後，很多人打電話來聲稱自己是綁架者，對於「裘依絲還好嗎？」這個問題，如果他們表示「很好」或者「在這種情況下，還算不錯」，肯定都是錯誤的答案，要知道，就算裘依絲沒有落入暴徒的手中，她每天至少會出現一次嚴重血液循環上的問題。
「好吧，」私家偵探繼續說：「在柏林，有一個生病的小女孩離開家。在我看來，到這裡為止，故事的情節還算符合事實，但是其他部分呢？為什麼說是國王的女兒，還生活在一座島嶼上的宮殿呢？」
「有一點你沒注意到，我們住的天鵝島區確實是一座島，只有一座橋與柏林市區相連。你自己還曾開玩笑地把我們位於萬湖旁的房子稱做『宮殿』呢。至於說國王的女兒，伊莎以前叫……哦，她經常叫裘依絲『小公主』，這一點也吻合。」

「別見怪，維克托，請恕我直言。我爲你工作四年了，大家也算是朋友。基於朋友的立場，我想提醒你：那位女士講的事情讓我聯想到報章雜誌上的星座運勢。那些抽象的說法有很大的詮釋空間，任誰都能輕易從中找出適合自己的東西來。」

「不管怎麼說，爲了裘依絲如果沒有盡一切可能，我一輩子都不會原諒自己的。」

「好，你說了算。不過我要提醒你一點，別忘了，當初有一對老夫婦提供了可靠的說詞。他們看到一個小女孩跟一個男子走出了診所，也不覺得有什麼不對勁，他們以爲女孩是跟父親在一起。這個說法也得到街角書報攤老闆的證實。是中年男子挾持了你的女兒，不是女人。另外，裘依絲當時十二歲，不是九歲。」

「那個藍貓又怎麼解釋呢？你看過裘依絲最心愛的絨毛玩具，就是藍貓姆克。」

「對。儘管如此，一切毫無意義。假設其中確實有關聯，那麼這個女人到底想怎樣？後面的動機是什麼？如果她綁架了裘依絲，爲什麼不繼續躲藏？爲什麼還要尾隨你前往帕庫姆呢？」

「我沒有說，這個病人與整件事情有關。我只是說，她知道些什麼。我會在以後的治療中從她那裡挖出線索。」

「你還會跟她見面？」

「是的，我請她明天上午再來。希望她會出現，到今天爲止我對她的態度並不友善。」

「明天你何不乾脆直接問她？」

「你是怎麼想的？」

「給她看裘依絲的照片，問她是否認得照片上的女孩。如果她認得，那你最好立刻報警。」

「我在這裡沒有合適的照片，只有一張報紙的影印。」

「我可以傳眞一張照片過去。」

「好吧。可是，它還派不上用場，暫且還不能用。」

「爲什麼？」

「因爲至少在一件事情上，那個女人說了實話：她有病。如果她眞的患有精神分裂症，身爲醫生我需要她的信任。事實上她並不想再談那個話題了，她已經向我表明了這一點。要是我明天就間接讓她知道，我認爲她是一起犯罪案件的共謀，那她肯定就此三緘其口。我也別想再從她那裡得到任何訊息，我不願冒這個風險，只要還有一丁點兒依稀仍活著的希望。」

希望。

「你知道嗎，維克托？希望就像腳上的一塊玻璃碎片。只要它還嵌在肉裡面，每走一步都教人痛徹心扉。如果把它取出來，雖然會有短暫的流血，傷口也要過一陣子才能癒合，但畢竟能夠繼續走路了。這個過程就是哀悼。我覺得，你眞的應該開始了。唉！四年都過去了，我們曾經握有比這更好的線索，那個女人還自己叫別人把她送進精神病院呢。」

就在不知情的狀況下，凱給了維克托一個答案，可以讓他拿來回答採訪中的第二個問題。

「好的，凱。如果現在你能再爲我做最後一件事情，我答應你停止尋找女兒。」

「什麼事？」

「幫我證實那一年十二月二十六日在格羅克診所附近，是否發生過一起追尾撞車事故，時間是在下午三點半到四點十五分之間。你能辦到嗎？」

「能。但是在這之前你不可以擅自有任何行動，只能專心進行那個討人厭的採訪。你了解我的意思嗎？」

維克托對他表示感謝，迂迴閃避了他的問題。只有在不得已的情況下，維克托才願意撒謊。

11

帕庫姆，真相大白前三天

《繽紛週刊》：在這段時間裡，除了你的家人之外，誰給了你最大的幫助？

維克托笑了笑。

幾分鐘後安娜就會出現，並與他對談。他不確定她是否眞的會來。昨天安娜離開的時候並沒有說得很篤定，現在他試著回答採訪的問題，好分散這份不寧心神。爲了避免想起夏綠蒂（或是裘依絲？），他從所有問題中挑出一個最簡單的。

最大的幫助？

他不需要思考太久，答案只有一個：酒精。

裘依絲失蹤的時間越長，他就喝得越多，以遏制痛苦的孳生。第一年他只是啜上幾口，直到前一陣子，每個晦暗的念頭已無法僅靠一杯來平撫。酒精不但驅散了惱人的問題，還能夠提供答案。更恰當的說法是，它本身就是答案。

問題：如果我更加小心謹慎的話，她是不是還活著呢？

答案：伏特加。

問題：我爲什麼會在候診室裡，無所事事地等了那麼長的時間？

答案：不管什麼牌子，重要的是要很大一瓶。

維克托低下腦袋，期待繼續昨天的談話。凱還沒有打電話告訴他，是否找到了與車禍有關的東西。但是，維克托可不想等太久。他必須知道安娜的故事如何發展下去，他需要新的線索，好判斷這之間到底有沒有關聯，哪怕事情聽起來荒誕不經。而且，他還需要來上一口酒。

維克托突然哈哈大笑了片刻。當然他現在可以說服自己，從醫學角度來看，在熱茶中添加少許蘭姆酒，對症狀越來越明顯的感冒是有療效的，甚至還能讓他早日康復呢。但是，幸運的是他很理性，這次他把好朋友兼好幫手留在海的另一邊，一滴酒都沒帶到帕庫姆上來。這自有他的理由。過去幾年，「金賓先生」（Jim Beam）和「傑克丹尼」（Jack Daniel's），這對哥倆好是維克托碩果僅存的患者，他們曾進行過密切談話。那些談話非常深入且頻繁，以至於有些日子他腦海中只有一個清楚的念頭：什麼時候可以再從瓶子裡喝上一口呢？

剛開始時，伊莎曾努力想幫助他擺脫酒精。她苦口婆心，像母親一樣照料他、心疼他、頻頻地乞求他。

後來，在經過大聲斥責的階段之後，她接受了家屬互助團體給每位受害者的建議：聽之任之。伊莎在毫無預警的狀況下離家，搬進了旅館，這之間也不曾打電話給他。直到家中的庫存告罄，他已無力獨自出門並穿越街道，去加油站旁的便利商店補給時，他才發現整棟屋子空蕩蕩一片。

伴隨四肢無力而來的還有疼痛，與疼痛如影隨形的則是回憶。

對裘依絲頭幾顆牙的回憶。

生日。

入學。

聖誕節的禮物腳踏車。

開車一起兜風。

還有阿爾貝特。

阿爾貝特。

維克托透過玻璃窗眺望深邃的大海，他極其出神，根本沒注意到身後傳來的輕細腳步聲。

阿爾貝特。

如果要他說個理由，就是那陌生的矮小老人讓他變得滴酒不沾的。

以前，當他還擁有人生的時候，每天下班都會在五點左右經過市區高速公路，朝林蔭大道方向驅車返家。在廣播電視塔那個三角地帶的後面，與年久失修的看臺（以前夏季賽車觀眾席）差不多高的地方，總會站著一個老先生，在觀看下班顛峰時間的車流。他騎著一輛可折疊的女用自行車到那裡，然後就駐足車旁，剛好在柵欄的一個缺口上，朝著商展大街的方向。那是這段高速公路上唯一沒有安裝噪音牆和擋板的地方。

每一回，維克托以每小時一百公里的速度從他身邊呼嘯而過，總在揣測是什麼讓這個男人跑來看無數汽車的頭燈。維克托開著車飛快駛過，快得讓他在那幾百個日子裡，從來沒能好好研究一下那個男人的表情。儘管幾乎每天都會看見他，但即使那人與他面對相視，維克托也認不出他的臉。

有一天，他們一家三口參加了德法民俗節的活動，在回家的路上，裘依絲也注意到那個男子。

「那個男的爲什麼站在那裡？」她問，在汽車繼續往前開時還把頭轉過去。

「他腦筋有點不清楚。」伊莎下了一個理智的診斷，但是裘依絲沒有把它當一回事。

「我想他的名字是阿爾貝特。」她輕聲對自己嘟囔，維克托聽到了。

「爲什麼叫阿爾貝特？」

「因爲他是個老人，而且很孤獨。」

「噢，孤獨的老男人都叫這個名字？」

「對。」裘依絲的回答很簡單。這件事就這麼結束了。於是，那個公路邊上的陌生人有了一個名字。有時候維克托會突然發覺，下班後從男人身邊駛過，自己竟對他點頭打招呼。

「嗨，阿爾貝特！」

直到很久以後，他躺在浴室大理石地板上從酩酊大醉中醒來，那一刻他忽然明白了，阿爾貝特在尋找什麼。他在尋找自己在某個地方失去的，他以爲可以從疾駛而過的車流中重新找回。一想到這裡，維克托立刻跳上車握緊了方向盤，朝商展大街開去。但是，還在很遠的地方他就看到了，那天阿爾貝特並沒有站在他的位置上。以後的日子裡，維克托一直在找他，但那個孤獨的老人都沒有出現。

要是能再看到他的話，維克托很想問問他：「對不起，你在找什麼？你也失去了某個人嗎？」

但是，阿爾貝特消失了。他沒有出現。

跟裘依絲一樣。

在維克托第十八天毫無收穫地回到家、想要打開一瓶酒時，伊莎拿著一封信在門口等著他。那是《繽紛週刊》想要進行採訪的詢問信函。

「拉倫茲醫師？」

這句話突然將維克托從白日夢中給踹了出來。他猛地一下子站起來，右膝撞到書桌上。同時，他還嗆到了，開始咳嗽起來。

「我又得請你原諒了，」安娜說，她站在他身後，離他很近，但似乎不想走到他面前，也沒有要幫他的意圖。

「我無意再次嚇到你，但是我敲了好幾次門，門自己就打開了。」

維克托點了點頭，彷彿很能理解的樣子，但是他也非常確定自己有把門鎖上。他用手摸了摸頭，發現額頭上冒出汗珠。

「你看上去比昨天還糟。我還是走吧。」

維克托注意到安娜一直認眞地看著他，同時也意識到自己嚇得什麼都還沒說。

「不用。」他的聲音比預期的要大些。

安娜歪著腦袋，似乎沒有聽懂他的話。

「不用，」維克托重複：「眞的不用，請坐。妳來了，太好了，我有幾個問題想問妳呢。」

12

安娜脫下大衣，取下圍巾，再度窩進那張沙發中。維克托沒有離開書桌旁的老位子。他假裝在電腦中搜尋她的病例檔案。事實上，所有重要資料都儲存在他的大腦裡，他只是要拖延一點時間，好讓緊張的神經鎮定下來，這樣他才能夠開始對話。

等到脈搏恢復正常頻率後，維克托才意識到，今天必須全神貫注傾聽安娜的敘述，然而他卻覺得彷彿通宵歡鬧了一整夜，瞌睡頻頻襲來，筋疲力盡、渾身無力。更糟糕的是，頭痛從頸部擴散開來，像銬鍊一樣扯著他的後腦勺。他按著蹦蹦跳的太陽穴，望向窗外的大海。洶湧的海浪讓人聯想到藍色墨水。烏雲密布，海水的顏色變得深沉。能見度不到兩海里，而海平面則是一分一秒地向小島逼近。

在窗戶玻璃鏡子般的映照中，維克多瞥見安娜給自己倒了杯茶，一切準備就緒。他坐在椅子上轉過身來，開始他們的談話。

「我們就從昨天停止的地方開始。」

「好的。」

安娜把精巧的茶杯舉到嘴邊，維克托略感好奇，塗得細緻的淺紅色口紅是否會在邁森瓷杯上留下脣印。

「妳說，夏綠蒂從家裡跑出去，沒有告訴她的父母？」

「是的。」

裘依絲絕對不會這麼做，維克托心裡想。他整夜都在琢磨這個可能性，最後得出結論，女兒的失蹤不可能出於這種陳腐的原因。她不是一個會離家出走的孩子。

「夏綠蒂離開了家，想要找出自己神祕病情的原因，」安娜說：「這就是那本書前二十三頁的內容。病情、現代醫學的無能爲力和逃跑，我描述了這些，之後就寫不出下一行了。」

「是的，這個妳說過。還有什麼特別的理由嗎？」

「嗯，理由千篇一律。我不知道情節該怎麼發展下去。於是，我將草稿存入電腦，日漸淡忘這未完成的故事。」

「直到夏綠蒂自己復活了？」

「沒錯，眞是可怕。之前我的精神分裂症就發作過好幾次，我會看到許多不眞實的顏色，聽到各種聲響，但是夏綠蒂超越了這一切。在我書中的所有人物裡，她成了最眞實的瘋狂想像。」

太眞實了？

維克托端起自己的那杯茶，發現感冒已對他的味覺神經發動攻擊。他區分不出來，到底是那茶眞的難喝，還是他點的鼻藥水引發一股苦澀的異味。

「妳說過，夏綠蒂差點被汽車撞上。」

「那是我第一次眞正見到她，是的。」

「然後妳就帶她離開事故地點？」

「恰恰相反，」她搖了搖頭說：「不是我帶她離開，而是她懇求我跟她走。」

「爲什麼？」

「她希望我能繼續寫她的故事，她還問我說：『爲什麼只有兩章？後來怎麼樣了？我不想一直生病。』」

「也就是說，妳虛構的人物要求妳完成那個只有開頭的故事？」

「對。首先我對夏綠蒂說了實話，我沒有辦法幫她，因爲我自己也不知道後面的情節該怎麼發展下去。」

「她怎麼反應呢？」

「她緊抓住我的手，說：『跟我來吧，讓我來幫妳，去看看事情開始的地方。在那裡也許妳能想到我們的故事該怎麼繼續。』」

我們的故事？

「那是什麼地方？」

「我不知道，在柏林郊區。我只記得車子行駛的部分路線。」

「儘管如此，還是請妳盡可能地描述一下。」維克托請求她。

「讓我想想，當時我開車在市區高速公路上往西走。請不要問我是哪個出口，不過我清楚記得夏綠蒂繫上了安全帶。你能明白嗎？這件事深深銘刻在我的意識中：我的幻覺似乎害怕會發生車禍。」

是，我能明白。伊莎都教過裘依絲，做母親的很重視這些事情。

「當時妳大約開了多久？」

「一個多小時。我們穿越一個較大的鄰近市鎮，經過俄羅斯移民的文化保護區。至少我的印象是這樣的。」

聽到這裡，維克多全身抽搐了一下，彷彿就坐在牙醫的診療椅上。

「在森林的小山丘上矗立著一座俄羅斯東正教的教堂。經過那裡後，有一座橋樑，在聯邦道路上開了一小段，然後轉入林間道路。」

那不就是……

維克托勉強壓抑住一股衝動，才不至於立刻跳起身來衝著安娜吼出他的疑問。他認得她剛才描述的路線。他以前經常這麼走的，幾乎是每個週末。

「妳下車後去了哪裡？」

「我們沿著一條狹窄的小路，一前一後地走著。路的盡頭是一間木造小屋，感覺更現代一點。周圍的環境非常好。」

就在森林中間，維克托想著，在腦海裡脫口而出。

「沒有鄰居，前後左右只見一片樹林，松樹、山毛櫸和樺樹。有些闊葉樹落下了幾天前原本還是五彩斑斕的葉子，當時我們就走在落葉上，像是踏著柔軟的地毯。儘管十一月的天氣已是寒氣逼人，樹林裡仍瀰漫著暖暖的氣氛。那座森林非常美，美得讓我不確定它是否眞的存在過，還是一切只是幻覺，就像夏綠蒂一樣。」

維克托也不確定二者中哪種情況會比較好，安娜的精神分裂症與女兒的失蹤有關呢，還是最好這都是他的妄想在捉弄自己。迄今爲止，一切可能只是一個讓人毛骨悚然的巧合。在柏林郊區薩克洛夫是有無數間的度假小木屋。

但是，那裡只有一棟……

「妳還想得起來嗎？在那棟房子前是否聽到了什麼？」

安娜帶著疑問的眼神盯著他。

「這對我的治療很重要嗎？」

不。但對我很重要。

「重要。」他撒了個謊。

「說實話，當時我什麼也沒聽到，根本什麼都聽不到。那裡寂靜無聲，就像在海拔兩千公尺高的孤峰上。」

維克托緩緩地點了點頭，儘管他希望像參加搖滾樂演唱會一樣猛力搖頭。那正是他期待的答案。他知道安娜被夏綠蒂帶到什麼地方去了。位於柏林和波茨坦之間的那片森林非常安靜，靜得令人震撼，那寧靜彷彿觸手可及，自城裡來的遊客立刻便能感受到。

安娜似乎看出維克托的心思。「我問夏綠蒂我們在哪裡，她卻困惑地看著我。『你知道這個地方的，』她詫異地回答：『我們經常在小木屋度週末。每年夏天我都跟爸媽一起來，在這裡我度過人生最美好的時光。然後一切就開始了。』」

「什麼開始了？」維克托問道。

「她的病，我猜。當時她沒有對我透露更多，相反地，她幾乎是生氣地指著那棟房子質問我：『我們兩人中誰是作家啊？請妳告訴我那裡面發生了什麼事！』」

「妳知道是什麼事嗎？」

「可惜，我毫無頭緒。但是，夏綠蒂一直提醒我，她會不斷翻攪我的腦袋瓜，直到我完成她的那本書爲止。所以，我得進屋裡一探究竟。我打破後門的玻璃，並像小偷一樣從窗子爬了進去。」

這完全不合情理，維克托想。要眞是裘依絲的話，她知道鑰匙放在什麼地方的。

「我這麼做是希望，能找到關於夏綠蒂病因的蛛絲馬跡。」

「結果怎麼樣？有收穫嗎？」

「沒有。我當時也不清楚自己該找什麼。不過立刻引起我注意的是，那棟房子很大。從外觀看來，我會說這單層建築物頂多有三個房間。但是，除了兩間衛浴、一間寬敞的廚房和一個有壁爐的起居室之外，那裡至少還有兩間臥室。」

三間，維克托無聲地糾正她的錯誤。

「我查看所有的櫥子、衣櫃和書架，甚至連廁所抽水馬桶的水箱都翻過了。這一切進行得很快，因爲整棟度假小屋的裝潢很簡單，簡約而高貴。」

菲利普・斯塔克的風格，帶有一點包浩斯，是伊莎的品味。

「在妳查看那棟房子的時候，夏綠蒂在做什麼？」維克托追問。

「她在外面等著。之前她對我說，她再也不願把腳踏進那屋子一步。她說，那一天發生了太多的壞事。她就從前門不停大聲地對我發號施令。」

壞事？

「比如說？」

「一切都很詭異，她說著謎一般的話語，比如：『別找那裡有的東西，看看少了什麼！』」

「妳明白她的意思嗎？」

「不明白，可惜我也沒有機會再問她。」

「爲什麼？」

「因爲突然發生了一件我不願再去回想的事，拉倫茲醫師。」

「什麼事？」

維克托從安娜的雙眼中辨識出那不情願的神情，前一天在她中斷談話前他就看到相同的眼神。

「我們不能明天再談嗎？我覺得不太舒服。」

「不能，我們最好現在就處理這部分。」維克托堅持。他很吃驚，自己居然毫不費力地撒了這個謊。現在他進行的不再是一般的治療談話了，這是審問。

安娜猶豫不決地看了他好幾秒鐘。維克托以爲自己又將失去她，以爲她會站起來轉身離開。但是，她將雙手放在懷裡握成拳頭，輕輕地嘆了口氣，接著講她的故事。

13

「突然，房子暗了下來。當時應該是下午四點半左右，十一月底，太陽一下子就下山了。我走回有壁爐的起居室，找到一個打火機，想把過道照亮一點。就在打火機的微弱光線下，我發現，先前沒有看到在過道的盡頭還有一個房間。我猜，那是一間儲藏室。」

要不就是裘依絲的房間。

「我正想進去查看，突然聽到一些聲音。」

「什麼樣的聲音？」

「其實只是一種聲音。聽不太出來是什麼，彷彿有個男人在哭泣，聲音低沉。不是抽噎，比較像是嗚咽，就從過道盡頭的房間裡傳出來。」

「妳怎麼知道？」

「因爲我越走近那個房間，聲音就越大。」

「妳不害怕嗎？」

「害怕。但是，當夏綠蒂在屋外突然大叫時，我才眞正感到恐懼。」

「她爲什麼喊叫？」

維克托用手抓了抓脖子，說話的時候喉嚨疼得難以忍受。

「她想警告我。『他來了，』她大聲叫道：『他來了。』」

「誰？」

「我不知道。然後我發現嗚咽聲停了，而門把就在我眼前往下轉動。門開時一股風襲來，吹滅了打火機，這時我忽然明白，但整個人也嚇呆了。」

「你明白了什麼？」

「夏綠蒂在屋外警告我要提防的，已經出現在我面前。」

電話鈴響大響，維克托無法再提問。他去廚房的分機接電話。當年伊莎非常堅持，在帕庫姆的小屋裡至少要裝一臺電話。

「我是拉倫茲。」

「我不知道這算好消息還是壞消息。」凱沒有任何問候語，直接切入正題。

「不用繞圈子，直說吧。」維克托壓低聲音，他不想讓安娜聽到他們的談話。

「我派了偵探事務所裡最好的人手，當然我自己也出馬調閱了資料。兩件事情確定無疑：一、那天在烏蘭德大街上發生過一起車禍。」

有一秒鐘，維克托的心臟停止跳動，然後變成更快的心跳頻率。

「二、這起意外肯定跟綁架無關。」

「我不懂，你爲什麼這麼確定？」

「當時有一個酒醉男子在馬路上跌倒，差點被汽車輾過，幾個目擊證人的說詞都證實了這一點。整起意外沒有牽涉到任何一個小孩。」

「那就是說……」

「……你的患者也許有病，但跟我們的案子沒有半點關係。」
「裘依絲不是什麼案子！」
「當然不是，請原諒我的愚蠢。」
「好了，沒事。不好意思，我無意發火，我只是以爲找到一條線索。」
「我明白。」
不。你不明白，維克托想。我也不會責怪你，因爲你沒有經歷那些我不得不經歷的事情。你從來沒有如此絕望過，所以你是不會把每根稻稈都看成樹幹的。
「他們找到那個男人了嗎？」
「誰？」
「那個喝醉的男人。」
「沒有。但是，這不會改變一項事實：當時既沒人看到女人，也沒人看到小孩。根據警方的紀錄，證人一致表示，後來那個男人跌跌撞撞走進選帝侯大街上的停車大樓。警察也沒有找到他，他很可能混入電器賣場的顧客中跑掉了。誰知道……」
「好的，凱。謝謝你的資訊，我得掛電話了。」
「她現在正在你那裡？」
「就坐在客廳裡等我。」
「就我對你的認識，你繼續盤問她了。」
「嗯。」

「好吧，不過細節就不用告訴我了，否則你又要派任務給我，去解開新發現的重重疑點，我說得對嗎？」

「沒錯。」

「哦，聽我說，給你一個明智的建議：不要去管這個女人是誰，她對你沒好處。快請她走吧！你想獨自在島上靜一靜，就不該再受到打擾的，何況有其他精神科醫生可以幫助她。」

「我沒辦法就這樣把她攆走，旅客都被困住了。因爲暴風雨的緣故，渡輪停駛。」

「那麼你起碼可以做到不要跟她見面啊。」

維克托知道凱是對的。原本他想在帕庫姆重拾平靜，而現在心思全圍繞著裘依絲起伏。在今天的談話中他意圖挖掘自己想知道的細節，對那些放不進這張拼圖的部分視而不見。夏綠蒂九歲大，不是十二歲，怎麼可能是裘依絲呢？她絕對不會離家出走，而且她也知道木屋的鑰匙藏在哪裡。

「嗯？」

維克托沒有在聽凱對他說的話。

「什麼？」

「你答應過我，如果我完成這項任務，你就會徹底停止尋找裘依絲；如果我釐清這起交通事故，你就不再捅舊傷口了。」

「是的，我知道，可是……」

「沒有可是。」

「……可是，我要說明一點。」維克托不爲所動地繼續說。

「什麼？」

「沒有舊傷口，它們都是新的，四年來依然如新。」

14

維克托輕輕放下聽筒，步履踉蹌地走回客廳，他的身軀搖搖晃晃，就像坐在一條隨著海浪顛簸的船上。

「壞消息？」

安娜站在沙發前，準備要走了。

「我不知道，」他實事求是地回答：「妳要回去了？」

「嗯，談話比我想像的累人，我想先回旅館躺上一個小時。我們可以明天繼續嗎？」

「可以。也許吧。」

接過剛才那通電話後，維克托不太確定自己到底想怎樣。

「妳最好先打個電話過來。我另外還有工作，進度有些落後了。況且妳知道的，實際上我已經不再行醫了。」

「好的。」

維克托隱隱感覺到，安娜想從他臉上看出什麼端倪來。儘管如此，她對他的情緒變化並未顯露詫異的神色。

等到安娜終於走了之後，維克托試著打電話給人在紐約的妻子。他還沒從電腦中找到她飯店的電話號碼，他自己的電話就在這天第二次鈴鈴作響。

「我剛才忘了說一件事，維克托。」

凱。

「這跟我們的，嗯，跟裘依絲沒有關係。但是我想，我最好現在就告訴你，免得冬天風大，損失會更嚴重的。」

「什麼事？」

「你的保全公司打電話來，因爲他們找不到你，也聯絡不上伊莎。」

「我家遭小偷了嗎？」

「不是，不是小偷，只是有東西壞了。別擔心，不是你們的住家。」

「那是？」

「你們的度假小木屋，在薩克洛夫的那間房子。有流浪漢把後門的玻璃給打破了。」

15

他可以看見他。儘管他和他之間的直線距離超過了四百六十二公里；儘管他和他之間橫亙著將近五十海里寬的大海，他還是可以看見他。看見他和那棟房子。光聽到電話裡傳來的聲音就足夠了，僅憑想像就能知道，私家偵探在薩克洛夫森林那棟度假小屋中的情形。維克托請凱立刻跑一趟檢查一切是否妥當，也是爲了確認安娜的故事。

「我走進廚房了。」

凱腳上運動鞋的塑膠鞋底嘎吱嘎吱作響，那聲音通過無線電波一直傳到帕庫姆。

「怎麼樣？有什麼不對勁嗎？」維克托用肩膀和下巴夾著聽筒，拿起沉重的電話機往沙發走去。可是，電話線有點短，他沒辦法坐下來，只能站在起居室的正中央。

「我沒發現有何異樣。從氣味和灰塵來判斷，已經很久沒人來此聚會了。」

「四年。」維克托的回答很簡短，凱大概知道自己失言了。

「抱歉。」

下車後，穿過森林到達木屋的一小段路，已經讓這個一百二十公斤重的大男人汗流浹背了。他氣喘吁吁地對著手機說話，儘管手機緊貼著嘴邊，維克托仍不時聽到嘶嘶嚓嚓的雜音。

「目前爲止，唯一不對勁的就是後門被打破的玻璃。不管安娜的故事是怎麼說的，我懷疑這個破壞跟裘依絲能有什麼關係。」

「爲什麼？」

「因爲這些痕跡太新了。玻璃是幾天前才被打碎的，而不是幾個月前，更不可能是幾年前了。」

維克托提出下一個問題時，凱正在翻箱倒櫃四處查看。

「怎麼能從玻璃碎片中看出是什麼時候破的？」

「不是從玻璃碎片，而是從地板上看出來的。後門這裡鋪著木頭地板，玻璃要是很久以前破的，天氣早就對地板的木頭造成一些影響。那個破洞很大，雨雪和灰塵可以輕易飄打進來。但是，後門這裡全是乾的，跟屋裡其他地方一樣積滿灰塵。此外，我也沒有發現什麼蟲子……。」

「好了，好了。我相信你。」

維克托走回壁爐旁的電話桌，因爲手中的電話機越來越重了。

「在安娜的幻象中，夏綠蒂要她進去屋裡看看少了什麼東西。你現在能檢查一下嗎？」

「維克托，你是怎麼想的？我又沒有清單，不知道原來有什麼東西。有可能廚房裡缺了一個牛奶發泡器，客廳裡少了一幅畢卡索的畫，我怎麼知道呢？我只能肯定地說，冰箱裡沒有啤酒了。」

「請你從衷依絲的房間開始吧，」維克托沒有搭理他的玩笑，並說：「就在過道的盡頭，浴室的對面。」

「遵命。」

凱的橡膠鞋底停止嘎吱作響，因爲他的雙腳踩的不再是強化地板，而是石頭地板。維克托閉上雙眼，在心裡默數私家偵探走到房門前所需的十五步。

在凱打開門之前，借著手電筒的光線，他可以看到一塊牌子上寫著「歡迎朋友」的字樣。門鉸鏈發出的聲響向維克托證實了，他數的分秒不差。

「到了。」

「怎麼樣？」

「我站在門口，往裡面看，一切都正常。」

「請描述一下你看見了什麼。」

「一個小孩的普通房間。有一張單人床，床罩已經褪色了。床靠著窗戶，地上鋪著一塊手工的長毛地毯。我會說，那地毯已經成了蟎蟲窩，房間的霉味八成是從那裡散發出來的。」

「你還看到什麼？」

「好兄弟恩尼與畢特的海報，掛在黑邊的玻璃相框中，躺在床上就能看到它。」

「這是……」

維克托用手背輕拭右眼角流出的淚水，吞下後面的半句話，免得讓凱聽到他的哽咽。

……我送的禮物。

「這是芝麻街的人物，我知道。剛一進門，左手邊有宜家的架子，上面擺飾著各種絨毛動物玩具，一頭大象，還有一些迪士尼玩偶……」

「等等，等等……」維克托打斷偵探的話。

「怎麼了？」

「走到床邊，躺上去。」

「爲什麼？」

「算幫我個忙，拜託，躺到床上去！」

「就依你了。」

三步。窸窣聲。咳嗽聲。然後，凱又對著手機說話了。

「但願這張床承受得住我的重量，彈簧都在抱怨囉。」

「好。現在從頭來一遍，你看到了什麼？」

「嗯，左邊是森林。因爲玻璃很髒，我只是這麼猜測。還有，一如我剛才說過的：我兩眼正直盯著牆上的海報。」

「沒有別的東西？」

「右邊是架子和……」

「不，不，」維克托打斷他的話：「在你的正前方，沒有看到別的東西嗎？」

「沒有。我說……」一陣短暫的沙沙聲淹沒了凱的話。

「我現在……從床上起來……，可以嗎？」

「可以。」

「別玩遊戲了，直接告訴我，要在這個房間裡找什麼。」

「好，給我一點時間。」

維克托閉上眼睛，好能回想得更多。回到薩克洛夫，不到一秒鐘的時間，他到了那裡：打開前門，脫掉鞋子，放進玄關的鞋櫃中。他朝伊莎打了個招呼，她正倚在壁爐前的白色沙發上翻閱時尚雜誌。他聞到冷杉樹枝燃燒的氣味，並感覺整個屋子因居住者的心滿意足而散發出陣陣窩心暖意。他聽到後面房間傳來音樂。他不緩不急脫下外套，往裘依絲的房間走去。音樂聲越來越大了，他按下把手打開房門，一片白晃晃的陽光從窗外照進來，有些刺眼。然後，他就看到她。裘依絲坐在兒童用化妝檯前，正在試塗她從好朋友那裡借來的橙黃色新款指甲油。音樂聲實在太大了，她沒有聽見他進來。正在放送的電視臺是……

「少了什麼？」凱打斷他的思緒。維克托睜開眼睛。

MTV音樂臺。

「一臺電視機。」

「一臺電視機？」

「沒錯，新力的。」

「不對，這裡沒有。」

「旁邊是一個化妝檯，上頭有一面圓鏡。」

「並沒有看到啊。」

「就是少了這些東西。」

「一個兒童用化妝檯和一臺電視機？維克托，你聽了別生氣，這可不像一般的竊盜。」

「沒錯，因爲那不是一般的小偷。」

安娜的故事與裘依絲有關聯。至於有什麼關聯，我會弄明白的。

「明白了。維克托，要不要打電話報警呢？不管怎麼說，有東西失竊。」

「不，先不打。請你再去其他房間瞧瞧，除非你在裘依絲的房間裡又找到什麼奇怪的東西。」

「哦……」聽筒又傳來一陣窸窣聲。維克托猜測，凱正在搔自己的後腦勺，那是他頂上唯一還有頭髮的地方。

「怎麼了？」

「聽起來可能有些愚蠢……」

「說吧。」

「我想，這房間不只少了家具。」

「還少了什麼？」

「氣氛。」凱緊張地咳嗽了起來。

「你說什麼？」

「氣氛，一時間我找不到更確切的詞語。但是如果我不憑直覺行事，就稱不上是個好偵探。我的直覺告訴我，這房間不是住著一個十二歲的女孩。」

「說清楚一點！」維克托要求他。

「雖然我自己沒有女兒，但是我的姪女蘿拉下星期就要過十三歲生日了。上次我去看她的時候，她的房間就像自己的一座王國。門上寫的不是『歡迎朋友』，而是『禁止進入』。」

「裘依絲的個性不是這樣，她並不叛逆。」

「我知道。但是，蘿拉的牆上掛滿了男孩團體的海報，鏡子上貼著流行音樂會的門票，全都是她聽過現場的。旁邊還有風景明信片，是某個男孩子度假時從馬洛卡島上寄來給她的。你明白我的意思嗎？」

少了點什麼。

「不明白。」

「維克托，這個房間不屬於一個準備去體驗世界的青春少女，架上沒有明星畫報，只擺著會說話大象的卡通人物，還有芝麻街。維克托，你知道嗎，我姪女在牆上張貼的可是阿姆喲，而不是什麼恩尼。」

「阿姆是誰？」

「你看，這就是我要說的。這痞子是個饒舌歌手，你不會想知道他的歌都在唱些什麼的。」

「我還是不懂你到底要說什麼。」

「這裡真的少了點東西，沒有插在葡萄酒空瓶裡點過的蠟燭，整個瓶身垂滿蠟淚，沒有藏了幾封情書的小盒子。沒錯，這裡是真的少了一張化妝檯。」

「可是你開始的時候還說，那是一間普通的小孩房。」

「沒錯，但是這像一個八歲女孩的房間，而裘依絲當時都十二歲了。」

「你忘了，那只是週末度假的房子，裡面的設備並不齊全。」

「可能吧，」凱喘著氣，又開始走動了：「你剛才問我覺得有什麼不對勁，我只是回答那個問題。」

維克托聽到裘依絲房間的門關上了，頓時那幅景像從他眼前消失，與凱以及週末度假小屋在情緒上的聯繫，也像一部老舊的電影，突然中斷了。

「你現在要去哪裡？」

「對不起，我先得撒泡尿才行。我馬上再打給你。」

維克托還沒來得及抗議，與凱在技術上的聯繫就中斷了。凱已經掛了電話。

維克托彷彿生根似地站在壁爐邊的電話旁，試著理出頭緒。

凱的訊息有什麼意義？那扇不久前才被打破的門，還有與少女不相稱的房間。

他沒能繼續思考這些問題，因爲凱又打電話來了，他的動作比維克托預期的還要快。

「維克托！」

根據背景聲音的改變來判斷，凱已經離開了度假小屋，站在房子外面，就在森林裡。

「怎麼了？你爲什麼出來了？我還沒有……」

「維克托！」維克托的話被打斷。這次，私家偵探的聲音顯得十分急迫，幾乎失去了控制，這讓維克托感到一陣恐懼。

「你怎麼了？」

「我們還是趕緊打電話給警察吧。」

「爲什麼？出了什麼事？」

裘依絲。

「有人進過你們的浴室。應該只是幾小時前的事情，因爲痕跡都很新。」

「我的天，凱，什麼痕跡？」

「血。瓷磚上，洗手臺，馬桶裡。」

凱的呼吸急促。

「整間浴室都是血。」

16

今天，威丁，一二四五號房間

拉倫茲在講述了一個小時以後，第一次停下來略微休息。就在這時候，羅特醫師的呼叫器陡然嗚響。

「拉倫茲醫師，可別忘記你要說的事。」主治醫生一邊叮嚀，一邊打開厚重的房門到走廊上。忘記？拉倫茲琢磨這個詞。羅特醫師急忙朝電話走去。

問題是我做不到，儘管它是我衷心冀求的。

兩分鐘後羅特醫師回來了，又坐在不舒適的白色塑膠折疊椅上，那通常是爲探視者準備的，就放在病床旁邊。實際上，並沒有發揮什麼用處，因爲躺在這裡的病人大多沒人來探望。

「有一個好消息和一個壞消息。」羅特醫師對維克托說。

「先說壞消息吧！」

「他們在找我了，瑪爾丘斯教授一直問我躲到哪裡去了。」

「好消息呢？」

「有人登記了要來探望你，六點之後才會到。」

維克托只是點了點頭。他猜得到訪客是誰，羅特醫師的表情也證實了他的想法。

「那就還有四十分鐘？」

「四十分鐘，可以把你的故事講完。」

拉倫茲躺在床上，盡其所能地伸展身軀。

「才四十七歲就被綁在床上了。」他開起玩笑。對於他的暗示，羅特醫師不予理會，他知道拉倫茲在盤算什麼，但是這個忙他可幫不了。

「在度假小屋有了新發現之後，你爲什麼不打電話報警呢？」羅特繼續他們先前的談話。

「四年來警方毫無進展，現在掌握到一條新線索，我可不想再白白錯失。」

羅特醫師心有同感地點點頭。

「你就待在島上，而凱是你與外界的唯一聯繫。」

「是的。」

「過了多久的時間呢？我是說，又過了多久你才知道安娜是誰，還有裘依絲的遭遇？」

「兩天。我自己也不明白爲什麼會這麼久。其實，當時已經眞相大白了。如果我的生活是一部影片，可以倒帶來看的話，我應該更早就能辨識這一切。那張拼圖的所有元件都已擺在眼前，而我卻沒有看見。」

「之前你提到，浴室裡血跡斑斑？」

「是的。」

「後來發生了什麼事？」

「當天沒有發生太多事。我收拾好東西，準備離開那座島，本想立刻飛奔回柏林，親自過去看看，並與凱碰頭，最後卻沒有成行。因爲暴風雨變得更加狂烈，我的感冒也是一樣，整個人彷彿被毒辣的太陽曬傷，渾身滾燙。」

羅特醫師頗能體會那種感覺。

「廣告詞總是說『頭痛、四肢痠痛』，你曾經認眞想過嗎，如果腦袋和四肢都在疼痛，那麼一個人還剩下什麼呢？」

「理智？」

「正是。爲了麻醉我的理智，我服了一顆鎭定劑，並祈禱第二天渡輪就能恢復行駛。」

「然而事與願違？」

「颶風『安東』讓我坐困愁城，就困在自己的屋子裡。海岸監測站向島上居民發布警告，除非萬不得已，絕對不要外出。不幸的是，這種萬不得已的情況，就發生在第二天我剛起床的清晨。」

「發生了什麼事情？」

「又有某個人從我眼前消失了。」

「誰？」

拉倫茲把腦袋略略抬起，皺緊了眉毛。

「在我繼續講述之前，羅特醫師，我想跟你做個交易：我告訴你我的故事，而你……」

「怎麼樣？」

「給我自由。」

羅特醫師閉著嘴巴用鼻子哼出笑聲，關於這個話題他們已進行過一場漫長的辯論。

「你知道沒有用的。想想看，你做了那些事情，絕對不可能的。要是我眞的答應你，我不僅會丟掉工作，丟掉醫師執照，我還違法。」

「是的，是的，你都說過了。儘管如此，我還是要鄭重提出這項建議，我也願意冒風險。」

「什麼風險？」

「關於我的故事，我會全盤托出，等我說完之後，你再考慮是否要還我自由。」

「我已經再三重申，我沒有能力那樣做。我願意傾聽你的故事，陪伴你，但是不管你怎麼懇求，在這點上我實在幫不了你的忙。」

「還是不行嗎？你何不仔細聽我說個幾分鐘，我敢保證接下來的故事發展會扭轉你的想法。」

「那是不可能的。」

拉倫茲若能掙脫鎖鏈的束縛，他肯定會揮動雙手，增添幾分發言的氣勢。

「如果我是你，我可不會這樣武斷的。」

他又閉起雙眼，羅特醫師靠在椅背上，準備聆聽故事的後半段。悲劇的後半段。

17

帕庫姆，真相大白的前兩天

藥效慢慢失去作用，維克托從無夢的睡眠中被拖了出來。他多麼希望，能在鎮定劑藥效下無苦無痛的眞空中多停留一會。但是，這種麻醉藥品幾乎被他用濫了，再也無法阻隔灰暗的念頭：

安娜

夏綠蒂

裘依絲

血！

維克托從床上慢慢爬起身來，掙扎了好一番，才沒有再度倒回枕頭上。起床的過程讓他想起幾年前與伊莎在巴哈馬群島潛水的情形。當時，他穿著一件鉛質負重背心，在水中幾乎感覺不到背心的重量。當他完成一趟潛水準備爬上小船的踏梯時，赫然發現氧氣筒和負重背心幾乎要把他拽回水裡去。現在，鎮定劑也發揮了類似的壓抑效果，或是有病毒正在對他發動攻擊。

太好了，維克托一邊想，一邊使盡全力，站直了身子。

現在成了這副模樣，這下子也不知道究竟是感冒擊垮了你，還是藥物的副作用把你變成廢物的。

維克托身上的睡衣褲被汗水浸透了，整個人凍得直打哆嗦，他趕緊從衣帽架上取下一件浴袍披上，兩腳趿拉著拖鞋走進浴室。幸運的是，浴室與臥房位於同一樓層，這樣他就不必上下爬樓梯。

暫且不必。

當他在鏡子裡看見自己的臉時，嚇了一跳。毫無疑問，他生病了。灰暗的眼眶，慘白的膚色，額頭上冒著汗珠，目光渾濁，還有點什麼不對勁。

有點什麼跟平常不一樣。

維克托盯著鏡子，試著固定自己的眼神。但是沒能成功。他越是努力集中精神，看到的影像就越模糊。

「可惡的藥錠。」他嘟囔著，伸手抓起淋浴的蓮蓬頭，朝左上方抬起，並讓水流了好一會。就像往常一樣，老舊的發電機需要比較長的時間才能把水加熱。還好今天他妻子不在這裡，否則她鐵定會爲了這種浪費大驚小怪，激動不已。

維克托又繼續盯著大理石洗手臺上方的鏡子瞧，一股沉重的疲憊感席捲而來。水流聲唏哩嘩啦地響，成了他腦中想法的伴奏曲。

有點什麼變得不一樣，但我無法知道是什麼，那是如此的……模糊不清。

他收回目光，擺好一條浴巾，然後打開玻璃門走進蒸騰的熱氣中。沐浴乳的氣味宜人，沖完澡後，他感覺輕鬆了許多。熱水沖刷掉痛楚的最表層，讓它隨著水流消逝。可惜的是，流水不能將他的思緒一併帶走。

有點什麼變得不一樣，發生了變化。然而，到底是什麼呢？

維克托從衣櫃中拿了一條老舊的Levi's 501牛仔褲，再套上藍色Polo衫。雖然他知道安娜今天仍可能會過來，他甚至十分期盼她的出現，好繼續聽她講述故事，或許還能夠知道最後的結局。但是，他今天感覺糟透了，只能以休閒服會客，希望他的訪客不介意醫生這種非正式的穿著，如果她有注意到這些小地方的話。

維克托走下樓梯，謹慎起見，他一直牢牢抓著木欄杆。他在廚房裡將電動熱水壺加了水，從廚櫃中取出一包茶。然後，他伸手去拿一只凸肚的杯子，它就掛在洗碗槽和電爐之間的木勾上。他努力集中精神，專心地準備早餐，避免望向濕漉漉的玻璃窗而看見籠罩帕庫姆的晦暗天幕。但是，廚房裡的機械式動作並無法轉移他的注意力。

到底是怎麼回事？哪裡不對勁呢？

他朝著冰箱轉過身去想要取出牛奶，他的目光掠過那塊明可鑑人的爐面，瞥見自己的身影。這次，一切更加模糊了，幾乎全都變形。突然間，他明白了……

……在哪裡呢？

他的目光滑過爐面，掃向地面，巡視了整片石頭地板。

瞬間，那種感覺又冒上來，和昨天一模一樣地令人難受，那時他正指揮著凱查看度假小屋。

少了什麼東西。

維克托扔下茶杯，三步併做兩步衝向過道，推開有壁爐房間的門，快速查看書桌。

一些文件資料，《繽紛週刊》採訪提問的列印稿，筆記型電腦。一切井然有序。

不對。少了什麼東西。

維克托閉上雙眼，希望一睜開時，所有東西都能迅速歸位。不過，當他再次環視周遭，他很確定，一切仍是原封不動。

地上。書桌下方。什麼也沒有。

辛巴達失蹤了。

他飛奔回廚房，再次朝地板看了看。

還是什麼也沒有。

沒有辛巴達的蹤影。除了牠以外，牠的餵食盆、飲水碗、狗糧以及放在書桌下的被子全都不在，這情形就彷彿辛巴達從未跟隨主人來到島上一樣。不過，陷入驚慌失措的維克托還來不及注意到這些。

18

維克托站在海灘上，任由雨水撲打在臉上，逕自思索著。讓他感到萬分奇怪的是，小狗跑了這件事並沒有帶來多大的影響。當然，他很傷心，也很驚訝。但是感覺並不如做惡夢那般強烈。只是他最大的恐懼如假包換地發生了，先是裘依絲，然後是辛巴達。就這樣不見，失蹤了，沒有留下任何痕跡。

也因爲如此，他從來不會建議傷心欲絕的患者去養寵物。這種事情他看太多了，一隻臘腸狗本該撫慰喪偶的人，牠卻在葬禮後幾天成爲一起意外的犧牲品。

或者就不見了。

四處尋不著辛巴達的蹤跡。但是出於某種原因，維克托並沒有崩潰，沒有激動而絕望地跑進村子，也沒有狂打電話給島上所有鄰居。他只是對著哈波施特的電話答錄機獨白，向村長通報了這件事。現在他在距離房子大約兩百五十公尺的地方，查看那片覆蓋著漂浮木的海灘，努力尋找黃金獵犬的大腳印。然而徒勞無功，就算牠曾經在這裡出現過，足跡早被海浪吞沒了。

「辛巴達！」

他知道這樣呼喚牠的名字毫無意義，即使那條狗就在附近，現在也不可能聽從命令的。辛巴達的膽子很小，光是壁爐裡松木發出的劈啪聲就會把牠嚇得發抖；除夕的時候，伊莎得在牠的飼料中拌入鎮定劑，免得整晚的鞭炮讓牠魂飛魄散。有一次他們走在森林裡，遠方獵人的一聲槍響讓辛巴達拔腿就跑，不顧一切飛奔回家，主人的命令完全拿牠沒奈何。

海浪的咆哮聲肯定讓牠驚惶失措，可是牠居然自己跑出來，離開房子的庇護，這太不可思議了。所有的門都關著，牠是怎麼跑出去的？

從地下室到閣樓，維克托都仔細搜查了一遍。什麼也沒有。他還打開花園中老舊的發電機棚屋，看看那隻狗是否在裡面。但是，棚屋也上了鎖，辛巴達不可能鑽進去的。同樣不可能的是在一座島上消失得無影無蹤，維克托想到。辛巴達永遠也不會自己跑到外面去的，除非……

維克托猛然轉過身去，側向著海浪。短短幾秒鐘，他的眼角餘光瞥見大約一百公尺外有個東西在移動，大小就跟一隻狗差不多。他燃起了一絲希望，希望那是辛巴達正從遠處朝他走來。但是，幸福感瞬間就消失了，速度跟降臨時一樣快。他看到朝他走來的沒有淺色的皮毛，而且不是一隻動物，是一個穿著深色外套的人。

安娜。

「眞好，你能出來走走。」等到她距離只有十來公尺遠的時候，她喊叫道。儘管兩人相距不遠，維克托還是聽不清楚她說的話，因爲強風把好幾個音節吹到海裡去了。

「但是，在沙灘上散步你可挑錯了天氣。」

「而且還挑錯了理由。」他一開口朝她喊，就立刻感覺到喉嚨的灼燒。從發現辛巴達失蹤到現在，他幾乎忘了喉嚨痛的存在。

「你的意思是……？」她與他僅有幾步之遙，維克托第二次驚訝地察覺到，安娜的漆皮皮鞋從村子走到海邊之後，居然還完好如初，既沒有沾染泥沙，也沒有變得髒兮兮。

「我在找我的狗，牠不見了。」

「你有一條狗？」安娜問到，右手摸著頭巾，免得被海風吹走。

「當然，一條黃金獵犬，你見過牠的啊。我們之前談話的時候，牠一直躺在我腳邊。」

「是嗎，」安娜搖了搖頭：「我根本沒有注意到。」

維克托覺得，她這句出乎意料的話帶給他的震撼，比狂風暴雨還要劇烈。他的右耳開始耳鳴，內心的空虛剎那之間轉爲深入骨髓的恐懼。

這個女人不對勁。

雨水沿著維克托的眉毛滲入了眼睛，安娜的臉孔變得模糊而扭曲。這時，第一次談話中提到的片段自記憶中響起：「……但是我仍然繼續打，最後牠的嘴裡淌出鮮血，成了地上的一攤肉，顯然我已把牠給活活打死了。」

「妳在說什麼？」

維克托陷入思考，滿腦子是她的描述以及自己對這段動物虐待的回憶，顯然安娜對他說了些什麼，但是維克托只看到她翕闔的雙唇。

「我們回屋裡去吧，」她又說了一遍：「天氣這麼惡劣，牠肯定會自己回來的。」

安娜用腦袋指了指位於海邊的房子，伸手要去握住他的手。維克托反射動作般地往後退，點了點頭。

「好吧，也許妳是對的。」

他緩緩動身，走在前面。

她怎麼可能沒有看見那條大狗呢？爲什麼在這件事情上她也要撒謊啊？難道不只是裘依絲的失蹤，連辛巴達的失蹤都與她有關嗎？

維克托反覆思索這些問題，竟忘了導師兼好友范·德盧森教授指導他的第一守則：「仔細傾聽，不要急於下結論，盡可能給予患者更多的關注。」

拉倫茲完全忘了這一點，他費盡心力壓抑那股確定性，它自潛意識向上騷動，時時折磨著人。當時，眞相已清晰可見，就像個醉漢般絕望地癱在他面前，只有一層薄冰隔絕了他和拯救者伸出的手。不過，拉倫茲醫生並沒有衝破薄冰的準備。

還沒有。

19

「我們就逃跑了。」

談話吃力地展開。維克托強迫自己不要去想辛巴達，而前幾分鐘他根本沒有在聽安娜說話。幸好，她自己做了個簡短的提要：她跟夏綠蒂開車去森林小屋，破門而入，夏綠蒂拒絕踏進那棟屋子，然後她聽到走道的盡頭有一個男人的聲音。

「妳在躲什麼？」維克托終於接上話。

「那時我還不清楚，只是覺得，先前在屋子裡等我的現在就在我們身後。於是，我拉起夏綠蒂的手，沿著結霜的道路往車子那邊跑。完全不敢回頭看，實在是太害怕了，也是出於小心謹慎，在這節骨眼上，我們可不想滑個四腳朝天。」

「可以再問一次，是誰在那棟房子裡？誰在追妳們？」

「直到今天我仍然不確定。等我們終於坐進車裡、關好車門、飛速駛回柏林時，我也問了夏綠蒂。但是，小傢伙又只是打謎語。」

「什麼謎語？」

「例如，我無法給妳答案，安娜，我只能暗示妳，妳得自己找出它們的含義來，寫故事的人是妳，不是我！」

維克托不得不認清一點，安娜講的故事越來越不眞實。若考慮到她的病情，這是很容易理解的。但是，他多麼期望她的幻想能與現實有一丁點的關聯，對於自己這種反常的態度他竟然毫無自覺。

「然後妳開車去了哪裡？」

「去找夏綠蒂給我的下一個暗示，她說：『剛才我帶妳看了一切開始的地方。』

「森林中的房子？」拉倫茲問。

「是的。」

「然後呢？」

「然後，夏綠蒂說了一句我一輩子都不會忘記的話。」

安娜抿了抿嘴唇，模仿小女孩的輕聲細語說：「我現在要帶妳去看我的病『住』的地方。」

「病『住』的地方？」拉倫茲反問。

「她是這麼說的。」

拉倫茲不由自主地全身顫抖。打從他們進屋之後，他就一直覺得冷。當安娜壓低了嗓音說話，更是一陣寒氣逼人。

「是在哪裡呢？」他追問：「她的病住在什麼地方？」

「夏綠蒂指示我駛往柏林的聯外道路，並通過一座大橋。老實說，我不清楚是怎麼到達那個地方的。柏林的那一區我並不熟悉，再說開車的時候我也無法集中注意力，因爲夏綠蒂一下子又不舒服了。」

維克托的胃開始痙攣。

「她怎麼了？」

「她先是流鼻血，我把車停在路邊，應該是在萬湖沙灘浴場附近的一座啤酒花園旁。她躺在後排的座椅上，鼻血流個不停……」

……然後就開始打寒顫……

「……她開始抖得很厲害，不停打寒顫，情況非常嚴重，我腦海裡只有一個想法，趕快送她去醫院。」

安娜很不自然地笑了起來。

「然後我想到，自己總不好帶著一個幻影到急診室求救吧。」

「所以妳就沒有幫她？」

「還是幫了。起先我眞的很不願意，內心強烈抗拒這個假像，但是夏綠蒂越來越難受。她不停顫抖，哭著求我到藥房幫她買藥……」

……盤尼西林……

「……她需要一種抗生素。我告訴她，沒有醫生處方我弄不到那種藥，然後她就變得非常狂躁，並衝著我大吼大叫。」

「大吼大叫？」

「是的，她使盡微弱的力氣大吼大叫。眞是可怕，那聲音中既有哀號，也有啜泣，還有吼叫。」

「她說了什麼？」

「『是妳把我創造出來，讓我得了病，現在你要幫我恢復健康！』儘管我知道那是我的幻覺，儘管我很清楚不存在夏綠蒂這個人，我還是開車去了一家藥房，爲她的頭痛買了一盒撲熱息痛。我使出渾身解數，才說服藥劑師在沒有處方的情況下賣給我這種盤尼西林。『要給我生病的孩子。』我編謊言，並保證第二天就會補上處方。事實上，我這麼做全是爲了自己，因爲我知道，只有服從夏綠蒂的命令，腦海裡的那些聲音和幻象才會消失。」

「後來發生了什麼事？」

「在去過藥房之後，確實好多了。不是對夏綠蒂，而是對我來說。」

維克托等她繼續往下講。

「她服了兩顆藥，不見任何改善。幾乎可以說，恰恰相反，夏綠蒂的身體狀況變得更糟。她看起來非常蒼白，無精打采。但是，至少她不再責怪我，也安靜多了。不過她的狂躁仍讓我十分驚恐，以至於我根本不知道怎麼抵達湖邊那棟大房子的。」

「請描述一下那棟房子。」

「那是我在柏林見過最美麗的莊園。我都不知道大城市裡還會有這種建築物，占地面積達上千平方公尺，坐落在一個山坡上，還有自己的沙灘和碼頭。房子本身比別墅還要大，整體建築風格屬於古典主義，並揉合了義大利文藝復興時期的元素，有很多凸肚窗、小塔樓，裝飾繁多，也難怪夏綠蒂稱它是座『宮殿』。」

天鵝島。

維克托現在非常確定了，安娜的故事有那麼多相符的細節，這不可能純屬巧合。

「但是，建築物的地點和風格還不是最醒目的，」她繼續說：「讓人匪夷所思的是，那裡聚集了人群。我們把車子停在一座小橋前，因爲有一堆貨車擋住了我們的去路。」

「貨車？」

「是的，大大小小的貨車。它們都要……」

……開往島上……

「……前往與我們相同的方向，那條狹窄的道路被塞得水泄不通，人來人往，一片雜沓。人群大多在人行道上，聚集莊園大門外等候。沒有人注意到我們靠近，所有人都聚精會神盯著宮殿那扇沉重的大門。有的人拿起望遠鏡，不少人揹著照相機，手機鈴聲四下響起，很多人在照相。兩名男子甚至爬上林蔭道旁的大樹上，好取得最佳視野，眺望整座莊園。最誇張的是，一架直升機轟隆隆從我們頭頂上飛過。」

維克托清楚知道，他們來到什麼地方；他也能想像，安娜描繪的是什麼景象。裘依絲失蹤後的頭幾天，媒體就像馬戲團在他家門外折騰，讓人受了不少罪。

「突然，人群中一陣騷動，因爲大門敞開，有人從裡面走了出來。」

「誰？」

「不知道，我根本看不清楚，那地方很大，別墅的大門離我站的地方有八百公尺遠。我問夏綠蒂我們在什麼地方。她說：『這是我家。我帶妳到我父母住的地方。』然後我問她爲什麼來這裡，她回答：『這個妳知道的啊！我就住在這裡，但不是一個人，惡魔也住在這裡。』」

「她的病？」

「是的，顯然她想讓我明白，應該在她家裡尋找神祕病情的根源。而且也是爲了同樣原因她才離開那座宮殿的。她之所以離開，不光是爲了尋找病因，也是爲了逃離。」

裘依絲病的根源就在天鵝島上？

「突然，夏綠蒂用力握住我的手，想要回頭。一開始，我還不想跟她一起走，打算看看那個從門裡出來、穿過花園朝等待人群走去的到底是誰。那個人離我們很遠，一時間我還看不清是男人還是女人。不過，那人走路的樣子有點眼熟。然後，夏綠蒂開口說了一句話，我立刻同意隨她離開。」

「她說了什麼？」

「『還是快走吧。之前房子裡的那個惡魔已經盯上我們，直接追過來了。』」

20

「是否方便讓我借用一下洗手間？」

安娜直接站了起來，顯然決定讓故事在這個地方停頓一下。

「當然方便。」維克托不只一次注意到她十分講究的表達方式。好像她想藉此營造一種與自身可怕經歷截然不同的對立面。維克托也試圖站起身來，但肩膀卻有如千斤重，整個人又硬生生跌坐回椅子上。

「洗手間就在……」

「……樓上臥室隔壁，我知道的。」

她邊說邊往外走，沒有看到維克托以疑惑的眼神盯著她的背影。

她怎麼會知道呢？

終於，維克托一股作氣，從椅子上站了起來，跟隨在安娜後面。走到房門時，他的目光落在黑色喀什米爾大衣上，安娜細心地把衣服放在長沙發旁的椅子上。大雨一直下個不停，那件大衣還濕潤潤的，椅子底下的木質地板都凝聚了一個小水窪。維克托拿起大衣，想把它掛到玄關的衣帽架上，但是大衣很重，太重了，不可能只是雨水，那頂多沾到外層，並不會滲入絲綢內襯。

維克托聽到二樓關門的聲音，安娜進了洗手間。

他拎著大衣搖了搖，右邊口袋發出叮噹聲。他未多加思索，就在一股衝動的驅使下，把手伸了進去。那個內袋出奇地深，當他正想縮回手時，指尖突然碰到一條手絹，然後是一個中等大小的皮夾。他迅速抽出皮夾，沉甸甸的，是Aigner的男款，與安娜品味很高、顏色和諧的女性化衣著完全不搭調。

她是誰？

樓上的馬桶在沖水了。洗手間有一部分就在起居室正上方，維克托可以聽見安娜的鞋跟敲打大理石地板的聲音。她可能正走向洗手臺，打算洗洗手。就像得到證實一般，維克托聽到水龍頭被擰開，水從老舊的銅管裡流了下來。

維克托得加快動作，他翻開皮夾，看到的是空無一物的證件夾層，瞬間他的脈搏停止，原本他希望能夠找到揭開安娜身分之謎的鑰匙，現在他只能盯著信用卡的空層，連錢都沒有，至少是沒有紙鈔。

突然，維克托覺得非常不安，雙手開始輕微且無法克制地發抖。幾個月前也曾經這樣，那時他血中酒精濃度降低，神經系統強烈要求補給。然而，現在讓他發抖的不是因爲缺少酒精，而是一股寧靜。樓上的水停止流動了。

維克托趕緊闔起皮夾，想盡快放回大衣口袋。就在這時，電話鈴聲大作。他嚇得抽搐了身子，掉了手裡本來就不該拿的東西，皮夾落在木質地板上，啪的一大聲，恰好就在兩聲鈴響之間。維克托驚訝地發現皮夾爲什麼那麼重了，眼前有無數個錢幣鬼使神差地散落一地。

該死！

樓上洗手間的門已經打開了。只要再過幾秒鐘，安娜就會回到起居室，然後看到她皮夾裡的東西，滿地都是。

維克托跪在木質地板上滑來滑去，企圖用顫抖的雙手把錢幣兜攏到一塊，耳邊仍是響個不停的電話，聲聲催人。因爲他的指甲剪得很短，再加上雙手顫抖，根本無法翻動錢幣並拾起來。

他開始冒汗，腦海浮現一段陳舊的記憶，加劇了他的驚慌失措。很久以前，他父親曾在同樣的地板上，向他表演如何用磁鐵把硬幣撿起來。現在他多麼希望手中握有神奇的紅黑色馬蹄鐵啊，有了它就可以擺脫尷尬的處境了。

「拉倫茲醫師，你有電話！」安娜在二樓喊道。顯然她已站在樓梯口，正準備下樓來。由於電話鈴聲很大，他無法判斷她的位置。

「好的。」他喊道，他明白這是一個沒有意義的回覆。至少還有十枚硬幣躺在沙發前，有一枚甚至滾到壁爐邊，在火花檔欄前才停下。

「沒關係，你接吧。我們的談話可以等一下再繼續。」

安娜的聲音步步逼近。維克托還在納悶她怎麼仍未回到起居室，他突然驚訝地看著自己的手。那些硬幣，他在急忙慌亂中撿起來的並不是錢，至少不是目前通行的，那都是舊的馬克，自從歐元成爲法定貨幣之後早已失效。伊莎也還有一枚舊馬克硬幣，用來在超市裡打開購物車的鎖鏈。但是，安娜的皮夾裡至少有四、五十枚這種舊硬幣。

爲什麼？

她是誰？爲什麼隨身攜帶這麼多舊硬幣？爲什麼沒有身分證和信用卡？她跟袞依絲有什麼關係？還有，她爲什麼還沒回到起居室？

現在，維克托行動敏捷，沒有躊躇猶豫，就把半空的皮夾放回大衣口袋裡，手腳並用地將剩下的硬幣推到沙發底下。他只能祈禱安娜沒有數過有多少錢，而且也不會往沙發底下張望。

當他慌張地環顧四周，確認是否有被遺漏的硬幣時，他瞥見一張折疊過的小紙條，顯然是跟著錢幣一起掉出來的，掉在椅子下面的小水窪旁，剛才安娜黑色的喀什米爾大衣就放在這張椅子上。維克托不著痕跡地把紙條塞進牛仔褲的口袋裡，想要站起身來。

「怎麼了？」

維克托轉過身來，盯著安娜的臉。進入客廳前的最後幾步路她肯定是走得悄然無聲，維克托也沒有聽到她開門的聲音，而那扇門平時總是討人厭地嘎嘎作響。

「我……我……我只是……」

他忽然明白過來了，對安娜來說這情況非常怪異。她只是上了三分鐘的廁所，而他卻跪在沙發前，滿頭大汗。如何解釋才會教人相信呢？

「我剛才……」

「我是說電話，希望沒有什麼事吧？」

「電話？」

他這才知道安娜剛剛爲什麼沒有進來。

在一片慌亂中，他根本沒有注意到電話鈴聲已經停了。顯然安娜以爲他接了電話，所以禮貌地在玄關等候了一會。

「噢，電話？」維克托重複一遍，連他都覺得自己實在是夠愚蠢的了。

「是。」

「是打錯的。」他說，顫巍巍地站起來。這時，電話又無預警響起，他不由得身子彈了一下。

「嘿，這人眞是固執，」安娜笑著說，在沙發上坐下：「你不想接嗎？」

「我？是的，我要……」維克托開始結巴，好不容易才鎭定下來說：「我去廚房接。抱歉，麻煩請妳等一下。」

安娜毫不在意地對他微笑，維克托步出了起居室。

當他在廚房裡拿起電話聽筒的時候，他想到自己忘了個東西。一個很重要的東西，可以讓他失去安娜的信任。

硬幣，壁爐前的那枚硬幣。

但是，他沒有什麼時間去思考，要是安娜看見她的硬幣會發生什麼事。因爲，如果說幾秒鐘前，他還以爲這一天已經緊張到無以復加的話，那麼現在打電話來的人所說的第一句話，將讓他無法呼吸。

21

「確定無疑了，那是女性的血，維克托。」
「多大年紀的女性？」
「這就難說了。」凱回答，他的聲音聽起來很奇怪。
「爲什麼？」
「因爲我是偵探，不是基因技術人員！」
維克托用手按了按頭子，卻無法藉此紓解頭痛。
「你現在人在哪裡？」他問私家偵探。
「威斯特醫院，在一個好伙伴實驗室外的走廊上。裡面禁止撥打手機，怕訊號會干擾到實驗室的電子設備。」
「是的，我了解，那就快告訴我你蒐集到的情報。」
「好。我朋友是這裡的生化學家，他在午休時幫我做了血液分析，是從你度假小屋浴室取出的血液樣本。當時那裡很混亂，不難採集到。」
「結果呢？他發現了什麼？」
「哦，我說過了，肯定是一個女人的血，介於九歲到五十歲之間，很可能是年輕女子的。」
「裘依絲失蹤的時候十二歲。」
「我知道。但是，那絕對不是你女兒的血，維克托。」

「你怎麼知道？」

「因爲太新了，那些痕跡才兩天吧，頂多三天。你女兒四年前就失蹤了。」

「這個不用你提醒。」維克托嘆了一口氣，把廚房的門打開一道小縫。起居室的門是關著的，儘管如此，他不確定安娜是否聽得到他說話。他把聲音再壓低一些。

「好，那不是裘依絲的血。那你告訴我，安娜和她講的事情，我該怎麼想？到目前爲止，她對我女兒、我們的度假小屋有非常精準的描述，剛才還說到天鵝島上的別墅，所有的事情都吻合，分毫不差。凱，她到過那裡，去過我家，安娜甚至提到綁架當天在別墅前露宿的記者。」

「她的名字是安娜？」凱問道。

「對。」

「還有呢？」

維克托深深吸了一口氣，卻開始咳嗽，全身因而晃動得很厲害。

「她叫……」他把聽筒從嘴邊挪開，過了一會才繼續說下去。

「不好意思，我感冒了。你聽好，現在我給你她的資料。她叫安娜・施皮戈爾，是童書作家，據說很受歡迎，尤其是在日本。父親於美軍廣播網工作，很早死於血栓，因手術失誤導致的意外。童年在柏林度過，過去四年住在達勒姆的公園醫院。」

私家偵探慢慢複述維克托的話，並記下這些資料。

「好的，我來查查。」

「不過，你要先完成另外一件事。」

電話線的那一頭傳來嘆氣聲。

「什麼事?」

「你還有天鵝島房子的鑰匙嗎?」

「你是說可以進去的電子門禁卡?」

「對。」

「有,我還有。」

「好。我要你跑一趟,去我的書房,打開保險櫃,密碼就是裘依絲的出生日期,只是顚倒數字的順序。保險櫃裡面有一大疊光碟,很容易找到的,把它們全部拿出來。」

「光碟的內容是什麼?」

「當時警方要我們把室外監視器在綁架一個月內所錄到的,全部保存起來。」

「這個我還記得,他們希望歹徒會混在看熱鬧的人群中。」

「對。把綁架第一個星期的錄影拿出來看一下。」

「好幾位專家早就研究過了啊,沒有什麼發現,不是嗎?」

「那是因爲他們在找一名男子。」

「那我的目標是什麼?」

「安娜。找一個嬌小的金髮女子,她在房子前跟一群記者站在一起。現在你已經有了她的基本資料,或許可以透過網路找到她的照片。」

凱還在繼續說話,維克托聽出通話效果有所改善。凱應該離開了醫院的走廊,回到實驗室中。

「好吧。看在你的面子上，我去查一查安娜，看一看錄影檔案。不過，千萬別抱太大希望！她講的故事雖然很有意思，但也有很大的漏洞。別忘了，度假小屋的入侵事件是上星期才發生的。」

「我知道你是怎麼想的。不然你說說看，要是這一切與裘依絲沒有關係的話，那麼到底發生了什麼事？你說過浴室裡血跡斑斑，你該不會固執地認爲，在小木屋中遭到殺害的不是裘依絲，而是另一個小女孩吧？」

「第一、結果還沒有出來，無法肯定是少女的血。第二、沒有。」

「什麼『沒有』？」

「沒有人在那間浴室遭到殺害，因爲那些血絕對不是從傷口流出來的，維克托。」

「如果沒有人受傷的話，爲什麼整間浴室都是血？」維克托對著電話大喊。他太累，也太激動了，不再顧忌安娜在客廳是否聽得到。

「我一直試圖向你解釋，血液樣本的黏膜細胞證明了這一點。」

「這又是什麼意思？」維克托說，立刻自問自答：「你的意思是有人……」

「對。別激動，實驗室的報告說得很明白，那是經血。」

22

今天。威丁醫院。一二四五號病房。

屋外都暗了下來。醫院走廊上的自動照明系統已啓動，從天花板落下黃白色的燈光，讓羅特醫師的臉色比平時更顯蒼白。

維克托・拉倫茲第一次注意到主治醫生額角的頭髮異常稀疏。之前，他都把短髮向前梳，巧妙遮掩住大片的髮禿。但在過去的一個小時中，隨著維克托的講述，羅特醫師越來越頻繁地用手指梳過頭髮，露出一片光嫩的頭皮。

「你緊張嗎，羅特醫師？」

「不緊張，只是好奇，我很想知道接下來的事情。」

維克托請醫生給他一杯水，羅特醫師把杯子遞給他，還放入一根吸管，讓他即使雙手受縛也能喝到水。

「但我有好幾個問題。」在維克托喝下第一口水的同時，羅特醫師說道。

「比如說？」

「爲什麼你沒有繼續尋找辛巴達呢？假設我的狗不見了，我在家裡一分鐘也不得安寧。」

「你說得對，連我都對自己不太在乎的舉止感到奇怪。但是我也覺得，在尋找女兒的過程中，我耗盡所有的精神和情緒。我自覺像個經歷漫天轟炸的老兵，對於槍林彈雨的呼嘯聲早習以爲常，只是靜靜地蹲在戰壕裡。你能明白嗎？」

「可是，你至少要告訴妻子帕庫姆發生的事情啊。在狗失蹤之後，無論如何都該打個電話給她的。」

「我打了。幾乎每天我都打電話找她。我得承認，剛開始的時候我不確定是否該對她提起安娜的事。當初她就反對我接受那個採訪，後來我也無心回答問題。要是伊莎知道我又投入治療工作的話，肯定當天就從紐約飛過來了。不過，我根本無法與她的飯店房間連上線，我只能留話請櫃檯代爲轉達。」

「而她從來沒有回電？」

「有的，一次。」

「情況如何？」

維克托朝向桌子示意，羅特醫師再次把水杯遞給他。

「還有多少……？」

維克托話沒說完，停下來喝了一大口的水。

「我們還有多少時間？」

「二十分鐘吧。你的律師已經到了，他們正在跟瑪爾丘斯教授會談。」

律師。

維克托回想起上次需要法律顧問是在什麼時候。一九九七年，一位瘦長、交通事故方面的法律專家替他保住了駕駛執照，但是在未來的幾週，他就幫不上忙了。這次維克托需要頂尖的專業好手，因爲涉及的可不是汽車刮痕。

而是攸關性命。

「他們眞的很在行嗎？」

「那些律師？是的。據我所知，他們是全國可以聘請到最優秀的刑法專家。」

「今天他們想要從我這裡知道，安娜發生了什麼事？」

「也包括這個。他們若要爲你辯護，就必須了解這部分。畢竟整件事涉及謀殺。」

終於有人說出口了。到目前爲止，他們總是在拐彎抹角。其實兩人早已心知肚明，未來等待維克托的是牢獄，除非故事的結局能讓法官相信，他當時別無選擇，只有殺人一途。

「不管是不是謀殺，我今天應該沒有力氣再細說從頭了。更何況，我仍然抱著希望，二十分鐘之後我就不會在這裡。」

「別妄想了。」羅特醫師把水杯拿開，又用手梳了梳頭髮。「還是讓我聽聽故事的下文吧。經血是怎麼回事？等你回到客廳之後，安娜說了什麼？」

「什麼也沒說。」

羅特懷疑地看著他。

「就在我跟偵探通電話的時候，她走了，我根本沒有察覺到。『打擾了。你還有很多事情要處理，我們明天再繼續吧。』她寫了一張紙條，放在書桌上。這讓我非常難以忍受，她這一走，我又得再煎熬一夜才能得到進一步的訊息。」

關於夏綠蒂的訊息。關於裘依絲的訊息。

「然後你就上床休息了？」

「沒有，還沒有。在那之前出現了另一位不速之客。」

23

結束了與凱的通話之後十分鐘，有人在敲門，維克托一度以爲是安娜折返回來。當他看到是哈波施特時，希望頓時落空。村長又一次冒著暴風雨，費了好大功夫來到維克托這裡。他站在門口，臉上的神情非常嚴峻。村長這一次還是不打算進屋，一句話也沒說，就遞給維克托一個小包裹。

「這是什麼？」

「一把手槍。」

維克托往後退了一步，彷彿哈波施特身上有傳染病似的。

「見鬼，我要這玩意做什麼？」

「最好還是拿著，保護你自己。」

「誰會害我啊？」

「她。」哈波施特揚起右手的大拇指，往後方指了指。「我看到她又到你這裡來了。」

維克托不以爲然地搖搖頭。

「聽我說，我知道她這個人。」他從褲子口袋裡拉出一條手帕，沒有擤鼻子，只是擦去不停流出的鼻水。「我是精神科醫生，請不要監視我和我的病人。」

「我是這裡的村長，我很擔心你。」

「謝謝！我很感激，眞的。可是，只要沒有什麼可讓人信服的理由，我絕不會碰這個東西。」維克托想要把小包裹還給他，但是哈波施特的手仍紋風不動地插在燈芯絨褲的口袋裡。

「有一個理由。」他生氣地嘟囔道。

「是什麼？」

「有一個理由能說服你在家裡擺一把武器。我調查過那個女人。我詢問了所有島上見過她的居民。」

「結果呢？」維克托的嘴裡突然冒出一股金屬般的味道。這麼說來，至少凱不是唯一一個刺探安娜的人。

「那女人可把布爾格給嚇壞了。」

「米夏·布爾格？那位渡輪船長？有什麼事能嚇著他？」

「那女人對他說，她有一筆帳要跟你算，醫師。」

「眞的？」

「眞的。而且你得爲此流血。」

「我不信。」

到處都是血。

哈波施特聳了聳肩膀。

「隨你的便，你就相信你願意相信的吧。不管怎樣，只要我知道你這裡有把槍，我就能睡得安穩一點。她也是有備而來的。」

維克托一時語塞，完全不知如何回答。哈波施特轉過身去，準備要離開，維克托突然想起一件重要的事，他一把抓住村長的胳膊。

「請問，你有看到我的狗嗎？」

「辛巴達死了嗎？」

這個單刀直入的問題就像大地震一樣，震波狠狠地衝擊到他，命中要害，讓人無從招架。維克托感覺自己距離震央非常地近。

「怎麼這麼說呢？我的意思是……沒死，希望沒有。牠只是跑出去了，我在你的電話答錄機上提過這件事。」

「嗯，我明白。」哈波施特輕聲說，同時還微微點了點頭。「我之前就對你說過了，那女人很不對勁。」

維克托想要反駁，並沒有證據說明安娜與辛巴達的失蹤有關，但他沒有說出口。

「我會睜大眼睛看，撐開耳朵聽的。」哈波施特承諾，但是那話聽起來並不太認眞。

「謝謝。」

「你也要這樣做，不光是爲了那條狗。那女人很危險的。」

村長沒告別就走了。

維克托目送他離去的背影長達一分鐘，然後他開始劇烈發抖，牙齒也不停上下打顫，就像一個在冰涼游泳池裡逗留太久的小男孩。他迅速關上門，免得強風刮進來更多濕冷的空氣。

才走到玄關他就考慮著，是否要將那把手槍立刻扔進房子前面的垃圾桶。對他來說，武器太陰森詭譎了。基於個人原則，他可不想在自己的領域內看到任何槍械。最後，他把未打開的小包裹放進通道上紅木櫃最下層的抽屜裡。他打定主意，第二天就要把它還給哈波施特。

接下來的幾分鐘，他無精打采盯著壁爐裡慢慢熄滅的火焰，斟酌自己該如何看待過去幾小時發生的事。

辛巴達失蹤了。

某個人，一個年輕女人或是女孩，擅自闖入他的度假小屋，而且在那裡流下了經血。

島上的村長交給他一把手槍。

維克托脫下鞋子，躺在長沙發上，把手伸進褲子口袋裡，取出最後一顆鎮定劑吞了下去；那本來是預留給今夜的。然後，他靜待藥錠發揮鬆弛的效果，但願也能減輕感冒症狀。他閉上眼睛，試著擺脫緊箍腦袋的壓力。有那麼短暫的片刻，他眞的做到了。而且好久以來，他終於沒有鼻塞，呼吸暢通。於是，他聞到濃郁的香水味，那是安娜留下來的，半個小時以前她就坐在相同的位置上。

維克托思索著。他不知道那時是什麼讓他如此憂慮，是安娜陰森森的舉止，還是村長神祕而隱晦的暗示。

他還沒有來得及做出判斷，一場噩夢就攫獲了他。

24

自從裘依絲失蹤以後，相同的夢總是不定期地反覆出現。但是，不管是每週侵擾他數次還是一個月只有一回，夢的情境不曾改變。背景都是在夜半時分，維克托坐在「富豪」的駕駛座上，手握方向盤，裘依絲就在他旁邊的位子上。

維克托聽說北德有一位年輕的專家，或許可以幫助他女兒。他們開車行駛了幾個小時，正前往那位專家位於海邊的診所。車子開得非常快，但是維克托無法換到低檔。儘管裘依絲請求他減速，但是他做不到。幸好通往海邊的公路始終是筆直的，沒有轉彎，也沒有岔路，沒有十字路口，也看不到紅綠燈。偶爾對向車道上開過一輛車，幸好道路夠寬，所以即使超速，總能有驚無險。

過了一段時間，維克托問裘依絲他們是否早該抵達海邊了，裘依絲只是聳聳肩。看起來，她也不覺得路途有這麼遙遠。車子行駛的速度很快，海景應該出現在眼前了。放眼看去，不僅一輛汽車都沒有，而且還有一點很奇怪，周遭變得越來越暗。他們越往前開，兩旁的路燈就越少，而樹林卻越茂密。最後，連一個路燈都沒了，在越變越狹隘的道路兩邊只有嚴嚴實實、密不透風的森林蔓延開去。

夢到這裡的時候，維克托開始感到驚恐，不是害怕，不是擔心，而是一種難以名狀的恐懼，讓他麻木無力；等到他發現自己無法減速的時候，恐懼感就更強烈了。他踩了煞車，車子卻毫無反應，速度反而還加快了，飛奔急馳在筆直的道路上。維克托打開內車燈，裘依絲研究起手上的地圖，但是，她也找不到他們所在的公路。

最後，她輕鬆笑了起來，指向前方。

「那裡，那裡有燈光，應該可以找到什麼。」

維克托也看到前方很遠的地方有微弱的光亮；他們開得越近，燈就越亮。

「應該是十字路口或村子，也有可能就是海灘。我們只要往前直走就行了。」

維克托點頭，脈搏平穩了一些。到達前面他們就安全了，他刻意加快車速，比剛才開得更快。他想要衝出森林，衝破黑暗。

突然，那種感覺又來了。

是恐懼。是驚恐。

剎那之間，他看清周遭的一切，猛然明白在前面等著他們的是什麼光。他知道，裘依絲搞錯了，而自己半夜開車出門更是大錯特錯。裘依絲往車窗外看了看，她也感到害怕。

黑暗中，在道路兩側的不是樹林，那裡根本什麼也沒有。只有水，黑暗、冰冷、深不可測的海水。

一切都來不及了。維克托知道認清了形勢也沒有用。

他們一直都在水上的一座棧橋上行駛。幾乎花了一個小時尋找通往海邊的道路，然而事實上，他們正朝大海深處開著，離開海岸線有好幾公里了，車子正往棧橋末端疾駛而去，根本停不下來。

維克托試著扭轉方向盤，但是完全無法操控，因為不是他在開車，而是車子自己在行駛。

「富豪」全速衝向道路的盡頭，瞬間騰空而起，在北海波浪上幾公尺高處翱翔，最後向下滑落。

維克托透過擋風玻璃往外瞧，想在車燈微弱的光線下辨識出什麼來。但是，他眼前什麼也看不到，只見漫無邊際的大海，而且馬上就要淹沒他們了。淹沒裘依絲、汽車和他。

就在車子即將落入水中，千鈞一髮之際，維克托驚醒過來。對他來說，這是噩夢最糟的片刻。不是因爲他知道自己將與唯一的孩子一起溺水而死，而是他在墜落大海之前，又瞥了一眼後視鏡，鏡裡的景象每回都讓他嚇得驚叫，聲音大得足以吵醒枕邊的妻子。那是他見過最恐怖的情景。空無一物，後視鏡中什麼也沒有。

那座棧橋，那座引領他朝向大海深處行駛了那麼久的棧橋，化爲烏有，無影無蹤。

25

維克托從床上猛然坐起身，睡衣都被汗水浸透了，濕氣殃及床單被套。經歷一場噩夢，他的喉嚨痛更加劇烈。

我到底是怎麼了？他一邊想著，一邊等待心跳平穩下來。他完全想不起來，昨天晚上是怎麼從長沙發上站起來，然後上樓走進臥室的，更想不起來自己如何換了睡衣。還有一件事情也教他不明白，那就是臥室內的溫度。在黑暗中，維克托把手伸向右邊的床頭櫃，觸動了旅行專用鬧鐘的液晶螢幕顯示。才夜裡三點半，根據時鐘上的電子溫度計，室內只有八度。顯然是發電機停了，這一點很快便得到證明，因爲維克托打開了床頭燈的按鈕，但屋子裡仍是一片漆黑。

眞是活見鬼了！先是辛巴達，然後安娜、感冒、噩夢，現在又來這個。維克托掀開被子，拿起爲了應付這類緊急情況而放在床邊的手電筒，打著哆嗦走下嘎吱作響的木頭樓梯。儘管他不是一個膽小的人，但是，當手電筒的光束掠過樓梯間牆上的照片時，一種不適感還是油然而生。母親在海灘上開懷大笑，旁邊是幾條狗；父親在壁爐前愜意地抽著菸斗；全家人又聚攏在一塊，讚嘆父親釣魚的豐收。

就像處於麻醉狀態的人，回憶如電光石火般剎那閃現，經過明亮的片刻又在黑暗中消逝殆盡。

當維克托打開大門，一股強風立刻打在他臉上，不僅把濕氣與寒意，也把秋天海邊的最後幾片落葉掃進了屋裡。嘿，這下可好，他心想，感冒馬上就能變成肺炎了。

他穿上運動鞋，在睡衣外面套了一件帶帽子的藍色防水夾克。穿上這身裝扮後，他跑向發電機的棚屋，就在房子後面，離露臺大約二十公尺處。雨水沖刷沙子小路，好幾處都陷了下去，形成大片水灘和坑洞。靠著手電筒若有似無的光線，根本就看不清楚。結果才走到一半，維克托的鞋子和褲管都濕了。儘管大雨迎面撲打而來，教人巴不得拔腿狂奔，維克托仍強迫自己放慢腳步，免得在黑暗中摔倒。他的旅行醫藥箱裡，只有用來對付感冒的基本配備，要是碰上較嚴重的外傷，就束手無策了。現在他身處一座偏僻、正颳著暴風疾雨的小島上，還是三更半夜，要是腿上跌出一個窟窿，麻煩可大了。

發電機的鐵皮棚屋就在院子邊上，與海灘之間只隔著破舊的白色柵欄。

維克托清楚記得，小時候全家人一起費力修復柵欄的光景。爲了讓它能夠繼續擋風受雨，首先要打磨已經腐朽的木頭，然後塗上防腐漆，最後再刷上氣味嗆人的白色油漆。進行每一道程序時，維克托都得當父親的左右手。然而過去幾十年來，由於他的疏於維護，柵欄已敗破不堪，那臺發電機也好不到哪裡去，此刻維克托萬分盼望還能夠重新啓動它。

他用手背擦去額頭上和眼睛裡的雨滴，忽然停下了動作。眞倒楣！還沒推下有些破損的門把手，他就想到了——鑰匙。它還靜靜掛在地下室保險箱旁的鑰匙架上，他竟把它給忘了。

眞要命！

維克托憤怒地踹了一下鎖住的金屬門，還被自己弄出的噹啷聲嚇了一大跳。

「無所謂啦，反正沒人聽得見這噪音，更別說在這種鬼天氣了。」

他自言自語。室外溫度很低，他卻開始出汗。維克托拉起帽子蓋住腦袋，就在這一刻，身邊的一切突然放慢了速度，一種荒謬、不真實的感覺籠罩著他，彷彿有人停住了他的生物時鐘，時間凝滯不動。只有一眨眼的瞬間，可是周遭的事物都成了慢動作的鏡頭。

有三樣東西企圖循徑潛入他的意識。第一樣是一種聲音，當帽子沒有遮蓋住耳朵的時候，他才聽得見，那是發電機的轟隆隆。

要是它已停止運轉，怎麼還會轟隆作響呢？

第二樣是燈光。維克托轉過身去，看見自己臥室亮著光。幾分鐘前打開按鈕卻沒有反應的床頭燈，現在正照射出柔和的光芒。

第三樣是一個人。那人就在臥室裡，正倚著窗邊俯視著他。

安娜？

維克托扔掉手電筒，狂奔了起來。這是一個錯誤的舉動。他才跑到距離露臺一半的地方，臥室裡的燈又滅了，黑暗吞噬了整座房子連同四周的景物。維克托趕忙回頭摸黑尋找被扔掉的手電筒，然後快速走回屋子，踏上階梯，進入玄關。他仍身處陰森恐怖的幽冥中，只有手電筒越來越微弱的光線偶爾還能打破漆黑。他彎腰爬上樓梯，走進二樓的臥室。什麼也沒有。

維克托喘息著，用手電筒一一照過房間的角落。除了窗邊的幾把柚木椅子、老式櫥櫃、伊莎的梳妝檯，現在上頭擺放著光碟、父母親那張教人敬畏的雙人床，此外，什麼都沒有。也沒有人，維克托打開屋頂吊燈之後，沒有半個人影。顯而易見，發電機這會又正常運轉了。

它有停止過運轉嗎？

維克托坐在床沿，努力讓呼吸和思緒平穩下來。他到底怎麼了？他已無法承受了嗎？安娜、裘依絲、辛巴達？剛才，他抱病冒著風雨走到棚屋，他以爲發電機故障了，可是那臺機器突然又運轉了起來，然後他神智不清地去追一個幽靈。

維克托站起身來，圍著床邊踱步，六神無主地盯著旅行鐘，螢幕顯示攝氏二十點五度。一切正常。

唯一不正常的就是我的行爲，他想，搖了搖頭，「我到底是怎麼了？」

他又走下樓去，想把大門鎖上。

可能是因爲噩夢，要不就是辛巴達失蹤帶來的打擊，或是感冒的關係，才讓自己變成這樣，他自我安慰，然後鎖好了大門。沒過幾秒，維克托又打開大門，他彎下身子，取出花盆底下的備用鑰匙。還是小心謹慎一點好，他想，再檢查一遍門窗，感覺好多了。

他回到床上，喝了一大口感冒糖漿，又睡了一個不安穩的覺，一睡竟是幾小時。

正如氣象臺發布的颶風預報，那一夜狂風暴雨不歇。從北海刮來的強勁風勢直撲小島，海浪翻滾成幾尺高的小山，來勢洶洶地往海邊推進，肆虐著沙丘。颶風吹斷樹枝，撼動房屋的窗櫺，抹平了沙地上的痕跡，即使是一個女人纖細的足跡也不放過。那些腳印是從拉倫茲醫師的房子開始，通往黑暗深處。

26

帕庫姆，真相大白的前一天

剛過八點，維克托被電話鈴聲吵醒了。他吃力地拖著腳步走下樓去，拿起電話聽筒，他滿心以爲是伊莎終於回電給他了呢。可是，他想錯了。

「請問，你看到我的留言了嗎？」

安娜。

「看到了。」維克托清了清嗓子，又開始咳嗽。過了好幾秒鐘，他才能繼續交談。

「昨天我不想再打擾，但是，晚上和夜裡我又想了很多。」

所以妳半夜出門散步去了？或許還順路走到我的臥室？

「現在，我終於有勇氣說出故事的結局了。」

裘依絲的結局。

「很好。」維克托咳嗽著說，他暗自納悶，安娜這次居然還沒有對他惡化的健康狀況，做出什麼評語。

也許今早她沒有特別注意聽他說話，也可能是通話效果不佳。電話中有沙沙響的雜訊，像是七〇年代的越洋長途電話。

「如果你不介意的話，我想在電話裡說清楚。今天我覺得不太舒服，無法去拜訪你。但是，我要把積壓在心裡的事情吐出來。」

維克托看到自己光著腳，很是惱火，至少應該穿上浴袍和家居鞋的。

「我說過，我們當時從夏綠蒂的家，也就是島上的宮殿逃跑，你還記得吧？」

「是的，因爲惡魔追了上來。你說過。」

維克托用一隻腳，把原本鋪在茶几下面的一小塊波斯地毯勾了過來。這樣的話，他至少不必光腳站在地板上。

「於是，我們跑回車上，開車前往漢堡。夏綠蒂並沒有解釋爲什麼要去那裡。她只是在我開車的時候發出指令，而我便執行這些指令。」

「在漢堡發生了什麼事？」

「我們住進市區大街上的凱悅飯店。飯店由我選擇，之所以挑選這家豪華飯店，是因爲以前我還風光的時候，曾經在這裡的大廳與經紀人進行成功的談判。我希望，彌漫整個空間的高雅氣味能喚醒我對過往的美好回憶。」

維克托點了點頭。他自己也經常住進五星級飯店，他尤其偏愛豪華套房。「遺憾的是，情況不如預期。我越來越憂鬱，越來越暴躁，幾乎無法清楚思考。此外，夏綠蒂也變成我的沉重負擔。她的身體狀況很糟糕。她不停責怪我。於是，我再次給她服了藥，等到她在床上睡著後，我便開始工作。」

「繼續寫那本書？」

「是的。如果我不想永遠活在這個噩夢中的話，我就得把它寫完。至少我是這麼想的。經過一段時間的苦思冥想之後，我終於爲後面的章節找到大略的故事主軸。」

「接下來的情節是……」

「我必須描寫夏綠蒂的病因，並且思考她給我的暗示。她說過，一切都是從度假小屋開始的。所以，我想到故事應該是，夏綠蒂在森林小屋中第一次發病。」

不對，維克托在心裡想，一切是從那年耶誕節第二天急診醫生的出診開始的。不是在度假小屋，而是在天鵝島。

「但是，後來我就明白了，夏綠蒂說的『開始』應該是另有所指。她帶我去度假小屋，是爲了讓我看看那裡少了什麼東西。」

化妝臺？電視機？男孩團體的海報？

「我應該注意有什麼東西改變了。另外，那裡很可能發生過不好的事，很不好的，以至於夏綠蒂不願再踏進屋裡一步。而且，應該就跟我正要進房間時待在裡面的人有關。」

維克托一直等著，直到他確信安娜不會自己再講下去，他才開口。

「後來呢？」

「什麼後來？」

他幾乎要開口罵人了，數落她不該呑呑吐吐，老是這樣吊人胃口。但是，維克托努力把這些話呑下去，免得她又像前幾天一樣在關鍵時刻踩了煞車。

「故事最後是怎麼寫呢？」

「還用問嗎？結局已經呼之欲出了。」

「怎麼說？」

「你還不懂？你可是位分析師啊，把整個故事連貫起來，對你來說一點也不難吧。」

「我不是作家。」

「你可別像夏綠蒂一樣爲自己辯解。」安娜想開個玩笑，但是維克托毫無反應，他靜靜等待她的答案。

這就是他過去四年的寫照，一直在等待，滿心恐懼地等待。他努力尋找答案，腦海裡上演過幾十萬種不同的版本，他爲女兒設想了幾十萬種不同的死法，最後他自己再以那些方式死去一遍，這讓他相信自己對於每一種痛苦都做好了萬全的準備。但是，當他聽到安娜的話時，他忽然明白自己原來都想錯了。

「夏綠蒂當然是被毒死的！」她說。

面對這句話，維克托毫無準備。他的呼吸淺而急，眞要感激在他講電話時逐漸上身的一股寒意，凌駕了其他感受，也麻痺了驚恐，讓人無從知覺。這一刻他想要放下電話，跑到樓上廁所抱著馬桶狂吐。可是，他全身無力。

「拉倫茲醫師？」

他知道自己必須說些什麼，隨便什麼都好，以便繼續維繫這個假像，他仍是一位中立的分析師，不是她幻想人物的父親。夏綠蒂是一個幻覺，是安娜大腦中錯誤的化學反應。

爲能多掌握一點時間，他選擇了心理治療師最常掛在嘴邊的口頭禪。

「請繼續說。」

然而，這是一個錯誤，因爲接下來安娜要說的更教人無法承受。

27

「下毒？」私家偵探凱提高了聲調，與他原本低沉的嗓音十分不相稱。維克托打電話找凱時，凱剛好在車上，他正從天鵝島開車回柏林市中心的偵探事務所。

「這個施皮戈爾是怎麼想的？」

「我也不明白。就是從一些事實中編織出一個可能的故事吧。」

「事實？你是指她的幻覺嗎？」

維克托聽到一陣急促的喇叭聲，他推測凱又是在高速公路上，沒有使用免持聽筒設備，一邊開車，一邊講電話。

「她說，週末度假小屋裡應該發生了什麼事，而那件事對裘依絲造成很大的影響。」

「夏綠蒂。」凱糾正了他的錯誤。

「對，我就是這個意思。但是姑且讓我們假想一下，如果安娜的故事說的就是裘依絲，那麼裘依絲肯定在度假小屋裡經歷了什麼，並受到很大的驚嚇。那是很不好的事，成了她的病因。」

「但是爲什麼呢？就這樣冒出一個人，給裘依絲下毒？」

「是的。」

「那麼我想請問，那個人是誰呢？」

「裘依絲。」

「再說一遍！」

維克托電話裡的嘈雜聲變小了，顯然凱把車子開到右邊的路肩上。

「裘依絲。她給自己下毒，這就是安娜故事的重點。發生在她身上的那件事肯定非常可怕，以至於她決定用毒藥來結束自己的生命。偷偷使用小劑量，持續了好幾個月，小心翼翼，以免讓醫生察覺。」

「等一等，我不懂你在說什麼？天啊，爲什麼呢？」

「雖然你不是精神科醫生，但你也許知道『代理孟喬森症候群』，也就是『代理性佯病症』。」

「是指病態的撒謊者嗎？」

「很接近。代理孟喬森症候群患者會傷害自己，好讓別人多關心他一點。這種人從經驗中得知，當自己生病的時候，便能獲得很多的注意力。」

「所以他給自己下毒？讓別人到病床前來探望他？」

「還會帶禮物和好吃的來，並給裝病的人眞正的同情與鼓勵。這就是他們想要的。」

「眞是病態。」

「這種人甚至還病得很嚴重，要治療他們極其困難，因爲代理孟喬森症候群的患者大多非常有表演天賦，即使是重症也能模仿得唯妙唯肖，連經驗豐富的醫生和心理治療師也會上當。大多數情況下，這些患者眞正的病，我是說心理疾患，無法得到治療，而他們僞裝出來的病症反而被治癒了，或者得到診治的也是眞的症狀，例如他們會喝下除草劑，好讓慢性胃潰瘍看起來更加逼眞。」

「等一下，你……你不相信自己的女兒……她發病的時候才十一歲啊！」

「或是說中毒的時候。我自己也不知道該相信什麼了，我甚至把希望寄託在一個胡思亂想、精神錯亂的人編的故事裡。正如你所看到的，只要能爲我生命中最黑暗的一章帶來一線光明，任何說法我都願意相信。畢竟，這是一個可能的答案，甚至是第一個答案，儘管它非常殘酷。」

「好吧，讓我們暫且忘記自己所做的事有多麼荒謬。」

凱已經從路肩回到川流不息的車陣中。

「假設安娜說的確實是裘依絲，也假設她說的沒錯，你女兒給自己下了毒，那麼我現在只想知道一點，裘依絲是怎麼辦到的？你可別告訴我說，一個十二歲的小女孩知道如何用藥結束生命，並讓事情持續一年之久，連醫生都看不出破綻！」

「我也不知道。你聽我說，我不在乎安娜的故事是否句句屬實，也不在乎它有沒有合乎邏輯，我只想確認她跟我女兒的失蹤是否有關聯。所以，我請求你查個水落石出來。」

「好，我願意幫助你。另外，我這邊也有重要發現。」

「關於錄影帶？」

維克托感覺汗水正沿著背脊往下流，但他分不出是恐懼還是感冒的緣故。

「沒錯，我已完成你上次交代的任務，到你的別墅把那些錄影從保險箱裡取出來。嗯，你站穩了嗎？」

「它們都不見了？」

「不是的。可是，前幾週光碟裡的內容都被刪除了。」

「這不可能，它們都有防寫保護，無法刪除，只能銷毀。」

「但事實是如此。我昨天就把它們從你家的保險箱裡拿了回來，今天早上我親自看過，裡面什麼也沒有。」
「所有的光碟都這樣？」
「也不是，怪就怪在這裡，只有第一週的光碟空空如也。我剛才又去你家跑了一趟，想確認是否遺漏了什麼拷貝。」
維克托扶著壁爐，他害怕自己會倒下。
「嗯，你有什麼看法？」他問凱：「你還認爲這之間毫無關聯，一切純屬巧合嗎？」
「不，可是……」
「別『可是』了，這是四年來的第一條線索，我可不想搞砸它。」
「我絕沒這個意思。但是，有一個麻煩你應該知道的。」
「什麼麻煩？」
「她的名字叫安娜・施皮戈爾。」
「她怎樣？」
「她有些事情不太對勁。」
「怎麼說？」
「你還不知道，我已經完成家庭作業，我們把她徹底查了一遍。」
「結果呢？」
「一無所獲。」
「你的意思是……」

「關於這個女人一點線索都沒有，完全沒有。」
「這不好嗎？」
「不好，一點都不好。因爲這說明了，沒有這個女人。」
「你的意思是？」
「就如我所說的，沒有叫這個名字的童書作家，更沒有叫這個名字的暢銷書作家；在本地沒有，在日本也沒有；她沒有住過柏林，也沒有擔任美軍廣播網主持人的父親……」
「活見鬼，你查過她的住院紀錄嗎？」
「到目前爲止，醫院的人還不願意透露。我需要一些時間，好從這家醫院中找出一個願意爲了點零花錢而忘記保密義務的人。我馬上著手進行這件事。下一步，我想先給你的接手人范．德盧森打個電話。」
「不。」
「你的『不』是什麼意思？」
「這件事讓我來做。畢竟我是醫生，不管從范．德盧森還是醫院那裡，我應該比你們更容易得到訊息。請繼續進行你手頭上的事情，再去檢查一下裘依絲的房間。你知道的，自從她失蹤之後我們再也沒有進去過，或許你能在那裡找到什麼線索。」
毒藥？藥丸？
凱應該去找的東西，維克托根本不必說出口。
「好的。」

「再去漢堡的凱悅飯店查一下，有沒有人記得四年前的冬天，有一個金髮女人帶著有病的孩子在那裡住過一段時間。」

「爲什麼要查這個？」

「你去查就是了。」

「可是，四年前的事情？要是我還能找到當時就在那裡工作的人，連我自己都會覺得驚訝。」

「去查吧。」

「遵命。不過，我也要請你幫我一個忙。」

「什麼事？」

「當心點，不要再跟她見面了，別讓這個安娜．施皮戈爾到你家。只要我們還不知道她的眞實身分，就不要讓她進屋。也許她是個危險人物。」

「我會小心的。」

「我是認眞的！我們交換條件——我去完成你託付的任務，而你不能再跟那個神祕客有接觸。」

「好啦，好啦，我盡量。」

維克托掛上電話，腦子裡只有一個想法：

當心點，那個女人很危險。

就在二十四小時之內，他從兩個不同的人口中聽到同樣的話。慢慢的，他自己也相信了。

28

「你好！這裡是達勒姆公園醫院，我叫卡琳．福格特，有什麼能夠為你服務的？」

「妳好！我是維克托．拉倫茲，維克托．拉倫茲醫師。目前診治的一個女士以前是貴醫院的病人，我想與先前負責治療她的醫生通一下電話。」

「那位醫生的姓名是？」卡琳以柔順的聲音問道。

「有個小麻煩，我不知道那位同事的大名，我只能告訴妳患者的名字。」

「要是這樣的話，我很抱歉，拉倫茲醫師。如你所知，患者的資料是不能外洩的，這屬於醫生保密義務的範圍，其中也包括診療醫生的名字。但是，既然是你的病人，你為什麼不直接問問那位女士呢？」

因為不知道她現在躲在哪裡。因為不想讓她知道我在調查她。因為她也許綁架了我的女兒。

維克托決定用一個不那麼可疑的答案來搪塞對方：「由於病情的發展，她無法與人交談。」

「那你就看看轉診資料吧，拉倫茲醫師。」

她的語氣已不再那麼柔順了。

「沒有轉診資料，是她自己找到我這裡來的。請妳聽我說，我真的很讚賞妳保護患者私人資料的確實作法，而我也不願耽誤妳的工作。我只想請妳幫我一個小忙，能不能在妳的電腦中輸入這位患者名字，看看是否找得到？如果找得到的話，就請直接把我的電話轉到她以前待過的科室。這樣的話，妳既不會違反保密義務，還能幫助我和那位患者。」

維克托能夠想像得到，在電話的另一端，私人醫院的櫃檯祕書正猶豫不決地左右搖晃著自己髮型優雅的頭顱。

「麻煩妳了。」他說著，嘴角露出一抹微笑。顯然，親切友好的態度讓他遂其所願。維克托聽見那女人開始在鍵盤上敲打著。

「她叫什麼名字？」

「施皮戈爾，」他迅速回答：「安娜・施皮戈爾。」

頓時間，打字聲停頓了，柔順的口氣如煙消雲散。

「這個玩笑一點也不高明，不是嗎？」

「爲什麼？」

「等一下我還該查誰呢？貓王艾維斯・普里斯萊嗎？」

「我不懂妳的意思……」

「你給我聽好……」電話另一端的女人怒氣沖沖地說：「如果這是個笑話，肯定很沒有品味。我警告你，再打這種無聊的電話，我可要報警了。」

突如其來的轉變讓維克托一時不知所措，他決定轉守爲攻。「現在換妳給我仔細聽好，我是維克托・拉倫茲醫師，我不會開無聊的電話玩笑。如果我不能立刻得到一個合理的說明，那麼下次與瑪爾丘斯教授打高爾夫球的時候，我會親自向他投訴的。」

這是句謊話，因爲維克托既討厭那位院長，也厭惡高爾夫球；但是，這個謊言至少立即發揮了效用。

「如果我的語氣不好，我很抱歉，拉倫茲醫師。可是你的問題實在教人毛骨悚然，至少對我來說是如此。」

「毛骨悚然？我向妳打聽施皮戈爾女士的事情，有什麼毛骨悚然的呢？」

「因爲是我發現她的，你沒看新聞嗎？」

發現？

「她在哪裡？」

「就躺在地上，實在是太恐怖了。對不起，我現在眞的要掛電話，線上還有三個人在等待。」

「妳說『太恐怖了』是什麼意思？」維克托聽得一頭霧水，焦急地想找出之間的關聯性。

「哦，一個女人被自己的血給噎死了，換作是你的話，你會怎麼形容呢？」

死了？安娜死了？這怎麼可能呢？

「怎麼會？安娜昨天還來過，就在我這裡。」

「昨天？絕不可能。半年前，有一天我正好要接安娜的班，結果我在護士休息室找到她。那時候，什麼急救都來不及了。」

半年前？接班？在護士休息室？

「病人怎麼會跑到護士休息室呢？」維克托滿腦子都是問題，這問題第一個脫口而出。

「好吧，就算你在愚弄我，我也不計較了，老實告訴你，安娜不是患者，她是交換學生，之前在我們這裡實習。現在，她已魂歸西天，而我還活在這世界上，所以我得繼續工作了。明白嗎？」

「明白。」

不，一點都不明白。

「拜託妳，最後一個問題：死因是什麼？她是怎麼死的？」

「中毒。安娜・施皮戈爾是遭人下毒而死的。」

維克托扔下聽筒，望向窗外茫茫大海。隨著分秒的推移，一切越來越混亂，越來越晦暗。

就像帕庫姆島上風雨欲來的天色。

29

當維克托開始噁心、拉肚子，甚至覺得視線不明時，他就該意識到這並非一般的感冒。不管是加了維他命C的阿斯匹靈，還是洋甘菊的喉嚨噴劑，都沒有發揮平時應有的療效。以前總能滋潤喉嚨的阿薩姆茶，現在似乎也只起了反效果。他每喝一杯，那茶就越發苦澀，像茶葉在茶壺裡浸泡得太久。

故事的結局是從安娜倒數第二次來訪開始的。她沒打電話就直接過來了，當時他發著燒，正在午睡休息，硬生生被她從睡夢中吵醒。「你沒有比較好一點嗎？」這是安娜問的第一句話。維克托身披浴袍拖著腳步去開門，他不知道她敲了多久的門，也不知何時，睡夢中惱人的氣錘聲眞的變成大門上沉重的敲打聲。

「還好。我們不是約好今天晚上通電話的嗎？」

「是的，不好意思啊。不過我不進去了，只是想把這個交給你。」

維克托看到她手裡拿著東西，於是把門打開了一點。她的模樣讓他吃了一驚，整個人變化非常大，一點也不像前幾次見面時那麼光彩照人了。她的頭髮不再梳得整整齊齊，襯衫也有些皺巴巴，一雙眼睛慌張地四下張望，兩手緊握著一個褐色的大信封袋，細長的手指緊張地在上頭敲打著。

「這是什麼？」

「故事的結局。最後十章，就是我跟夏綠蒂一起經歷的事情。今天早上，我靜不下來，根據記憶把它寫了出來，想要給你看看。」

什麼時候寫的啊？難道在妳溜進我家裡之後，我們談話之前？

她的手指撫過信封袋，想讓它更平整些，好似那是一個精心包裝的禮物。

維克托猶豫著。理性的聲音警告他不要讓安娜進屋。

這個女人很危險。

所有訊息顯示了，眼前這個女人並非她自稱的那個人。不管怎麼說，她假借了一個遭到殺害的交換學生的姓名。但是另外一方面，她手裡正握著揭開裘依絲命運之謎的鑰匙。他大可以請她進屋坐坐，然後對她一一提出那些幾乎讓他失去理智的問題。

她到底叫什麼名字？他們之間又有一筆什麼樣的帳要算？

不冒點風險，就永遠無法得知夏綠蒂故事的結局了。

「等一下！」

維克托做出抉擇，敞開了大門。「進來待一會兒吧，暖和暖和身子。」

「謝謝！」安娜把頭髮上的水珠拍掉，遲疑地走進了溫暖的屋子。

在過道上，他在櫥櫃旁邊欠了欠身子，讓安娜先走進起居室。然後，他打開了放著哈波施特小包裹的抽屜，觸摸到紙盒，並解開紙盒上的淺褐色粗繩。

「我可以喝杯茶嗎？」

維克托吃了一驚，他看到安娜站在起居室的門旁，立刻把包裹往裡面推。安娜已經脫下外套，身上穿著一條黑色裙褲，搭配灰藍色襯衫，不過襯衫的鈕釦卻扣歪了。

「當然可以。」他順手取出一條手帕，然後關好抽屜。要是她有看到那個小包裹，那麼至少她表現得不露聲色。

維克托再次請她進入起居室。幾分鐘之後，他拿著半壺茶走了進來。他感覺身體非常疲憊，如果要他端著滿滿一壺茶，從廚房經過走道進入起居室，肯定有如翻山越嶺般，阻礙重重。

「謝謝。」

安娜沒多注意維克托，也沒看到他已是滿頭大汗，正用手帕擦去額頭的汗珠，拖著腳步緩緩走向書桌。

「我想我還是得走了。」他一坐下，她就開口說。

「可是妳的茶一口都還沒喝。」

維克托已從信封袋裡抽出第一頁，映入眼簾的是標題「擺渡」。

他立刻注意到，文稿是雷射印表機列印的。顯然她攜帶了一臺筆記型電腦，而「錨莊」的女老闆特魯蒂允許她使用辦公室裡的印表機。

「眞的，我現在得走了。可以嗎？」

「好吧。我等一下再讀了。」維克托倉促地將那頁紙塞回信封袋裡。「在妳離開之前，我想跟妳說昨天……」他看了安娜一眼，便立刻打住。

她緊張地望著天花板，雙手攥成拳頭。她肯定是怎麼了，似乎有東西在內心翻騰，一觸即發。而他又迫不及待想追問昨夜的事情，她是不是來找過他？關於自己的名字她爲什麼要說謊？但是，衡量她目前的狀況，維克托不想去刺激她，即使他的問題十萬火急，畢竟安娜還是他的病人。他可不想推波助瀾，加速她精神分裂症的發作。身爲醫生，他必須考量到安娜來這裡找他的原因，爲了治療她的精神分裂症。

「還要多久的時間？」他溫和地問她。

「到我發作？」

「對。」

「一天？十二小時？我不知道，已經有了初期徵兆。」她用虛弱的聲音回答。

「顏色？」

「是的。島上的一切都變得鮮豔了許多，樹木像是塗上了彩漆，海水深邃得發亮。儘管下著雨，顏色還是非常強烈，非常明亮，教人捨不得閉上眼睛。不只如此，連氣味也產生了變化，浪花的鹹味撲鼻而來，比之前明顯得多。島上吹拂著一股迷人的香味，只有我聞得到。」

這完全符合維克托的預期，而他沒有絲毫得意。安娜也許很危險，但是不容否認的，她病了。再過不久，他就得面對精神分裂的病人，安娜即將產生陣發性的幻覺。就在這座孤島上，只有他和她，與世隔絕。

「妳聽到一些聲音了嗎？」

安娜點了點頭。「還沒有，但這也只是時間的問題。在我身上，一切都跟教科書上寫的一模一樣。先是顏色的變化，然後是幻聽，最後是幻覺。不過這次的發作，我起碼不必再擔心夏綠蒂會來折磨我了。」

「爲什麼？」

「因爲夏綠蒂不會再來了，永遠不會了。」

「妳怎麼能這麼肯定？」

「你先看一看我寫的東西，然後……」

維克托沒有聽到後面的話，因爲電話鈴響淹沒了安娜的聲音，她說到一半就停住了。

「夏綠蒂怎麼了？」他不爲所動地問道。

「你去接吧，拉倫茲醫師。我已經習慣了，只要我在這裡，就會有人打電話來。再說，我馬上就得離開。」

「先別走，我不能這樣讓妳離開。妳快要發作了，妳需要幫助的。」

而我需要資訊。夏綠蒂怎麼了？

「你先等一下，至少等我接完電話。」維克托要求她。安娜盯著地板，一直緊張地用食指磨擦右手大拇指的指甲，維克托看到指甲的周圍都已經磨破皮了。

「好的，我不走，」她終於同意了，「但是請你讓這恐怖的鈴聲趕快停止吧！」

30

他在廚房裡拿起電話聽筒。

「嗨，你終於接電話了。聽著，發生一件不可思議的事情！」凱迫不及待地說。

「等一下就好，」維克托輕聲細語回答，把聽筒放在洗碗槽旁邊的工作檯上。然後，他脫掉家居鞋，躡手躡腳穿過走道；與此同時，他還假裝自己正在講電話。

「好的，好的……嗯，很好……我會照辦的。」

他透過門縫看到安娜還在原地，十分滿意。

「好了，什麼事情？」他回到廚房，拿起電話問道。

「她又在你那裡？」

「是的。」

「我們不是有過約定嗎？」

「她沒打電話就自己跑來，我總不好把她攆出去吧，何況外面正在刮颶風。對了，你有什麼新發現？」

「今天，我在事務所收到了一份傳眞。」

「誰傳來的？」

「我不確定，我想你應該自己看一眼。」

「什麼意思？上面寫了什麼？」

「什麼也沒有。」
「你收到一份空白傳眞？這就是你打電話要告訴我的事情！」
「倒也不是。我沒說傳眞是空白的，那是一張畫。」
「一張畫？爲什麼我該瞧一眼呢？」
「因爲我認爲，那張畫出自裘依絲之手。我相信，那是你女兒畫的。」
維克托顫抖著把後背靠在冰箱上，閉上了眼睛。
「什麼時候？」
「傳眞？」
「對，你什麼時候收到的？」
「一個小時前，是發到我私人的傳眞機上。除了你之外，只有四、五個人知道這號碼。」
維克托深深吸了一口氣，卻又開始咳嗽。
「我不知道我該說什麼，凱。」
「你在帕庫姆有傳眞機嗎？」
「有，在起居室裡。」
「好的，給我號碼，十分鐘後我會傳過去，在那之前你得想辦法把安娜趕出去。我晚點再打電話給你，然後告訴我你有什麼想法。」
維克托把帕庫姆的傳眞號碼告訴了凱，然後掛上電話。

等他從廚房出來走到過道上時，起居室的門是關上的。倒楣！他無聲咒罵著，並做好心理準備去面對最壞的情況。她該不會又跑了！維克托打開房門，放下心來，因爲他猜錯了。安娜正站在他的書桌前，背對著他。

「嗨，」他說，但喉嚨實在太疼，無法發出聲音來。

一瞬之間，他的輕鬆轉爲驚恐，因爲安娜沒有察覺他進來了，一點都沒有想要朝他轉過身來的意思。相反地，她正悄悄地把一種白色的東西攪進了他的茶裡。

31

「請妳立刻離開這裡！」

安娜慢慢轉過身來，滿臉疑惑不解地看著維克托。

「你可嚇到我了，拉倫茲醫師，怎麼了？」

「這應該是我要問你的問題。這幾天，我就一直納悶，爲什麼我的茶那麼不對勁。自從妳來到島上，我就病得越來越厲害。現在我終於知道爲什麼。」

「我的天，拉倫茲醫師，你看起來非常激動，要不要先坐下來。」

「我有充分的理由激動。妳在我茶裡放的是什麼東西？」

「你說什麼？」

「什麼？」拉倫茲大吼。他的聲音響亮而刺耳，每個字都讓他發炎的喉嚨更是疼痛難當。

「請別這麼嚇人好嗎？」她平靜地說。

「那——是——什——麼——東——西？」他咆哮。

「撲熱息痛。」

「撲熱……？」

「對，用來治療感冒的藥。請看看，這你知道的啊。自從夏綠蒂那件事情之後，我總是隨身帶著一些。」她打開灰黑色的名牌包。

「你看起來病得很嚴重，我只是想爲你做點什麼。當然，在你喝下第一口之前，我就應該告訴你的。該不會……你該不會以爲我要給你下毒吧？」

維克托完全不知道自己該相信什麼、不該相信什麼了。

辛巴達失蹤。他發高燒、拉肚子、全身打寒顫，這都是感冒的症狀。或者是中毒？他的藥毫無助益。

有兩個人多次警告過他，要他提防安娜。

當心點，那個女人很危險。

「你該不會以爲我想同歸於盡吧？」安娜說：「你看，我在自己的茶裡也放了一點，今天整個人非常不舒服。剛才我已經喝了一大口。」

維克托失魂落魄地看著安娜，由於先前過分激動，他根本不知道該說什麼才好。

「我不知道自己該怎麼想，」他大吼著說：「我也不知道昨晚妳是否闖進我家。我不曉得妳爲什麼要在島上的雜貨店打聽槍械，還買了一把切肉刀和幾根釣魚線。我不清楚我們之間有什麼帳要算的。」

維克托覺察到了，他的話在旁人聽來有多麼雜亂無章，儘管他只想提出合理的問題。「我的天啊，我甚至不知道妳是誰！」

「而我不知道你想要怎麼樣，拉倫茲醫師。你到底在說什麼？什麼一筆帳？」

「不知道。但我得爲那筆帳流血，妳是這麼對米夏・布爾格說的。」

「你發高燒了嗎？」

是的，我發高燒了，他想，而且我正在找出發燒的原因。

「搭乘渡輪的時候，我根本沒有和布爾格說過話。」現在她的嗓門也變大了，「我眞的不懂你在說什麼。」安娜站了起來，把褲裙撫平。

又是一個謊言。不是安娜，就是哈波施特在撒謊。

「可是，如果你是這樣看我的，那麼我想，我們的治療就沒有意義了。」

維克托第一次看到這位女病患眞正生氣發火。

安娜抓起外套和皮包，從他身邊疾步而過，還沒走到玄關，又折了回來。維克托根本來不及出手阻止，她就做了最能夠傷害他的一件事。

她從書桌上拿起褐色的信封袋，扔進了壁爐，紙張立刻起火燃燒。

「不要！」

維克托想要上前攔阻，但是他連跨出一步的力氣都沒有。

「我們的談話已經結束，這對你來說也沒有用了。」

「等一下！」他衝著她後背喊道，但是，安娜沒有轉過身來，隨著一聲巨響，她摔上了大門。

她走了，一起消失的還有他的希望，得知裘依絲眞相的希望。眞相在熊熊火焰中化成縷縷灰煙，自壁爐的煙囪中冉冉消失。

32

維克托嘆息著，倒坐在長沙發上，深陷其中。

到底怎麼了？這座島發生了什麼事？

他雙腿蜷縮，兩隻胳臂相互緊抱，下巴倚在膝蓋上。

天啊！剛剛才出過大汗，現在它的好朋友寒顫也來作伴。

我是怎麼一回事？我再也無從得知任何與裘依絲有關的事情了。

她想要給你下毒，內心有個聲音在說話。撲熱息痛，他的良心反駁道。

一會兒，寒顫過去了，他沒有太勉強地站了起來。

瓷杯裡的茶都涼了，維克托把茶杯放到托盤上，端回廚房，他十分困惑看著那兩只杯子，全副心思盤桓在上頭，一閃神就讓門檻絆了一下，連盤帶杯子全摔到地板上。現在他沒有機會去證實自己的懷疑了！但是，他非常確定，就在茶水潑濺到地上之前他親眼看到的景象。

那兩只杯子裡的茶全是滿的。他可以發誓，安娜根本沒有動過她的茶。

他還沒來得及去廚房拿一塊抹布，就聽到那臺老式傳眞機發出震耳欲聾的嘎嘎聲。

抛下散落滿地的茶杯碎片和托盤，他回到起居室，光從遠處就察覺到有些異樣。他慢慢拿起傳眞機送出來的那一張紙，放在書桌的檯燈下。但是，不管他怎麼翻來翻去，即使透過顯微鏡也不可能看得更確切了，那張傳眞一片空白，沒有圖畫，沒有任何與畫作有關的痕跡，只有一道孤零零、細長長的黑線。

33

當哈波施特帶來殘酷的壞消息時，維克托已是筋疲力盡，恐怕連自己電話號碼都想不起來，更別提凱的電話號碼了。私家偵探沒有遵守承諾。二十分鐘之後，他仍然未如約定地打電話來。維克托想主動打給他，可是，看來他的高燒又加劇了，已嚴重影響到記憶力。好似有人把他儲存在腦袋裡的所有電話和地址，攪拌成一鍋由字母和數字煮成的粥，他每走一步，那鍋粥就在他頭上左擺右盪。所以，他根本無法讓凱知道，那份傳眞沒有傳好。

然而，就目前的情況看來，這還用不著太擔心，眞正讓他恐懼的是，自己已經中毒了。他的後背很痛，像烈日曬傷了一樣。偏頭痛從後頸出發，經過頭蓋骨擴散到了前額。在這座島上，除了他之外沒有別的醫生。海上刮著狂風巨浪，遇上這種天候，國防部的救難直升機只會在最緊急的情況下出動，而維克托根本不知道自己算不算一個緊急狀況。安娜說實話了嗎？還是她撒謊，過去幾天她一直偷偷給他下毒？

就像夏綠蒂一樣？或是裘依絲？

她有可能逮到機會這麼做嗎？維克托決定接下來的幾個小時先靜觀其變。無論如何，他可不想讓救難醫生在這百年颶風的天氣下冒生命危險。也許到頭來只是尋常不過的感冒病例，豈可因此讓救難人員在颶風中白飛一趟。幸運的是，他有足夠的解毒劑，若與強效抗生素一起服用，應該不至於有大礙。

後來，維克托心想，或許正是身體上的特殊狀態，讓他能夠面對哈波施特帶來的噩耗。疾病和藥物的副作用蒙蔽了他的理智，就算他在走廊上遇見死神，恐怕也是無動於衷。

「很遺憾，拉倫茲醫師。」村長這麼說，手上拿著一頂黑色的便帽。

維克托彎下腰察看那條死狗時，身子踉蹌了一下。

「我在『錨莊』後面的垃圾桶旁邊發現辛巴達。」

在維克托的耳朵聽來，這些話似乎是從劇院厚重的簾幕後面傳出來的。他蹲下來，輕輕撫摸黃金獵犬的屍體。不需要任何鑑定科學的專業知識，外行人一眼都能辨識，這隻動物是被虐待致死的。不只有兩條腿與頷骨，背脊看來也斷了。

「你知道誰住在那裡嗎？」

「什麼？」維克托一邊拭去眼角的淚水，一邊抬頭望向村長。還有，辛巴達是被勒死的。一條釣魚線深陷在脖子和後頸的皮毛裡。

「那個女人，她就住在『錨莊』。如果你問我的話，我會說這是她幹的。」

維克托的第一個反應是同意他的說法。他還想請村長等一等，他去取出那把槍，再找她算帳。但是，維克托又強迫自己恢復了理智。

「聽我說，我現在不能說話，更無法討論我病人的行爲。」

那女人不太對勁。釣魚線。

「她還是你的病人嗎？我都看到了，她怒氣沖沖哭著從這裡跑回村子。」

「這與你無關。」維克托生氣地說，嗓門越來越沙啞了。

「那是，請見諒。哦，醫生，你看起來不太好。」

「噢?你覺得很奇怪嗎?」

「我沒別的意思。寵物死於非命，的確讓人傷心，我能幫你什麼忙嗎?」

「不用了，謝謝。」維克托又把頭轉向那隻飽受凌虐的動物。現在他才看到肚皮上的傷口，每一道都很深。

就像是用一把切肉刀劃的。

「我想，可不可以還是麻煩你一件事?」維克托站起身來：「請你幫我把辛巴達給埋了，這件事我恐怕不行。」精神上和肉體上都不行。

「沒問題。」哈波施特把便帽戴在頭上，用食指彈了彈帽簷。「我知道鐵鍬在哪裡，醫生。」他看著後面的工具棚。

「在我做這件事之前，我還要給你看樣東西，你就知道事情的嚴重性了。」

「什麼東西?」

「你瞧。」哈波施特交給維克托一張淡綠色的紙條，上面沾有鮮血。「我發現辛巴達的時候，牠嘴裡就塞著這個。」

維克托把紙條攤平。

「這是一張……?」

「對，是一張ATM的交易明細表。如果我沒有猜錯的話，應該是你的。」

維克托將右上角的一點血漬擦去，果然看到那家他存款最多銀行的名稱與交易帳號。這是他存款帳戶的明細表，他和伊莎都把積蓄存在這個戶頭中。

「你看看這裡！」哈波施特對他說。

左上角是交易的日期和序號。

「這是今天的！」

「沒錯。」

「怎麼可能呢？」維克托心起疑竇，這家銀行在島上並沒有提款機。當他看到明細表上的帳戶餘額時，他才真正驚慌害怕了起來。

前天的餘額合計四十五萬零三百二十二歐元。

可是，昨天就有人把所有的錢領光了。

34

今天。威丁醫院。一二四五號病房。

「這是你第一次懷疑伊莎嗎？」羅特醫生已不顧病房的規定，給自己點了一支香菸；每當拉倫茲說完一句話，他就讓他吸上一口。

「是的。我一想到她可能與整件事情有關時，著實嚇到了，讓我立刻又不願意這樣想。」

「可是，她是唯一擁有帳戶授權的人，不是嗎？」

「是的。她有權動用我所有的帳戶。如果銀行沒出紕漏的話，那就是她把錢領走了。至少我當時是這麼想的。」

羅特醫生的呼叫器再次發出嗶嗶聲，但他這次只是按掉訊號，並沒有走出病房。

「你不回電嗎？」

「不重要的。」

「你的妻子？」拉倫茲略帶戲謔地說，羅特不搭理他的玩笑。

「我們還是繼續談談你的夫人吧，拉倫茲醫師。你為什麼沒讓凱去查一下伊莎呢？」

「你還記得那些希特勒日記嗎？」拉倫茲反問道：「讓《明星週刊》上當的假玩意。」

「當然。」

「很久以前，我曾經與一位記者談過，他當時就任職於那家雜誌社，而且還捲入了醜聞。」

「我很好奇，願聞其詳。」

「哦，當時我在一個脫口秀節目中擔任嘉賓，在後臺結識了那位記者。開始時，他絕口不提那件事。節目錄製完成，我們在電視臺的餐廳裡小酌，兩三杯啤酒下肚後，他也就鬆口了。他對我承認了一些事，我永遠都不會忘記。」

「什麼事？」

「他說：『當時我們在那些日記上冒了很大的風險，最後它們必須是眞的了。也就是說，不應該是眞的也就不會成眞。所以，我們從來沒有找過能證明我們被造假者欺騙的徵兆，我們一心一意只在尋找能證明日記眞實性的線索。』」

「你想藉此說明什麼？」

「對我來說，希特勒日記的肇因同樣可以套用在伊莎這部分：不應該存在的事情也就不會存在。」

「所以你沒有讓人進行調查？」

「還是有的，但不是立刻。當時，我得先處理別的事情。」

羅特醫生把香菸遞給了維克托，他又吸了一口。

「當時，我得想先辦法讓自己從那座島上活下來。」

35

「救救我！」

三個字。維克托腦子裡閃過的第一個念頭竟是，安娜沒有像往常般稱呼他拉倫茲醫師。

沉重的天空壓迫著屋頂，教人快喘不過氣來。濃密、深灰色的雲層籠罩整座小島，彷彿觸手可及，更像一堵水泥牆朝著屋子一步步迫近。暴風雨席捲而來。維克托拖著生病的身軀，從床上爬起來，他得去瞧瞧是誰在猛捶大門。那時，海洋天氣預報中心發布了十至十一級強風。然而，對於大自然的巨大力量維克托毫無所覺，先前他已服用了一錠強力安眠藥，企圖暫時逃離病情和苦悶幾個小時。

在他打開大門的那一刻，所有尚未被巴比妥類安眠藥麻醉的感官，瞬間又遭到另外一場災難的侵襲：安娜出乎意料回來了。維克托從來沒想到過，有人會在這麼短的時間內讓自己的健康狀況如此大幅度惡化。從她怒火中燒地離開到現在，也不過一個半小時。現在，她臉上一點血色都沒有，頭髮毫無光澤，一綹一綹塌了下來；她瞪大雙眼，露出恐懼的眼神，身上的衣服全濕透了，上面滿是污漬，處境堪憐。

「救救我！」

這三個字是安娜當天最後說的話。語畢，她就在維克托眼前崩潰了，倒下的時候緊緊抓住維克托身上那件藍色的棉布衫。起初，維克托以爲是癲癇，因爲癲癇經常也是導致精神分裂發作的原因。維克托冷靜做出診斷：她既沒有痙攣，沒有抽搐的動作，也沒有其他典型的特徵，比如口吐白沫或是尿崩。安娜並非徹底失去知覺，但非常恍惚，無法與人交談，就像服用了劑量很高的毒品一樣。

維克托當機立斷，要把安娜抱進屋子裡。當他將安娜從陽臺地板上攙扶起來的時候，他驚訝地發現，她很重。她的體重與柔弱的身軀完全不相稱。

這我可吃不消，他心想，一邊重重地喘息，一邊把安娜扶到樓上的客房。

上樓的時候，他每走一步，腦袋裡的嗡嗡聲就更加劇一些。他覺得身體像是一團海綿，不斷吸取人爲製造出來的疲憊感，每分每秒越來越沉重。客房位於二樓，維克托的臥室在走道的另外一端。還好在他來到小島之前，客房就收拾過了，床上也鋪好床單被褥。

他讓安娜躺在白色的亞麻床單上，脫下她那件髒掉的喀什米爾外套，將脖子上的絲巾解下來，好測量她的脈搏。

一切正常。

他很快想到另一件事，依序撐開她的眼皮，用一個小手電筒檢查了她的瞳孔。毫無疑問，安娜身體確實不適，過了許久兩個瞳孔才有反應。沒什麼危險性，可能是服用特定藥物的影響。這也明白證實了，安娜沒有假裝，她眞的有病，或者是太疲倦了。就跟他一樣。可是，怎麼會這般精疲力竭呢？

在維克托繼續苦思冥想之前，他先將安娜一身濕衣服脫了下來。儘管他是醫生，而這些動作從醫學角度來看是必要且無懈可擊的，但當他爲她寬衣解帶並脫下絲質內衣褲時，仍隱約覺得這似乎非正人君子之舉。

安娜擁有一副完美無瑕的胴體。他迅速給她裹上一件厚實、雪白的浴袍，那是他從隔壁浴室拿過來的，再蓋上一件輕暖的羽絨被。安娜顯然非常疲憊，在他把被子蓋好之前，她就已經睡著了。

維克托又觀察了一會，注意到她的呼吸均勻而深沉，確定安娜應該只是血液循環上的問題，沒有大礙。

儘管如此，整個情況讓人非常不安。維克托也抱病，全身虛脫。現在，客房裡還躺著一個患有精神分裂症的病人，而且他無法確定那女人是否意圖殺害他。等她一覺醒來，他要好好與她談一談，關於裘依絲、辛巴達、交易明細表等等的事情。

要不是安眠藥和抗生素讓他渾身無力的話，他才不願冒此風險，而是立刻親自將安娜送回村子去。

維克托斟酌了片刻，做出決定：他要下樓打電話，尋求外援。

就在他拿起聽筒的同時，整座海灘被閃電照亮了。維克托立刻放下了電話，慢慢從一開始數數，才數到四的時候，雷鳴如萬馬奔騰而來，撼動了整座房子。暴風圈距離這裡已不到兩公里。他快速巡視了一遍房間，並拔下電器的插頭，以免受到雷電的損害。當他在客房裡把那臺小電視機的插頭拔下來時，他瞥見安娜翻身到另一側，發出一聲呻吟，便又繼續沉睡。顯然，她的狀況已趨穩定。再過一兩個小時，就會沒事了。

眞要命！也許等到我一睡著，她就會醒過來。

他得盡力避免發生這種狀況。無論如何，他不能在自己的房子裡無助地落入她的手中，任憑宰割。他又走下樓，想再去打電話，才走到一半他就虛弱得在樓梯上坐了下來，免得自己摔倒。

等到他終於走到電話旁時，已是疲憊不堪。然而過了幾秒鐘他才驚覺到，電話根本沒有訊號。死定了。他敲打著老式的電話機，但是，線路依舊不通。

「可惡的暴風雨，可惡的小島。」

顯然是風雨吹斷了電話線路。維克托絕望地倒坐在長沙發上，左思右想。一個危險的女人躺在他的客房中。他沒有力氣跑到村子去。電話又壞了。有麻醉效果的藥物正在他的血管裡奔馳。

他該怎麼辦？

就在他努力想出解決辦法的同時，他昏沉沉地陷入了夢境。

36

這次不太一樣。噩夢的情境有別於以往，發生了一些改變。最顯著的差異是，他沒有與裘依絲一起駛向咆哮的大海。起初，維克托未能認出駕駛座旁的人。車中的年輕女人會是誰呢？這個問題一直在夢中盤旋不去。她就坐在他旁邊，用手指敲打著儀錶盤。等到他終於認出她時，不禁失聲大叫出她的名字。

安娜。

但是他一個字也沒能說出口，因爲有一隻手捂住了他的嘴，讓他無法說話。

怎麼……？

維克托嚇得魂不附體，他發現，恐怖的噩夢被一個更可怕的現實給取代了。躺在長沙發上的他，頓時睡意全消，神智清醒了過來，捂在嘴上的手竟是眞實不虛。

*我無法呼吸了！*維克托驚覺，本能地想用雙臂抵抗偷襲者。但是，安眠藥和感冒症狀成了沉默的幫凶，雙臂幾乎無法動彈，身體就像被一個看不見的重物往下拽著。

我快要窒息！時候到了，哈波施特是對的。

維克托費了九牛二虎之力，把身體扭向一側，一隻腳胡亂蹬踹。起先，上半身的重物更沉，繼續往下拽。然後，他的腳碰到了柔軟的東西。最後，他聽到不自然的喀嚓響和低沉的叫聲。突然，捂在他嘴上的那隻手鬆開了，維克托的肺部獲救，猛烈咳起嗽來，那塊重物也就消失了。

「安娜？」維克托大聲叫出她的名字，彷彿溺水者胡亂揮舞著雙臂，他試著從長沙發上爬起身來。

「安娜？」他吼道。

沒有回答。

我在做夢嗎？難道說這一切都是眞的？

在安眠藥覆蓋的迷霧之下，在高燒築起的圍牆後面，純粹的恐懼冉冉升起。

救命！光亮！我需要光亮！

「安——娜——！」

維克托聽到自己在大叫，感覺像是慢慢浮上水面的潛水者。

該死的電燈開關到底在哪裡？

維克托顫顫巍巍站起身來，盲目慌亂地在牆上摸索。終於找到開關，起居室天花板上的四盞吊燈灑下不自然的刺眼光線。等到眼睛適應之後，他環顧四周。

什麼也沒有。只有我一個人在這裡，沒有別人。

他慢慢靠向窗邊，窗戶是關著的。他還沒走到書桌前，背後便傳來很大的響聲，有一扇門關上了。他倏地轉過身去，聽到起居室外有人光著腳往樓上跑。

「救救我！」

這三個字原本是那位不速之客在幾小時前對他說的，現在卻從他自己的口中冒了出來。先前襲擊他的巨大驚恐又回來了。沒多久，他跌跌撞撞往門口走去。

怎麼一回事？剛才眞的是她嗎？還是我只是在做夢呢？

維克托拉開了過道上櫥櫃的底層抽屜，伸手去找那把槍。不見了！

樓上地板傳來重重的腳步聲。

他很害怕，又把抽屜翻了一遍，終於在最裡面的角落找到開了一半的盒子，它就藏在一堆亞麻手帕的下面。他顫抖著雙手把包裝盒扯開，給手槍上了兩顆子彈。在腎上腺素的驅使下，他奮力跑上樓梯。

就在他跑到最高一級階梯時，過道另一端的客房門正好關上。他匆忙追了過去。

「安娜，這算……」

維克托撞開客房的門，屏住呼吸，打開保險的手槍直指著床鋪，差點就要扣下扳機。但是，眼前出乎意外的情景讓緊繃的全身頓時失去了力氣。

手上的槍垂了下來。

怎麼可能！他一個勁地這麼想，上氣不接下氣，步出了客房，把門關上。

怎麼可能！根本就不可能！

有些事情太不對勁了。他不知道究竟是什麼，他只知道一點，幾個小時前安娜還靜靜睡在房間裡，剛才他聽見她跑了進來，現在裡面卻空無一人。整棟房子都找不到她的人。

維克托花了半個小時把所有門窗再仔細檢查了一遍，疲憊感也一掃而空。寒顫和高燒讓安眠藥的藥效盡失。安娜出的狀況也夠多了，讓他無法再次入睡。她先是襲擊了他，然後在狂風暴雨中逃走，而且是赤身裸體！她的衣服和浴袍還散落在客房的地板上。她什麼都沒帶走。

維克托給自己煮了杯濃咖啡，腦子裡來回不停出現相同的問題，就像在跑接力賽一樣：

安娜想把他怎麼樣？

難道那個偷襲只是一場夢？

那她爲什麼又消失了呢？

她到底是誰？

凌晨四點半，他服用了兩錠泰諾和一錠布洛芬，想提振一下精神。對他來說，這一天才剛剛開始。

37

帕庫姆，真相大白當天。

就算是最聰明的人也會有非常滑稽可笑、不合邏輯的行爲模式。比如說，幾乎每個手上握有遙控器的人都會出現無可救藥的習慣：只要遙控器的電池快沒電了，就會更加用力去按上面的鍵，像要把一顆檸檬榨出汁那般從電池裡擠出電來。

對維克托來說，人類的大腦就像遙控器一樣。一旦疲倦、疾病或其他原因讓腦力耗盡，電力不足了，絞盡腦汁也無濟於事。有些想法是不可能擠得出來的，再努力也白搭。

維克托對前一天晚上發生的事情想了很久，最後就得出這個結論。那些事情對他來說無法解釋，再怎麼前思後想、反覆琢磨，也找不到合理的答案，只會更加心神不寧。

夏綠蒂，辛巴達，裘依絲，毒藥。

所有都環繞著一個關鍵問題打轉：安娜・施皮戈爾到底是誰？他必須盡快查清楚這一點，以免一切都太晚了。剛開始的時候，他當然有考慮到是否要請警察介入。可是，他該怎麼對警方說明呢？他的狗死了，他覺得自己有病，有人試圖要殺害他，他的戶頭遭人盜領一空。可是，他缺少有力的證據來說明安娜跟其中某件事情有關聯。

因爲今天剛好是星期天，明天他才能打電話到銀行的客服部門，請求撤銷上一筆交易。事實上他並不想、也不能等這麼久。他今天就得行動，而且是獨自一人。幸運的是，儘管他前一晚仍非常不適，現在終於好一點了。這也讓他有些不安，因爲箇中緣由或許就是他從昨天起沒有再喝茶了，顯然是解毒藥錠逐漸發揮功效。

他正在浴室，一個不尋常的響聲又讓他嚇了一跳。那聲音來自樓下，有人在門口。但是，不同於哈波施特的塑膠雨靴和安娜的高跟鞋所踩踏出的聲音。一種突如其來荒謬的恐懼感緊緊攫住了他，他再次伸手去拿那把手槍，現在他一直隨身攜帶著它了。然後他悄悄走向大門，透過貓眼往外看去。誰這麼早就有事情要找他呢？

什麼也沒看到。

維克托先是踮起腳尖，然後又屈膝，不管他從哪個角度往外看，都看不到有人在門外。他正想按下沉重的黃銅把手，好開一點門縫的時候，他的右腳邊響起一陣沙沙聲。他往地上瞧了一眼，蹲下身子，拾起了一個信封，顯然是從門下塞進來的。

那是一封電報。以前，在傳眞和電子郵件通行以前，維克托經常透過這種方式得到訊息。如今每個人隨時隨地都能以手機保持聯繫，他還以爲電報這種通訊方式早已滅絕了呢。雖然他在小島上，處於全球行動通訊系統的涵蓋範圍之外，別人無法打手機找到他，但是基本上電話線路還算暢通，而且，重要的訊息仍可透過網路傳遞。誰會需要發一封電報給他呢？

維克托把手槍塞進浴袍口袋裡，打開大門，想看看誰是送電報的信差。可是，除了一隻全身濕透的黑貓亂竄，他什麼活物都沒看到。要是幾秒鐘前有人在他家門外的走廊上逗留，那人肯定是以風速逃往旁邊的樹林。松樹和雲杉的樹枝承載著傾盆雨水，似乎就要吞噬所有的光線。

維克托顫抖著身子關上大門，他自己也不確定，是因爲寒冷、恐懼，還是生病才如此瑟瑟發抖。他脫掉被汗水浸濕的浴袍，隨手往地上一扔，從衣帽架上取下一件厚厚的羊毛衫，套在身上。他還站在玄關，刻不容緩撕開了白色的信封，用手指抽出裡面那張電報。上面只有一句話。在他讀了三次之後，這句話才眞正進入他的意識，讓他快無法呼吸。

你眞是不要臉！

這句話赫然出現在郵局簡便的紙條上，字體大小是十二級。發送人有署名。他得先坐下來，幾個字在他眼前變得一片模糊。發送人：伊莎。

天啊！這是什麼意思？不管他怎麼前看後看，就是納悶不解。爲什麼他不要臉？他妻子發現了什麼祕密？伊莎正在曼哈頓啊，爲什麼她不打電話，而是發了一封電報？什麼事情讓她如此大動肝火，不願意直接跟他說話呢？而且恰好是現在，在他最需要她的時候。到底是怎麼一回事？

維克托決定再打個電話到紐約。他走到電話旁，當他拿起聽筒時，情況又跟昨天一樣，什麼聲音都沒有，線路還未修復。他一定要聯絡上伊莎。

電話公司從昨天到現在都在做什麼？光顧著打撲克牌嗎？維克托生氣地想著。他猜，應該是颶風破壞了島上的電話線或地下電纜。接著，他想到另一個簡單得多的原因。起初，他感到輕鬆了些，因爲這個問題好解決。但是，一股恐怖、震驚的感覺驀然升起。直到前天凱打來電話之前，線路暢通無阻。之後，電話就沒有再響過了，理由顯而易見：有人把電話插頭從牆上拔了下來。

38

他還是無法聯絡上伊莎，他決定採取行動，不再一個人呆坐在屋裡，傻乎乎等著妻子、凱或是安娜打電話過來。是時候了，他要結束被動的態度，準備主動出擊。

他花了好幾分鐘才在過道上把櫥櫃最上層的抽屜拉出來，並找到那本翻壞了的紅色筆記本，多年前他父親在本子裡記下島上重要的電話號碼。依照字母順序，他在「G」的部分翻到那個至關重要的號碼。他讓電話響了整整二十三聲，才無奈地放下聽筒。

緊鄰紐約時代廣場的萬豪酒店和錨莊有什麼共同點呢？他嘲諷地自問。維克托希望自己第一次撥錯了號碼，他又撥了一次；這次他一直等著，直到電話的鈴響變成了占線的嘟嘟聲。

沒有人在。

他望向窗外，要很費力才能穿透厚重的雨牆，看到黑色的激浪正一波一波、前仆後繼地從廣闊的海面湧向沙灘。

顫抖的手指繼續翻著破舊的筆記本，找到了字母「H」。

這次的運氣好一點。哈波施特跟伊莎和特魯蒂不同，他接了電話。

「對不起村長先生，在休息時間打擾你。前幾天你告訴我的事情，我已經仔細想過了，現在我需要你的幫助。」

「什麼？哪一件事情？」哈波施特的聲音聽起來很疑惑。

「要不是這場狂風暴雨，我早就自己跑一趟了。我想，你就住在那旁邊，所以可不可以麻煩你……」

「什麼？」

「我有急事要找安娜。」

「誰？」

「安娜，」維克托回答說：「你知道的啊，就是那個女人，安娜・施皮戈爾。」

「我不知道她是誰。」

維克托的右耳輕輕響起一陣口哨，然後越來越大聲。

「怎麼會這樣啊，之前我們還談到她好幾次，就是引起你注意的那個女人。你認爲是她殺害了我的狗。」

「我完全不懂你在說什麼，醫師。」

「這是在開玩笑吧？你曾多次提醒我要當心。就在昨天，你把辛巴達送回來的時候，又警告了我一次。」

「你還好嗎，拉倫茲醫師？整個星期我都沒有過去你那裡，也沒把你的狗怎麼樣啊。」

現在口哨聲變成了耳鳴，並從右耳蔓延到左耳。

「你聽我說……」話講到一半，維克托停頓下來，他從背景中聽到一個熟悉的聲音。

「是她嗎？」

「誰？」

「是安娜吧？她在你那裡嗎？」

「我不認識什麼安娜，而且我一個人在家。」

維克托緊緊握住電話筒，就像溺水者緊緊抱著唯一的救生圈一樣。

「這可……嗯……」他不知道該說什麼了。這時，他突然想起一件事。

「稍等一下。」

維克托跑到玄關，從地上撿起浴袍。他摸到了，立刻放下心，確定它還在他放的那個地方：裝上子彈的手槍，就在右邊的口袋裡。它是一個證據，證明了他沒瘋。

維克托又跑回電話旁。

「好的，村長先生。我不知道你在跟我玩什麼遊戲，但是現在我手裡就握著你給我的那把槍。」

「噢。」

「『噢』是什麼意思？」維克托幾乎大吼了起來：「有人能告訴我這裡怎麼了嗎？」

「這個……這……噢……」哈波施特突然變得結巴，維克托更加確定，有人就站在村長後面脅迫著他。

「無所謂了，村長先生，我不知道到底是怎麼回事，一切待會再說。現在我要去找安娜，麻煩你轉告她，我馬上出門，頂多一小時就會到特魯蒂的錨莊，到時候我希望能在那裡看到她。麻煩你最好也過去一趟，我們一起把整件事情搞清楚。」

電話的另一端傳來嘆息聲。接著，村長的語調也改變了，剛才他還很緊張，甚至有些低聲下氣，現在他的聲音顯得極度傲慢。

「我再說一遍，拉倫茲醫師，我不認識什麼安娜。就算我認識她，也無法完成你交代的事。」

「爲什麼？」

「因爲特魯蒂的旅店已經關了好幾個星期。錨莊停業了，那裡沒有住人。」

接著，電話線就斷了。

39

認知是一塊拼圖，組合的數量無法預知，只有當整幅馬賽克圖拼好之後，眞相才能大白。

維克托已經掌握了問題的範疇，他就要塡上答案並拼湊出完整的圖案。那些答案繞著折磨人的問題打轉：

是誰殺了辛巴達？

爲什麼這段時間他一直覺得不舒服？

哈波施特跟安娜有什麼瓜葛？

還有，安娜．施皮戈爾究竟是誰？

爲了解開最後一個問題的謎底，維克托打算撥一通關鍵性的電話。他已經把手伸向聽筒，就在這一刻，電話響了。

「她是誰？」

維克托先是鬆了口氣，終於聽到她的聲音，放下心來，輕鬆的感覺讓他在第一時間完全忽略了她的問題，什麼也沒能說出口。

「立刻告訴我她是誰！」

「伊莎！」維克托終於說話了，她怒氣沖沖、咄咄逼人的聲音讓他非常意外，「感謝老天！妳終於打電話給我了，我試過打電話找妳，可是櫃檯告訴我……」

「你有試過打電話給我？」

「有啊，妳幹嘛這麼生氣？我眞是搞不懂，那封電報是什麼意思？」

「哼！」在這一聲之後，伊莎就氣得悶不吭聲，電話裡只有橫跨大西洋的干擾聲。

「親愛的，」維克托猶豫地追問：「到底是怎麼回事啊？」

「別叫我親愛的，在昨天的那些事情之後，你不配這麼叫我。」

現在換維克托發火了，他把聽筒從一隻耳朵換到另一隻。

「能不能請妳好心一點，把話說清楚、講明白？不要對我大吼大叫的，可以嗎？」

「噢，可以啊，既然你想玩小把戲，我就奉陪。先從最簡單的問題開始：那個蕩婦是誰？」

維克托噗嗤一笑，心中一塊沉重的石頭落了地。看來，伊莎以爲他利用這次來島上的機會，在外面大搞豔遇。

「別笑得跟小學生一樣，維克托，別當我是白癡。」

「喂，喂，喂……伊莎，拜託，妳該不會以爲我在欺騙你吧？眞是好笑！妳怎麼會這樣想呢？」

「我說過了，別當我是白癡。直接告訴我，那個蕩婦是誰？」

「妳在說什麼？」維克托的怒氣又上來了。

「就是昨天我打電話給你的時候，接電話的那個女人是誰？」她對著聽筒大喊。

維克托困惑地眨了眨眼睛，試著去理解自己聽到的話。

「昨天？」

「對，昨天。你那邊的時間是兩點半，這夠準確了吧。」

安娜。她昨天下午在這裡。可是，她根本不可能去接電話吧……？

這些想法快速閃過維克托的腦袋。有那麼一剎那，他覺得自己的平衡感出了問題，就像歷經長途飛行的旅客一樣。

「你們兩個暗通款曲已經很久了吧？嗯，你假裝需要一點距離，好回答採訪的問題，然後打著懷念女兒的名號，私底下跟別的女人胡搞？」

我一直都看著她的啊。一直都是啊，只有……

廚房。茶。

維克托趕緊坐了下來，記憶像一把淩厲的飛鏢迴旋擊中了他。

可是，他只不過離開了很短的……

「安娜。」

「好，她叫安娜。姓什麼呢？」

「什麼？」

顯然，他在沉思中將她的名字脫口而出。

「妳聽我說，伊莎。這是一個天大的誤會，妳搞錯了。」

唉，天啊！我聽起來的確像個瞞著妻子跟女祕書亂來的丈夫——親愛的，事情並不是妳想的那樣。

「安娜是患者！」

「你跟一個患者上床了？」她歇斯底里喊道。

「我的天，沒有！我跟她之間什麼都沒有。」

「哈！」又是這種譏諷的大笑。「沒有，你跟她之間當然什麼都沒有，是她自己出現在海邊的房子裡，儘管你已經不治療患者了，儘管她根本就不知道你剛好在帕庫姆！哼，狗屁！我要掛電話了，這種羞辱太大了。」

「伊莎，求求妳。我能理解妳的心情，可是，給我一個機會，讓我解釋清楚。求求妳。」

電話另一端沒有出聲。越過大西洋傳進維克托耳朵的，只有一輛美國救護車發出的刺耳警報聲。

「妳聽我說。連我自己都不清楚發生了什麼事，我只知道：我絕對沒有跟昨天接妳電話的女人上床，我也從來沒有想要欺騙妳，請妳一定要相信我，因爲其他的事我還無法釐清。五天前，有一個陌生女人敲我的門，宣稱叫安娜．施皮戈爾，懇求我爲她進行治療。她自稱是童書作家，患有精神分裂症。我根本不明白她怎麼在這裡找到我的，我甚至不知道她在島上住什麼地方。我只知道，她的病史非常奇特，也引起我的注意；我確實破例，跟她進行了初步的治療性談話。她現在還在島上停留，因爲暴風雨的緣故，通往大陸的渡輪暫停行駛。」

「不錯的故事，編得很不錯。」伊莎冷笑著說。

「這不是什麼故事，而是事實。不知道昨天她爲何會接了電話，那時我可能進廚房燒水泡茶，她一定是在電話響起時利用了這個機會。」

「電話沒響。」

「什麼？」

「她立刻拿起了聽筒，肯定就守在電話旁邊等著呢。」

維克托感覺腳下的地板被慢慢抽離了。這裡有些事情不對勁，完全無法解釋。

「伊莎，我不知道她爲什麼要那麼做。自從她出現之後，發生了很多奇怪的事情。我不但生病了，還有人襲擊我。而且，我相信這個安娜知道裘依絲的下落。」

「什麼？」

「是的。這段時間我一直打電話找妳，想要告訴妳，這裡也許有點線索。凱已經再次展開調查。還有，有人把我們戶頭裡的錢全部領走了。所有這些事情把我搞得亂七八糟，我想要告訴妳，但是，電話一直打不通，今天卻收到妳的電報。」

「我發了那封電報，是因爲我打電話也沒能找到你。」

線路。

「我知道。昨天晚上有人把電話插頭拔掉了。」

「噢，維克托啊，你省省吧！一個女人從天上掉下來，提到些關於我們女兒的事情，然後又接了我的電話，她還說漏了嘴，於是就把電話插頭拔下來，是嗎？你肚子裡還有什麼貨？你可沒忘記，上回喝醉跟島上狐狸精亂搞的事吧，那次的故事也編得比今天的精采。」

維克托根本沒注意伊莎後半段的話。他才聽到前面兩句，腦子裡就響起了警鐘。

「妳們電話中說了什麼？」

她還說漏了嘴。

「起碼她沒有欺騙我。她對我說，你正在洗澡。」

「她說謊。我在廚房，還跟凱打了一通很短的電話，然後就把她趕出去了。」現在，維克托幾乎是歇斯底里，他對著電話吼了起來：「我跟那個女人什麼都沒有，我根本就不了解她。」

「噢，是嗎？那她對你可是瞭若指掌啊。」

「什麼？」

「她說起你的時候是用暱稱呢，那個你非常討厭的暱稱，你說過，除了你媽媽只有我知道。」

「小迪迪？」

「對，小迪迪。你知道嗎，小迪迪？想要騙我？門都沒有！」

說完這番話，她就掛了電話，聽筒裡傳來的只有持續不斷、刺耳的聲音。

40

在維克托的記憶中，從來沒有感受過如此心神不寧；現在，他整個人都被這種感覺掐住了咽喉。這不是第一次有病人踰越界線騷擾他，但是以前那些對他私生活造成的干擾，都循著顯而易見、特定的行爲模式。然而，安娜的威脅卻源自隱藏在深處、無法解釋的原因。她想要幹什麼？她爲什麼假借一個遇害女大學生的名字？她甚至還騙了他的妻子伊莎？最重要的問題是：這一切跟裘依絲有什麼關係？

維克托知道自己肯定是忽略了什麼細節。最近幾天發生的事情盤根錯節、相互交織，彷彿後面有一隻看不見的手，在操縱整個計畫，唯有釐清一連串怪事的先後順序與因果關係，才能看透究竟是什麼陰謀。不過，要做到這一點並不容易。

不管怎麼說，從昨天起他就沒喝茶了，身體狀況也好一點。他舒適地沖了一個澡，更換一身乾淨衣物。

我得把髒衣服丟進洗衣機裡，洗一洗。他一邊想著，一邊拿起前幾天穿過的牛仔褲，翻了翻口袋，把皺成一團的手帕扔在旁邊。這時，一張小紙條掉到地上，維克托彎腰撿起，驀然想到自己這幾天一直把它給忘了。那是從安娜的皮夾裡掉出來的，當時他在情急之下忙亂塞進褲子口袋，之後竟忘得一乾二淨。折疊的紙條，看起來像少男少女在課桌椅下偷傳的情書。他不知道自己期望看到什麼，但是，當他瞥見紙條上的數字時，一時間頗感失望。那些數字代表什麼呢？有各種可能性，從保險箱的密碼、銀行帳戶，到網路密碼，但最有可能的是：電話號碼。

維克托以他最快的速度跑下樓，衝進廚房，然後拿起電話聽筒。他慢慢撥了那個號碼，心裡暗自做好準備：只要那一頭有人接了，他就立刻掛斷電話。

41

「太好了，拉倫茲醫師，你終於打電話給我了！」

維克托非常吃驚，忘記了要掛斷電話。他沒預料到會聽見這番問候。他之所以很意外，也是因爲帕庫姆家中的舊式電話並沒有來電顯示功能。電話那頭是誰呢？他撥了誰的電話？爲什麼對方顯得已等待他很久了？

「喂？」維克托還不想承認自己的身分，盡量以生硬的語調來回答。

「我很抱歉，還給你添麻煩，在發生了那麼多事情之後。」

他覺得聲音中有些很熟悉的東西。

「可是，我想，應該讓你盡快了解整件事情，避免造成更大的傷害，亡羊補牢猶未晚。」

范・德盧森！維克托終於聽出來了。可是，他導師的電話號碼怎麼會在安娜的皮夾裡呢？

「親愛的教授，什麼事讓你這樣激動？」他問道。

「你沒有收到我上一封電子郵件嗎？」

電子郵件？這幾天維克托都沒有收信，想必《繽紛週刊》的催稿信快塞爆他的信箱了吧，第一個交稿日期已經過了。

「沒有，我在這裡還沒有時間上網。有什麼事情嗎？」

「拉倫茲醫師，一星期前我這裡遭小偷。」

「我很遺憾，可是，我與這件事有什麼關聯嗎？」

「哦，遭小偷事小，讓我非常不安的是被偷走的東西。因爲小偷撬開了櫃子，只拿走一個患者的病歷資料。」

「哪一個？」

「我不知道。可是，那個櫃子裡裝的是你處理過的病例。你明白嗎？就是我接下你的診所時，你交接給我的。我擔心有人將對你以前的某個患者，採取不利的行動。」

「你無法告訴我是哪個患者的資料，那你怎麼知道少了一個檔案呢？」

「因爲我在過道上發現一個空的檔案夾。上面的標籤被撕掉了，無法確定患者的身分，而且裡面所有的文件都不見了。」

維克托閉上眼睛，似乎這樣就能好好思考耳朵聽到的這番話。他以前的病例中有哪一個還會讓人感興趣呢？是誰犯下闖空門的竊盜罪，只爲了偷走一個積滿塵埃的檔案呢？維克托想起了什麼，又把眼睛睜開。

「仔細聽我說，范・德盧森教授。請你告訴我實話，你認識一個叫安娜・施皮戈爾的人嗎？」

「我的天，那你都已經知道了？」

「我知道什麼？」

「哦，那個……嗯……」

維克托從來沒有聽過這位優秀的老教授，如此無助地講話結巴。

「你說『我都已經知道了』是什麼意思？」

「嗯，哦，唉……唉，你剛才不是問到她？」

「是的，我問到安娜・施皮戈爾。是你讓她來找我的嗎？到帕庫姆來找我？」

「我的天，她去你那裡了？」

「是的。到底是怎麼回事？」

「當時我就知道，我就知道事情不對勁，我不應該讓它發展到這種地步。」范・德盧森教授的聲音顯得很絕望，幾乎要哭泣。

「教授，恕我直言。究竟是怎麼回事？」

「你身陷危險之中，事態嚴重，我親愛的朋友。」

維克托緊握聽筒，彷彿手裡握的是網球拍，即刻就要奮力一揮，漂亮發球。

「你的意思是？」

「安娜・施皮戈爾以前是我的患者。剛開始我根本不願接受她，但她是別人介紹來的。」

「她患有精神分裂症嗎？」

「她是這麼對你說的嗎？」

「是的。」

「我說得白一點，這是她慣用的伎倆。」

「那她根本就沒有病？」

「有的，她有病，甚至病得很重。但是她沒有精神分裂症，而且恰好相反，她的病就是，她聲稱自己有精神分裂症。」

「這我就不懂了。」

「她對你講過那條狗的故事嗎？她打死的那條狗。」

「講過。她說，那是她的第一個幻覺。」

「不對，她眞的殺死了那條狗，這事確確實實發生過。她只是聲稱自己有精神分裂症，好去應付現實的一切……」

「也就是說，她對我說的所有事情……」

「……都發生過，她眞的經歷過那些可怕的事情。然後她躲進一個想像出來的疾病中，爲了逃避眞相。你明白我的意思嗎？」

「明白。」

所有的一切都是眞的：夏綠蒂，週末度假小屋的破門而入，開車前往漢堡，毒藥……

「那你爲什麼讓她來找我呢？」

「我沒有這麼做，拉倫茲醫師。最後那段時間，我不想繼續治療施皮戈爾女士。而你都已經不再開業行醫，我怎麼會把她推給你呢？不是那樣的，是她自己忽然有一天就沒有再來了。正是這點讓事情顯得不可思議，因爲她就是在遭小偷的那天消失的。我確信她跟這件事情有點牽連。」

「爲什麼？」

「因爲她在最後幾次治療談話中老是提到你，拉倫茲醫師。她說什麼跟你有一筆老帳還沒算，有一次她甚至表示想毒害你。」

維克托竭力保持冷靜，他發現這一點比前幾天容易做到。

「毒害我？那到底是爲什麼呢？我根本就不認識這個女人啊。」

「噢，不過她對你可是瞭若指掌。」

維克托立刻想起伊莎，她在幾分鐘前也對他說了相同的話。

「施皮戈爾當時一直在談論你。我的天，這都要怪我。我以爲她很危險，不，應該說，我知道她很危險。她總是講述一些可怕的事情，她對別人幹下什麼好事，非常殘忍，尤其是對那個可憐的小女孩。」

「夏綠蒂？」

「嗯，應該沒錯，我記得是叫這個名字。唉，全都怪我，拉倫茲醫師，請你相信我。我眞後悔，當時沒聽從自己內心的聲音，把這個病例彙報上去。她早該被送進封閉型的精神病院。」

「你爲什麼沒有這麼做？」

「是的，嗯……」教授又開始結巴了：「可是，這你是知道的啊。」

「我知道什麼？」

「當時我無法斷然停止對安娜的治療。」

「爲什麼不能？」

「因爲我答應了你的夫人，我得信守承諾啊。」

「我的妻子？」維克托搖晃了一下，趕緊扶靠在冰箱門上。

「是的，是伊莎，就是她請我繼續治療安娜的。我該怎麼辦呢？畢竟安娜是她關係親密、最好的朋友啊。」

42

伊莎。安娜。裘依絲。慢慢的，一切有了解釋，爲什麼伊莎能在裘依絲失蹤後那麼沉穩鎮定，爲什麼她在情緒上承受的壓力比他少得多？當時她還能心無旁鶩地繼續工作，而他只有拋售自己的診所。以前，他總是對她強韌的個性欽佩不已，但是，或許就該將其視爲殘酷冷漠吧！

維克托的思緒萬千，反覆琢磨所有的事情。現在回想起來，伊莎沒有因爲失去唯一的孩子而哀傷不已，沒有他那麼悲痛欲絕。她是眞的撿到辛巴達，還是去動物收養所找到裘依絲的替代品？他眞的了解自己的妻子嗎？至少，在他生命中這段最艱難的時期，他竟聯絡不上她。

她讓安娜去找范・德盧森教授。

然後，帳戶裡的錢被盜領一空。

在起居室裡，維克托啓動電腦，想要上網進入那家銀行的首頁。眞的是這樣嗎？伊莎私吞了戶頭裡所有的存款？她跟安娜兩人聯手要把他逼瘋？

他正打算開啓微軟的網頁瀏覽器，目光落在螢幕畫面下方的欄位。他慌亂得不知所措，再次將滑鼠拉到下方，還是同樣的結果。

所有的圖示都被刪掉了。

他在開始的功能表裡試圖打開作業系統瀏覽器，但是畫面依然不變。他的電腦是空的，整個硬碟上什麼資料都沒有。

有人對他的電腦動了手腳，把所有的紀錄、文件和患者檔案刪得一乾二淨。他已經回答的部分採訪也不知去向；一般情況下，被刪除的文件會暫存在資源回收桶，可是他的回收桶也是淨空的。

維克托從書桌旁倏地站起身來，他的動作猛烈，皮椅隨之向後翻，發出一聲巨響後倒在書架旁邊。時候到了，光打電話是沒有用的，戶頭的事情也可以稍後再處理。

維克托拿起哈波施特交給他的那把手槍，打開保險，然後塞進狗鐵絲外套的暗袋裡。跟手槍一樣，防雨外套現在也能派上用場。

就是現在。

現在他要冒著狂風暴雨步行到村子裡，他希望能在那裡找到兩樣東西：答案和安娜・施皮戈爾。

43

天寒地凍時，每個人的身體反應不同。有的人苦於雙腳冰冷，即使在被窩裡搓摩也暖和不起來，幾小時都無法入睡，而有的人卻是鼻子最先挨凍。

維克托最敏感的部位是耳朵。氣溫驟降時，只要在冷空氣中站一會，雙耳就會很痛。更嚴重的是，等他回到溫暖的環境中，耳朵就開始「解凍」，十分折磨人，耳疼還會轉變成針刺般的頭痛。先從後頸開始，然後蔓延整個後腦勺，服了阿斯匹靈或其他藥物也沒用。童年時，維克托就已深深領教過痛苦的教訓，所以，現在走在通往村子的路上，他可是緊緊拉著連衣帽遮住頭部，主要是爲了保護耳朵，擋雨還在其次。暴風雨不停吹打，沙子和樹葉也盤旋而上，在空中狂飛亂舞。呼嘯的風聲再加上帽子，他是不可能聽到從牛仔褲口袋傳出的清脆旋律。要不是他經過被海水淹沒的沙灘路時，在舊海關旁稍微躲一下雨的話，他永遠也不會聽到手機的鈴聲。理由很簡單，維克托覺得沒有必要去注意手機。在這外面手機根本一無用處，因爲帕庫姆並沒有行動通訊網路。儘管如此，他的手機還是響了。維克托在翻下連衣帽時驚訝地聽到了鈴聲。

他看了看螢幕顯示，覺得那個號碼有點熟悉。

「喂？」

維克托把一根手指塞進左耳，好在狂風呼嘯中聽到一點聲音。可是電話另一端似乎沒有人。

「喂，是誰？」

風雨稍稍減弱，他覺得自己聽到一聲啜泣。

「安娜？是妳嗎？」
「是我，很抱歉，我……」
維克托沒有聽到後半句，因爲就在這時，一根粗樹枝砸在他躲雨房子的屋頂上。
「安娜，妳在哪裡？」
「……我……錨……」
那些話斷斷續續，沒有關聯，維克托仍努力與她維持通話。
「安娜，我知道妳並不在『錨莊』，哈波施特已經告訴我了。拜託幫我一個忙，發封簡訊告訴我妳到底在哪裡。我幾分鐘後就過去，我們要把所有的事情說清楚，當面……」
「又發生了！」
她喊出這句話，剛好風雨乍歇，帶給小島片刻的寧靜，瞬間狂風暴雨又猛烈咆哮起來。
「什麼發生了？」
「……她……到我這裡……夏綠蒂……」
維克托不必聽到完整的句子，也知道安娜想要告訴他什麼。那情況又發生了。她的精神分裂症發作了，很嚴重。夏綠蒂又活生生出現在她眼前。
經過兩分鐘的思考後，維克托才注意到電話線路又斷了。不知如何是好的他發現，手機的回撥功能竟沒有任何反應；不過，標準的來電鈴聲還是讓他知道，他收到了一封簡訊：
「不要找我，我會找到你的！」

44

絕大多數的駕駛都憎恨塞車，那讓人感覺失去了自我操控權。所以只要眼前閃著一長排紅色的後車燈，在車陣中停滯不前，人就會本能地尋找一條出路。哪怕是在陌生的地區，根本不熟悉的路段，有時也會貿然打起方向燈，立刻在下一個路口轉向。

這一刻，維克托便處於類似狀況，就像遇到下班尖峰時間的駕駛人，他面臨一個選擇：要錯過最後一個脫離塞車的路口，還是大膽駛入自己並不熟悉的路段。跟很多人一樣，他決定採取行動，不願消極地等待。他必須找到安娜，儘管她警告過他，不要去找她，但他不想一直耗著，直到她自己現身。他擔心他們之間的阻礙又會再多一重，這種風險太大了。

所以，他彎腰弓背繼續沿著海邊小路往前走，他努力把連衣帽拉過頭頂，盡可能不留縫隙，讓強風找不到可乘之機，同時，他還得繞開積滿雨水的坑窪。

距離遊艇碼頭大約還有五百公尺，而島上唯一的餐廳也已在他後面，這時候，他突然停下腳步，眺望遠處。他可以發誓，有人在他前面。

就在那裡。

維克托擦掉臉上的雨滴，把手橫擋在額頭上，免得雨水遮住視線。

他並沒有看錯。就在前方大約二十公尺處，有一個人身穿藍色雨衣走在風雨中，顯然手上還牽著一個什麼東西。

起先，他不能肯定那是男人還是女人，也不肯定自己看到的是臉龐還是後腦勺。即使距離這麼近，暴風雨還是掩蔽了細節。當一道閃電從海上照亮了海邊小路時，他才在雷鳴的悶聲巨響中看清楚那人是誰、他手上牽的是什麼。

當彼此的距離只有幾步遠的時候，他朝渡輪的船長喊道：「米夏，是你嗎？」然而颶風的呼嘯聲仍不絕於耳，直到兩人直接面對面，握了握手，近距離內才終於可以順利交談。

米夏．布爾格已經七十一歲了，天氣好的時候倒不難辨識他的年齡，海風和鹽水在他臉上刻下很深的皺紋。儘管年紀大了，身材依然魁梧，看得出來，他一生大部分的時間都在做粗活，承受海風的磨蝕。

握手的時候，米夏遞出的是左手，因爲他的右手牽著繩子，末端一條中型的剛毛犬全身濕透了，凍得瑟瑟發抖。

「是我老婆逼我帶狗出來遛一遛的。」渡輪的船長逆風大聲喊道，一邊還輕蔑地搖搖腦袋瓜，似乎想說，只有女人才會有這種突發奇想。維克托痛苦地想起自己的辛巴達。

「你怎麼也在這種天氣出門呢？」布爾格問起。

又有一道閃電照亮了天空，一瞬間維克托看清渡輪船長的臉，他注意到布爾格的眼中有一絲猜疑。

維克托決定實話實說。並非只是誠實之故，主要還是他無法在這麼短的時間內，想出一個令人信服的理由，畢竟在這場百年颶風中出門散步是有生命危險的。

「我在找人，說不定你能幫我一下。」

「哦？你找的人是誰？」

「她叫施皮戈爾，安娜・施皮戈爾。一個身材嬌小的金髮女子，大約三十五歲。前幾天她搭你的渡輪過來的。」

「前幾天？不可能。」

不可能。維克托暗忖，幾個小時以來他聽到和想到這個字眼多少次了。

這時，那條黑色的剛毛犬顫抖得更厲害了，牠不停拉扯繩子。顯然，它比主人更不樂意出來遛這一趟，何況現在居然還停滯不前。

「你說『不可能』是什麼意思？」維克托感覺到，自己必須提高音量才能讓對方聽懂。

「三星期前，我就停駛了。你是我的最後一位乘客。從那以後，就沒有人要來島上了。」米夏聳了聳雙肩。

「這不對啊！」維克托仍堅持說道，米夏都已經準備繼續往前走了。

「也許她是搭其他船來的，但我不相信會有這種事情。要眞是有的話，我肯定也聽說了。剛才你說那個女人叫什麼名字？」

「安娜・施皮戈爾。」維克托重複了一遍，然後就看到米夏在搖頭了。

「從來沒聽說過，拉倫茲醫師，很抱歉。現在我得走了，否則老命就會不保了。」

彷彿要與最後這幾句話相互呼應，又一陣低沉的隆隆聲從北方滾滾而來，穿透整座島嶼，維克托還在奇怪，自己居然沒看到雷鳴之前的閃電，一邊也努力將新取得的版塊放入拼圖的正確位置上。如果安娜不是坐渡輪過來，那她是怎麼到達這裡的？爲什麼她在這件事情上要撒謊呢？

「哦，對了，拉倫茲醫師……」

老人打斷維克托的思路，又朝他走回來了幾步。

「雖然不關我的事，可是，我還是了解一下，你找那個女人幹什麼？」

你都結婚了啊，而且是今天晚上，在暴風雨中，你還找她？這些話沒說出口，卻靜靜停留在疾風勁雨的空中。

維克托只是聳了聳肩膀，轉身走了。

我要知道我女兒出了什麼事情。

45

「錨莊」是一間宛如畫冊中的旅店，很符合一般人對北海小島絕世獨立的想像。它就坐落於遊艇碼頭的正對面，如果從燈塔上向四周眺望，這棟三層木架房屋是島上數一數二高的建築物。特魯蒂的丈夫死了以後，她就靠微薄的退休金與旅店勉強維持生計，旺季時偶有遊客會逛到這座島上來。不管怎麼說，這棟房子和它的主人已是島上生活重要的一環，爲了保住旅店居民不惜付出一切，甚至自己跑去光顧。

以前光景好的時候，帕庫姆曾是夏季帆船比賽的出發點；那時，旅店可以接待二十個人舒適地在此過夜。在夏日陽光普照的那幾天，特魯蒂會把桌椅布置到室外，在花園裡以特調的檸檬汁和冰咖啡來款待旅客與熟人。秋風吹起時，村裡老人群聚小旅店的門廳，在生鐵鍛造的壁爐前，一邊回憶水手生涯的陳年舊事，一邊享用特魯蒂剛出爐的糕點。不過特魯蒂也會出門去暖和一點的地方拜訪親友，並讓旅店歇業，一直到春天才重新開張。今年就屬這種情況，維克托慢慢靠近「錨莊」時發現到，所有門窗緊閉，煙囪也不見縷縷炊煙。他先前曾與哈波施特有過神祕的電話交談，所以對此並不感到驚訝。

*我來這裡做什麼？*維克托自問，同時四下張望，尋找與安娜有關的蛛絲馬跡。

甚至有那麼短暫的片刻，他必須壓抑衝動的情緒，才不至於大聲叫喊她的名字。他只是想確定一下，安娜並沒有破門闖進上鎖的屋子，在裡面跟他玩那些恐怖的把戲。

突然，他的手機又響了。這次是另外一種鈴聲，是他特地爲了親朋好友所設定的。

「喂？」

「老實說，你是不是想捉弄我啊？」

「凱，是你嗎？出了什麼事？」

維克托回到道路上，往東走了幾步，試圖理解私家偵探的話。

「你在跟我玩什麼把戲？」

「我？你說什麼？」

「我是說那張傳眞。」

「哦。還好你打電話來了，傳眞上面什麼也沒有。」

「什麼也沒有？你自己最清楚那上面有什麼，別想耍我。」

「你到底在說什麼？你怎麼了？」

維克托不得不轉過身來，因爲一股強風把傾盆雨水都刮到他臉上。從這個位置看過去，無人居住的「錨莊」就像快要倒塌的電影布景。

「我查了一下那張小孩子塗鴉的號碼，究竟是誰傳眞了那隻貓給我。」

藍貓姆克。

「結果呢？」

「就是你。號碼是你家的，你從帕庫姆把它傳眞給我。」

這不可能，維克托心想。

「凱，我不知道，這是怎麼……」他正想繼續說下去，突然被嗶嗶兩聲給打斷了，接著就聽到一個女人的聲音說：「您正位於我們全球行動通訊系統服務範圍之外，請稍後再撥。」

「去他的。」維克托看著自己的手機，大聲咒罵。

他跟歐洲大陸的最後一次聯繫就這樣中斷了。他再次轉過身來，站在那裡一動也不動，目光飄向四面八方，最後朝天空看去，好似他能從深色墨水般的雲層中找到一個答案。

現在，他還能跟誰談？他該去找誰呢？雨滴直接打中他的瞳孔，他使勁地眨眼，感覺就像以前，他還是個小男孩泡在浴缸裡洗澡，一不小心洗髮精的泡沫就溜進了眼睛。維克托揉了揉雙眼，當他放下手時，周遭的一切變得鮮明，視線也清晰了。就像在做視力檢查，眼科醫生終於選對了鏡片，讓他一下子可以看到對面那堵牆上的字母。也許，這一切純屬巧合，而他知道下一步該往哪裡走了。

46

正如同他所想的，村長屋子裡還亮著燈。維克托三步併做兩步踏上迴廊的階梯，按起哈波施特家的門鈴。

某處傳來了狗吠聲，也許是米夏的狗。附近人家的院子裡有門沒關好，不停發出砰砰聲，也可能是沒固定住的百葉窗。不管怎樣，維克托聽不到門鈴是否眞的響了。他又等了一分鐘，或許哈波施特已經對第一聲門鈴做出反應，正往大門走來。

可是，第二聲門鈴響起時，還是不見半個人影。於是，維克托使出一點力氣，拉起拳頭大小的門環，敲擊香柏木的大門。哈波施特獨自一個人住，兩年前，他的妻子爲了一個慕尼黑的暴發戶離開了他。

依舊沒有反應。

天氣這麼糟，風雨交加，所以他聽不到我的敲門聲，維克托心裡想著，繞著房子走了一圈。這棟房子的位置本是占盡地利，緊挨著「錨莊」，一眼便可望見遊艇碼頭。但是，它沒有直達海水的通道，也沒有自己的碼頭。如果想去海邊，得先經過那條狹窄的沿海小路。在小島上，這也不是什麼大問題，可是維克托認爲，既然都住在海邊了，那就該緊鄰著大海，才不會辜負了美景。不然的話，大可在內陸買一棟度假屋，再開車到最近的海邊去。

陣陣狂風從海上刮來，維克托走到房子後面，在建築物的遮蔽下，暫時免受狂風的摧殘，就像船舶駛入安全的避風港。

剛才沿著海邊行走時，整條路上除了寥寥可數的松樹外，沒有其他遮蔽物能與暴風雨相抗衡，而那幾棵枝葉稀疏的松樹，也因常年經受風吹雨打而東倒西歪，所以維克托別無他途，只能正面迎向暴風雨的襲擊。這時，大雨終於緩和一些，他喘了口氣，稍作休息之後，便開始尋找這棟房子的主人。

透過屋後的窗戶可以看到哈波施特的書房。顯然，他人正在樓上。書桌上堆滿了紙張，上頭有手寫的字跡，另一張矮桌上有一臺打開的筆記型電腦，只是不見其主人的身影。壁爐中的火快要熄滅。除了書桌上那盞刺眼的檯燈，沒有其他東西能夠證明，哈波施特不久前還在那裡工作過。

我根本不曉得他需要一間書房，更別提原來他還有一臺電腦，維克托感到有些驚訝，四下環顧了一番。

樓上沒有燈光，這不一定表示，哈波施特已經上床睡覺或把窗簾給拉上了。

維克托不得不承認自己智窮技盡了。到目前為止，他穿過大雨東尋西找卻一無所獲。其實，這也沒什麼好奇怪的，因爲他根本就不清楚該往什麼地方找，更不可能明白，假設他找到安娜或哈波施特的話，下一步要做什麼。

「不要找我，我會找到你的！」

維克托本來還想再試一下門環的，但就在此時，他看到荒蕪花園的另一側有一間小棚屋。

要是在一般情況下，從波紋鐵皮門下漏出的微弱光線，根本不會引起他的注意。但是，身體的緊張狀態也讓他的感官變得敏銳，一下子就注意到幾件不尋常的事情：棚屋裡有燈光，唯一的窗戶不知道爲什麼被人用一塊厚板子給釘死了，從屋頂上的生鐵小煙囪冒出裊裊炊煙。

風雨交加的夜晚，哈波施特在工具棚裡做什麼？他爲什麼在意外面的人會瞧見棚屋的燈光，而屋裡的書房卻又那般堂而皇之的明亮呢？

維克托沒有顧忌內心越來越強烈的威脅感，他穿過濕漉漉的草地，走向小棚屋。他要瞧瞧那裡面是怎麼回事。

47

棚屋沒有上鎖。他慢慢打開那扇門，一股霉味撲鼻而來。混合著汽油、濕木材和髒抹布的氣味，典型彌漫在雜亂工具間裡的霉味。維克托從雨中走進棚屋的時候，驚動了一些瓢蟲和蟑螂，除此之外，他沒有發現別的生物。哈波施特不在這裡。

但是，還是少了點東西，維克托以爲會看到的——工具。既沒有修剪花園的大剪刀，也沒有一般必不可少的剩餘建材和油漆桶；牆邊的塑膠架子空無一物，地上也沒有這些東西。奇怪了，這間寬敞的棚屋就像個車庫，至少可停放兩輛汽車呢。

然而，不只因爲這裡沒有小推車、舊自行車和廢棄的船舶零件，才讓維克托直打哆嗦。他從自己的房子，冒雨步行來到村長花園裡隱蔽的棚屋，現在第一次冒出一種肉體難以承受的寒冷。那股寒意自他的腰間開始，沿著後背一直爬到頸子上，冷颼颼的感覺又蓋過頭皮，最後起了一身的雞皮疙瘩。

爲什麼死亡總是冰冷的？

維克托搖晃了一下腦袋，既是想證明自己沒有在做夢，也是想擺脫混亂的思緒，因爲就在這一刻他看清楚了棚屋裡的情形。

恐怖至極。

他多麼希望自己是待在家裡，不管家在何方，只要能與妻子並肩坐在壁爐前，或是泡在溫暖的浴缸裡，享受著缸緣的燭光。自己的家有厚實的大門、緊密的窗戶，安逸而舒適，沒有充斥在人世間的種種憂愁苦難。他什麼地方都願意去，就是不想出現在這裡，周圍是密密麻麻的可怕照片和報章文摘。

要不是哈波施特，要不就是安娜，或是過去幾個月來待在這裡的人，在牆上貼滿了照片、雜誌文章和剪下來的字母，這是讓人心生恐懼的收藏。那些照片之所以那麼令人厭惡，不是因爲有暴虐的變態畫面、屍體殘塊或其他讓人作嘔的東西，就像一些限制級網站上的頁面那樣。恐懼緊緊攫住了維克托，因爲他在每張照片上都看見相同的臉孔。那些剪報和照片或是掛在晾衣繩上，或是貼在架上，或縱或橫，無所不在，全都圍繞著一個主題：裘依絲。

他感覺自己被困在紙造的森林裡，到處是勾起回憶的紙片；不管他往哪個方向看去，都被迫盯著自己女兒的眼睛。應是有人花了許多時間來計畫綁架裘依絲。在這裡，維克托發現一座瘋狂的偶像神廟，裘依絲變成狂熱的崇拜對象，那是正常思維無法理解的。

經過了最初的震驚，維克托就著吊在天花板上的老舊燈泡，察看這項可怕收藏的細節。開始的時候他以爲自己眼花，但他馬上就確定了，部分照片上有血跡斑斑的手印。看起來都是同一個人的，不過相對哈波施特粗大的手掌，這些手印太小了。

假設維克托還需要最後一個證據，來確定自己正在觀看一個精神病患的「傑作」，那麼現在便能從那些報紙標題的內容中找到。標題都是細心剪裁下來的，並用螢光筆做了標記，然後貼在不同的照片上。

維克托用圍巾裹住右手，把燙手的燈泡轉向一側，好看清楚牆上的文章：

知名精神科醫生的女兒失蹤

噩夢治療者自身陷入噩夢

大牌精神科醫生的妻子求去

小裘依絲遭人毒手?

最後仲裁:拉倫茲不得繼續行醫!

這是哪個瘋子的瘋狂行爲?維克托問自己。一些標題雖然符合事實,但大多數是捏造的,甚至還十分荒謬。

或者我應該問,是哪個女瘋子?

這要費多少功夫啊!得先把報導的文章寫好,再以電腦排出報紙的版型,列印出來之後,一一掛到牆上。裘依絲的照片又從哪來的呢?有些照片他見過,可能是從網路上下載的,另外有一些照片他前所未見。

她當時一直在監視我們嗎?偷偷拍下他女兒的照片?就算現在還沒有最終的證據,但維克托已經確定這些事情都是安娜幹的了。

或許可以從那些標題中看出她的目的。這是她行動時所依據的模式,也是我在尋找的,維克托繼續思考，同時又把燈泡往左邊移動了一點。

假如這一刻的狀況並非如此，結局也許另有一番轉折。他不會因爲恐懼而發出聲來，反而能聽到外面有人清嗓子的聲音；他也不會專注於辨識牆上掛著的東西，想要去解讀背後的企圖，反而能注意到花園裡樹枝折斷的聲音。這樣的話，也許他會轉過身來，早一點看到正步步逼近的危險。也許。

然而，事情並沒有這樣發展。他鬆開了燈泡，抓起一張用生鏽釘子釘在棚屋後牆上的紙片。他對紙片上的東西並不感興趣，但他立刻明白手裡拿的是什麼，也明白曾經在哪裡看過它，就在不久之前，而且是幾分鐘之前他才見到過的。那是同樣的灰色再生紙，同樣的筆跡。對維克托來說，已經毫無疑問了。這張紙是從那個距離咫尺之遙、在哈波施特書桌上的紙堆裡來的。製作恐怖收藏的人，不僅在這間工具棚裡工作，也在幾步之外的村長家中。

想通這一點後，維克托又衝進了花園，拿著那把已經打開保險的手槍。

48

維克托只花了兩分鐘，就找到藏鑰匙的地方。哈波施特也在前廊上的一個陶罐下放了一把自家房門的鑰匙，以備不時之需。

維克托把門打開之後，先是大聲呼叫主人的名字，最後跑到各個房間看了一下，他這麼做只是爲了確定自己的預感確實正確。屋裡沒有人。維克托在心裡祈禱，希望哈波施特沒有出什麼事情。儘管先前與他的談話已有諸多疑點，儘管那間棚屋非常可怕，維克托仍然不願相信哈波施特會是安娜的同夥。他們認識那麼多年，他不可能懷疑村長的。但是這一切又如何解釋呢？想到另外一個可能性，就教人心生恐懼，他想到了伊莎。安娜已是一個實實在在的威脅，他只希望她的瘋狂只是針對他本人而已。

他快步走向書桌，沒有顧慮自己的鞋子會弄髒淺色的地毯。

他盯著電腦旁的那堆紙。

上頭有什麼東西？哈波施特或者安娜寫了什麼？這一次，他確信自己終於找到解開所有謎題的關鍵。

維克托脫掉雨衣，把手槍放在書桌上的紙堆旁，然後他坐了下來，開始讀起頭幾頁。

他一眼就看得出來，這是一份草稿。維克托的目光快速掃過，突然有一種前所未有的似曾相識感受：

《繽紛週刊》：悲劇發生之後，你是什麼感受？

拉倫茲：我已經死了。雖然我還在呼吸，偶爾吃喝點東西。有時候甚至也能在白天睡上一兩個小時。但是，我已經不存在了。從裘依絲失蹤的那天起，我就死了。

他把這幾行字看了兩遍，一時間還不能相信自己的眼睛。這不是安娜的什麼故事，而是他回答的那個採訪，是他針對《繽紛週刊》的提問所寫下的第一個回答。

維克托想起電腦硬碟裡的東西幾乎全被刪除，不禁反覆推測，安娜是怎麼弄到他的檔案的。她一定是趁著他一個不注意，以迅雷不及掩耳的手法，竊取了電腦中所有的資料，也許就是昨天，在他睡著的時候。

可是，她爲什麼要大費周章地把這些東西再謄寫一遍呢？爲什麼不直接列印出來就好了？又怎麼會有這麼多原子筆塗寫過的文稿？上面的筆跡很奇怪，比較像是男人寫的，很難聯想得到是出自那個嬌小女人的手筆。難道是哈波施特幹的？不可能，村長從來沒有進到他屋子裡，他不可能弄到電腦檔案的。

維克托很快翻閱完畢，他斷定，就是安娜把這一切弄到手的。每個問題，每個回答，一句話都不差，一個字也不少。他到現在爲止敲進電腦的東西全都在這裡了。

他瞧了一眼旁邊的筆記型電腦，同一個品牌，他用的也是Vaio，同一個型號。維克托伸手碰觸一下滑鼠，讓微軟的螢幕保護程式消失。他想要——不，他必須看看安娜之前在電腦中做了些什麼好事。

他按了一下，打開一個Word檔案，映入眼簾的是《繽紛週刊》的原始提問。絲毫不差，那是雜誌的總編輯寄給他的電子郵件。

維克托的目光又從電腦落到紙堆上。他曉得，就理論上來說，安娜可能偷走了他的資料，也許就是她在柏林竊走了他的病例檔案。但是，她昨天晚上才去過他那裡，而且她當時的身體狀況非常不好。也就是說，她根本沒有多少時間能夠從容地抄寫他的文件。

這有可能嗎？

維克托回想起一件事，是他最早與安娜打交道的狀況。當時，她在雨中步行來到他位於海邊的房子，可是，她那雙優雅的女鞋既沒有濕，也沒有髒。

時間的問題讓維克托益發感到不安。安娜在短短幾個小時內就寫了這麼多東西。再說這一堆紙的內容，看起來比他最近幾天敲進電腦的還要多。

維克托抽出最底下的兩張紙，舉在空中。確實如他所猜測，這不是他寫的。看樣子，安娜精神錯亂的程度比表面上看到的還要嚴重。安娜不僅複製了他寫的東西，還用自己的話添油加醋。

維克托讀了一段：

我覺得自己對女兒的死有責任。我覺得自己對婚姻破裂有責任。假如我能夠重新開始，對於很多事情我會以不同的方式去處理。

我怎麼能夠欺騙伊莎呢？

他目瞪口呆地看著這些文字。這能證明安娜和伊莎之間有密謀嗎？可是，爲什麼呢？有什麼目的？隨著時間一分一秒流逝，一切顯得越來越雜亂無章；光明沒有降臨來驅走黑暗，暴風雨也未停歇下來。

維克托沒有聽到背後地板上的腳步聲，他繼續瀏覽，又看到一段：

我應該多聽聽妻子的話，她是那個總能做出正確決定的人。我眞不知道自己當時怎麼會那麼糊塗，認爲她在跟我作對，還離她而去？現在，我終於明白，把裘依絲一事的所有責任都栽到她身上，是徹頭徹尾的錯，可是太晚了。現在我也明白，正是這樣我才讓裘依絲落入危險的處境。

最後兩句話彷彿天書一般，維克托反覆讀了幾遍，仍難解其中的含義。他心想，是不是乾脆拿起這些紙張，立刻離開這屋子。

可是，已經來不及了。

49

「你現在明白了吧？」

維克托聽到這個熟悉的聲音時，嚇了一大跳，手中的幾頁紙掉落地上。恐懼就像一條蛇纏住了他。倉皇中，在書桌上散開的紙堆裡竟找不到那把手槍，他手無寸鐵轉過身去。安娜的情況可是截然不同。她用一把長長的切肉刀武裝自己，並且是緊緊握住木柄，連手指頭都發白了。儘管她具有威脅性，但她看起來跟第一天一樣美麗動人。顯然她的身體狀況好多了，髮型完美無瑕，一襲黑色套裝凸顯了她的性感身材，沒有半點皺摺，腳上的漆皮皮鞋也是光可鑑人。

不要找我。我會找到你的！

「你聽我說。」

維克托決定先發制人，並刻意忽視她明顯的暴力威脅。

「安娜，我可以幫助妳！」

她沒有精神分裂症。她只是聲稱自己有。

「你想要幫助我？就憑你？你連自己的家庭都顧不好，你的孩子、老婆，你的生活，全部都是一團糟。」

「妳跟我的妻子是什麼關係？」

「她是我最好的朋友。我現在跟她生活在一起。」

維克托希望從她的眼神中看到精神錯亂的跡象。然而，那張漂亮的臉蛋只是讓她口中的古怪話語更顯駭人。

「妳到底叫什麼名字？」維克托問，嘗試從她的表情中辨識出情緒的變化。

「你知道我的名字的，維克托。我叫安娜，安娜・施皮戈爾。」

「好吧，安娜。我知道，這個名字是假的。我已經打電話向公園醫院求證過了。」

安娜嘲諷地對著他微笑。

「你打電話給公園醫院？出於好奇？」

「他們告訴我，妳不是那裡的病人。但是，有個女大學生叫這個名字，不過她已經死了。」

「多麼奇怪的巧合，你不覺得嗎？她是怎麼死的？」

安娜斜握著切肉刀，檯燈的反射光線，讓維克托一陣眼花。

「這個我不知道，」他撒了個謊：「可是，請妳理智一點。」

維克托搜索枯腸。遇上這種情況，他眞是束手無策。以前在柏林的診所開業時，曾經發生過一起相對而言危害不大的事件，之後他就在書桌下安裝了警報按鈕。這也是我後來絕對不在診所以外的地方治療病患的原因，他思索著，打算嘗試另一個策略。

「安娜，妳曾經說過，所有妳在書中想像出來的人物都會成爲眞實。」

「是的，你聽得很認眞，醫師。」

我得想辦法讓她講話，直到哈波施特回來。只要能出現一點狀況，隨便什麼都行。

維克托決定，繼續假裝自己相信她之前講的精神分裂症的事情。

「有一個非常簡單的解釋。先前妳才提到，它『又』發生了，妳的意思是說，又有某個妳筆下創造的人物闖進妳的現實生活中，對嗎？」

她點了一下頭，算是表示同意。

「妳抄寫我的訪問，就是這個原因嗎？」

「不是的。」安娜猛力搖了搖頭。

「妳抄下我的回答，並在這個過程中創造了我。之所以會這樣自然，那是因為我眞的存在。妳明白嗎？」

「不，事情不是這樣的。」

「安娜，請妳認眞想一想。這次眞的非常簡單：我是眞實存在的。我不是妳想像出來的，我也不是妳哪一本書中的虛構人物。妳最後寫的那些東西是關於我的。然而，那些並不是妳，而是我所寫下的。」

「這簡直是胡扯！」安娜吼了起來，胡亂揮舞著利刃，維克托不得不往後退幾步，撞到了窗前的書桌。

「你眞的不明白這裡發生的事情嗎？難道你都沒有看到那些徵兆嗎？」她的眼睛露出狂暴的目光，惡狠狠盯著他。

「妳的意思是？有什麼徵兆？」

「嘿，專業的心理醫生，你覺得自己聰明絕頂，是嗎？你以為我偷了你的東西，闖入你家，還跟你的妻子通了電話。你相信我與你女兒的失蹤有關，對嗎？你並沒有搞懂，不是嗎？你眞的還沒有搞懂。」

說最後幾句話的時候，安娜突然平靜了下來。原本臉上嚴厲強硬的神情消失了，她一下子又變成穿著成熟套裝的優雅女子，就像維克托幾天前剛認識她的模樣。

「那好吧，」她繼續說，一邊還對他微笑：「那就沒辦法了，看來我們兩人還得再進行下一步。」

「妳想要做什麼？」

無法抑制的恐懼緊緊勒住維克托的咽喉，他幾乎要窒息了。

最後一步？

「請跟我來，你往外面瞧瞧！」

安娜拿著刀指向臨街的窗戶。維克托遵循她的命令，朝窗外看去。

「你看到什麼？」

「一輛『富豪』汽車。」

維克托猶豫地說，因爲島上不允許行駛私人轎車。然而，那輛車跟他出發前停放在海港停車場的那輛富豪一模一樣。

「走吧！」安娜已經站在門口了。

「去哪裡？」

「出去兜風一下。我們的司機已經在等著了。」

維克托確實看到有個人坐在方向盤後面，還讓引擎一直轉動著。

「要是我站在這裡不動的話，會發生什麼事情？」維克托抗議地說，直視著安娜的眼睛。

安娜不發一語，把手伸進大衣口袋，掏出了一把槍，就是幾分鐘前維克托在哈波施特書桌上沒能找到的那把。

他沮喪地聽從命運的擺布，慢慢朝向大門走去。

50

富豪車內彌漫著一股皮革剛上油打過蠟的氣味。維克托想起自己的愛車，陷入回憶中，暫時忘記自身所處的險境。這輛車跟他三週前出發時，開往港口的那輛富豪屬於同款汽車，內部裝置也如出一轍，對他來說一切是那麼熟悉，又不可思議。維克托幾乎敢發誓說，有人在這樣惡劣的天候下，把他的車子空運到帕庫姆來了。

「這是什麼意思？」他既是在問安娜，也是在問那個陌生的司機。安娜跟他一起坐在後排，他在司機的正後方，只能隱隱約約瞧見司機的臉龐。

「我說過了，我們出去兜兜風。」安娜拍了拍手，富豪緩緩前行。

不管往哪裡開，維克托心想，都不可能開太遠的。這座島只有兩條公路。頂多六分鐘後我們就會開到燈塔下，然後必須迴轉掉頭。

「到底要去哪裡？」

「維克托，你應該很清楚的。只要把事情一件件湊在一起，答案就呼之欲出。」車子開始加速，儘管雨水以不可思議的強勁力道拍打著擋風玻璃，司機還是沒有要打開雨刷的意思。

「拿去，把它們唸出來！」安娜遞給維克托三頁紙，上面用藍色原子筆寫滿密密麻麻的字。顯然，這也是她寫的，維克托有不祥的預感。

「這是什麼？」

「關於夏綠蒂的最後一章，也就是結局。你一心一意想要看到的東西。」

他發現紙的邊角都燒焦了，感到十分困惑。彷彿安娜讓時間倒轉回去，及時把它們從他家的壁爐裡搶救出來。

「唸吧！」安娜用槍柄敲打那幾頁紙。他才朝紙上看了一眼。

逃亡

「妳爲什麼不直接告訴我，發生了……」

「快唸！」她暴怒地打斷他的話，維克托遲疑地唸出前幾句：

在凱悅飯店的那個晚上非常駭人。夏綠蒂不停流鼻血，我向客房服務要了乾淨的毛巾。藥都已經吃完了，夏綠蒂又苦苦哀求我，不要扔下她一個人出去買藥。所以，我沒辦法去藥房。等到她終於睡著後，我也不敢請服務生幫我買撲熱息痛和盤尼西林，要是他回來敲房門的話，肯定會吵醒夏綠蒂的。

當富豪疾駛過一個積滿雨水的坑洞時，車內猛然一震。維克托抬起眼看了看。目前爲止，他沒有讀到隻字片語能解釋這個荒謬的情境，偏偏他還置身其中。他遭到挾持，身邊是一個手持槍械的瘋狂女子，她強迫自己朗讀那些手寫稿——她瘋狂妄想的證據。

她沒有精神分裂症，她只是聲稱自己有。

另外，那位既聾又啞的司機似乎想打破車速紀錄，而且就在這場百年颶風中，能見度不到四公尺的情況下。車子疾馳狂飆，窗外大雨迷濛，教人完全不知開到什麼地方了。

「繼續唸！」安娜馬上注意到他片刻的失神，爲了讓命令更具威嚇力，她舉起手槍。

「哎呀！安娜，夠了，夠了！我唸，我馬上唸。」

維克托又一次任憑命運的擺布，又一次感受到極度的恐懼。

51

第二天早上，匆促吃過早餐後，夏綠蒂和我便從酒店出發，開車前往火車站，搭上開往威斯特蘭的火車。我們費盡脣舌，花了一個小時的時間，才說服一位老漁民開船載我們去帕庫姆島。在到小島之前，我一直不懂夏綠蒂爲什麼要帶我來這個地方。我只是感覺到，她想要把所有的事情做個了結，而且就在這裡結束一切，在這座偏僻的小島上。

我們雙腳才剛踏上陸地，就發生不尋常的事：夏綠蒂立刻變得好多了！似乎是北海的海風與溫差大的氣候治癒了她。也像是爲了印證這種身體上的改變，她還請我幫她一個忙：「不要再叫我夏綠蒂了。在這裡，在我的小島上，我有另外一個名字。」

「裘依絲？」維克托抬起頭來，安娜回報以淺笑。

「當然。打從一開始，我們兩人就知道這個故事說的是誰，不是嗎？」

「可是，這不可能啊！妳不可能跟裘依絲來過這座島。若是眞的，那也太顯眼了。他們肯定會告訴我的……」

「那當然。」安娜看著他，就像看著一個弱智的病人，她對他說：「沒事，沒事，一切都會好起來的。」

「你就繼續唸吧。」

維克托服從了這個命令。

52

我們住進了位於海邊的一棟房子，距離村子和遊艇碼頭大約十分鐘的路程。裘依絲對我說，以前假期的時候她經常跟爸媽到這裡，只要是放長假他們幾乎都來島上，只有短暫的週末才是在森林木屋裡度過。

我們想泡點熱茶喝，剛在壁爐裡升起火，裘依絲就緊握住我的手。

「現在我要給妳最後一個暗示，安娜，」她對我說，然後我們走到起居室的窗前，眺望著沙灘和大海，景色宜人。

「惡魔一直跟蹤我們，」她向我解釋：「我們沒能擺脫它的糾纏。在柏林、漢堡都沒成功，在海港時也不行，現在它已經來到島上了，就在我們身邊。」

開始的時候，我不知道她說的是什麼意思。但是，我馬上就發現五百公尺遠處有個小人影，正在沙灘上奔跑。那人距離我們越近，我就越肯定我的猜測是對的。那惡魔先前確實就住在她天鵝島的家中，現在它尾隨我們到這裡了。我抓住裘依絲，和她跑向前門。當時我毫無頭緒，但我知道：要是我沒把小女孩藏好，就會發生很可怕的事情。於是，我和她跑到外面，衝向一間很小的發電機棚屋，那棚屋距離前廊只有幾公尺遠。

進入棚屋內，一股寒意逼人的霉味，就像舊電話亭裡冷冰冰的煙味。無論如何，這都比在外面坐以待斃好。我立即關上棚屋的小門，就在緊要關頭的那一刻。

因爲伊莎離我們已經不到一百公尺了。

「我的妻子？」維克托不敢抬眼正視安娜的眼睛。

「是的。」

「她做了什麼事？」

「繼續好好唸吧！你馬上就能明白了。」

富豪汽車的引擎轟隆作響，就像維克托耳裡奔流的血液一樣。他不確定，正在自己血管裡亂竄的腎上腺素，是受到眼前綁架者暴力傾向的刺激，還是因爲車子狂飆的速度。此刻，富豪飛速行駛在沒有加固的道路上。不過，也可能是二者的交互作用。維克托十分詫異，就在這生死一線間，他居然還能清楚地思考，甚至是朗讀。

幸好，這種車速下朗讀並沒有感到暈眩或嘔心，他心想，馬上又拋開無聊的念頭。然後，他接著往下唸。

53

糟糕的是，發電機棚屋的門只能從外面上鎖。我不知道伊莎打算做什麼，她想把裘依絲怎麼樣，她到底有什麼企圖。然而我的直覺告訴我，要是讓她進入棚屋找到我們，那麼我們就死定了。棚屋沒有窗戶，室內的情況一覽無遺，我考慮是否要爬到隆隆作響的發電機後面。幸好，機器的運作掩蓋了我們弄出來的聲響。可是，發電機和鐵皮牆之間的空隙不夠我們兩人躲藏。

「媽媽對妳怎麼了？」我問裘依絲，同時繼續尋找一條逃離的出路。

「去解開那些暗示吧。」她回答，聲音已不像先前那麼老練。

「沒有時間了，」我對她發火，大聲吼道：「裘依絲，如果妳要我幫忙，就必須讓我知道我們面臨什麼狀況！妳媽媽把妳怎麼了？」

「她給我下毒。」小女孩輕聲回答。

我轉過身去，因爲我覺得聽到棚屋前有個聲音。

「可是，爲什麼呢？」我一邊問她，一邊朝小門走去。

「那時我太壞了。我在森林小屋的表現很不好。」

「妳做了什麼事？」

「我流血了。媽媽不讓我流血。我應該永遠是她的小寶貝。我不該長大，不該惹她生氣。」

維克托驚恐地把那幾頁紙扔到車座下。

「現在明白了吧？」安娜問他。

「我想，我明白了。」維克托低聲回答。

一下子，全部解釋得通了。浴室裡的血。毒藥。伊莎。但是，這有可能嗎？他妻子不准自己的女兒長大成人？她這麼病態？她真的因此毒死了裘依絲，好讓她永遠都是一個天真無助、依賴她照顧的小女孩？

「妳怎麼知道這些的？」維克托追問：「妳跟這件事情有什麼關係？」

「我不能告訴你，」安娜回答：「你讀了才會明白。」

維克托拾起腳邊的紙張，想知道那個四年前開始的噩夢，最後是怎麼結束的。

54

我把門打開了一條縫，立刻驚恐地退了回來。伊莎就站在木頭前廊那裡，還從廚房取了一把長長的切肉刀。她環顧四周，慢慢步下了臺階。

「她怎麼給你下毒的，裘依絲？用什麼下的毒？」我問，同時又把門關上。

「我有過敏症，」小女孩沙啞著嗓子低聲說：「我受不了撲熱息痛，也不能服用盤尼西林。除了她以外，沒人知道這一點。」

分秒必爭，我無暇分析她話中的含義。我得先找到求生之路。可是，我能做什麼呢？我不敢開燈，只有點燃打火機；當然我也知道，在機房裡是禁止這麼做的。

我絕望地四下察看，緊緊握住裘依絲的手，不敢鬆開，免得她掙脫而去，驚慌失措地往外跑。

「沒有用的，安娜。」她輕聲細語說：「她終究會找到我們的。我們只有死路一條，那時我太壞了。」

我沒有搭理她，繼續察看牆面和屋頂。我知道，那扇門隨時都有可能突然打開，然後伊莎將手持利刃地站在門口。

我已經聽到她在呼喚裘依絲的名字了。

「裘依絲，裘依絲，小寶貝。妳在哪裡？快到我這裡來，我只是想幫妳嘛！」

她不自然的溫柔聲音在耳邊響起，裘依絲開始哭泣，幸好被發電機的噪音掩蓋過去。我就著拋棄式打火機的微弱光線上下左右審視，終於找到一個解決方案。我的目光再次落在生鏽的馬達上，隨著油管鋪設的路線，從右邊牆角的機械裝置繼續延伸，直到我腳下的地板。油槽外殼！

正如我所猜測的，發電機和燃油箱都不符合最新的規定。油箱在發電機的右側，埋在棚屋的地底下，而且不太像油箱，比較像是一個中等大小的塑膠桶；直徑大約一公尺，蓋子距離地面有十公分。我打開鉛封，把蓋著油箱的薄水泥板推到一邊。開始時我以爲自己辦不到，因爲那個蓋子對我來說太重了。但是，我用雙腳抵著棚屋的牆壁，在絕望中使盡全部的力氣。成功了！蓋子推開了大約四十公分，這樣就有足夠大小的開口讓裘依絲和我鑽進去。

「我不要進去。」裘依絲站在旁邊，我們兩人朝黑漆漆的洞裡瞧了瞧，一股陳舊燃油的氣味撲鼻而來，令人作嘔。

「沒有辦法，」我對她說：「這是我們唯一的機會。」

彷彿爲了呼應我的話，伊莎的叫喚更加響亮，聲音就迴盪在棚屋前。

「裘依絲？到媽媽這裡來！妳要當一個聽話的乖女孩。」

她離棚屋只有幾步遠了。

「快來吧，」我催促她說：「不用怕，妳不是一個人，我跟妳在一起。」

裘依絲嚇得全身動彈不得，這也好辦。我一把抱起她，將她放進油箱中。那個油箱大約有一點五公尺深，只裝了半滿；因此，裘依絲不會被淹沒。我一放下她就趕緊跑到門邊，搬了一張花園椅子，直接卡在金屬門把的下方。然後從牆上取下一根鐵撬，打碎屋頂的燈泡，再摸黑弄斷發電機的輸油管，接著把鐵撬放到水泥蓋下，用力撬起蓋子來。我使出所有剩餘的力量，猛地用力一扳，完全不顧膝蓋骨和喀嚓作響的十字韌帶……。終於，水泥蓋子翻了過去，滾到油箱旁，發出一陣低沉的撞擊聲後，就停在發電機和油箱之間。

此時，我強忍作嘔的反應，爬進黏稠的深色液體中。時間上分秒不差！就在我的雙腳碰觸到箱底，在滑溜溜的底部摸索著支撐的定點時，棚門開始搖動了。

「裘依絲？妳在裡面嗎？」

伊莎還沒把椅子弄開，可是只要再過幾秒鐘那把椅子就頂不住了，她便能破門而入。

「蓋子不見了？妳爲什麼這麼做？」裘依絲啜泣著問我，一邊用她沾滿燃油的手抓住我。

「因爲這樣就不那麼顯眼了，」我告訴她：「我永遠不可能從裡面再把蓋子給蓋上。沒有蓋子她反而不會去注意，也就找不到我們了。」

我知道，我的計畫很瘋狂，成功的機會非常渺茫。

噹啷一聲巨響，鐵皮棚屋的門開了，我感覺到有一陣冰冷的海風從外面灌了進來，都刮到油箱裡了。

「裘依絲？」

伊莎已經走進屋內，我們卻聽不到頭頂有腳步聲，因爲發電機的轟隆聲變得更大，淹沒了其他的聲音。

北方下午的陽光虛弱無力，棚屋內一片晦暗。還好伊莎沒有帶手電筒進來，讓人略微放心。

我暗自祈禱，希望她千萬不要注意到打開的油箱，就算她瞥見油箱，沒有手電筒的照射，而屋頂的燈泡也壞了，她不可能發現我們在這下面的。她該不會想到要劃一根火柴來查看油箱裡的情況吧？

我命令裘依絲蹲下，她服從了。現在她整個身子都被冰冷的凝膠裹住，只露出後腦勺，嘴巴剛好浮在油面上。

她忍不住咳嗽了起來。這次不是因爲她的病情，而是燃油那刺激性的氣味。我本想摸摸她的頭髮，安撫一下，卻也只是抹油了她的小腦袋。

「別出聲，一下子就好。」我低聲說，可是我的話沒有起任何作用，裘依絲開始顫抖，非常厲害，還毫無顧忌地嚎啕大哭。我趕緊捂住她的嘴，並小心讓她還能用鼻子呼吸。裘依絲咬了我的手一口，痛入骨髓，連整隻胳臂都麻了起來，但是我毫不屈服。在伊莎離開我們頭頂的位置之前，我絕對不會鬆手。

我不知道自己這樣堅持了多久；我迫切需要空氣，身邊還緊緊貼著一個歇斯底里的小女孩，六神無主地跪在一個氣味嗆鼻、伸手不見五指的油箱裡。

一分鐘？五分鐘？我完全失去了時間感。突然之間，我察覺到，伊莎已經離開了，因爲棚屋內朦朧微弱的光線消失了。她一定是把門給關上了。

我鬆了一口氣，把捂在裘依絲嘴上的手放了下來，她還在抽噎。

「我很害怕，爸爸。」她這樣對我說，我很高興她叫我爸爸，表示她至少覺得我是一個值得信任的人。

「我也害怕，」我對她說，緊緊抱住她，「一切都會好起來的。」

本來，一切都會好起來的。我知道的。伊莎已經離開了。

她可能正要回到那棟房子裡去，也許是去找一支手電筒。眞要是這樣的話，我們就有時間可以趕快從油箱裡爬出來，然後跑到村子向人求救……

那我們就有時間採取行動。

但是，就在那時出了差錯。裘依絲無法安靜下來，她一直不停啜泣。對這個小女孩來說，一切都糟糕透頂了。她被悶在黏答答、滑膩膩的油箱裡，裡面就跟墳墓一樣黑暗。於是，她放聲大叫了起來，聲音非常刺耳，教人不知所措。雖然我跟她一起困在油箱裡，卻安慰不了她，無法讓她鎮靜下來。然而，這還不是最糟糕的。之前我犯下一個重大錯誤，我把輸油管給弄斷了。等到發電機的運轉變得不順暢時，我才明白過來。然後，整臺機器就戛然而止，停止運作了。

這是最嚴重的狀況。我們發出的聲響一下子就傳到外面去，一清二楚。

55

維克托突然發覺，淚水溢滿了眼眶。

他的小女兒被活埋在一個臭氣熏天的墳墓裡！他看著安娜，聞著富豪車裡舒適的氣味，感受到汽車引擎均勻的轉動，整個人卻深陷夢魘之中。

「她出了什麼事情？她在哪裡？」

「唸下去。」

門突然又打開了，這一次我清楚聽到頭頂的腳步聲。我已別無選擇。伊莎的臉孔隨時會出現在油箱的洞沿。此刻我已不敢肯定，之前的揣測是否太離譜：她有可能懷疑我們就藏在油箱裡，而劃一根火柴好看個清楚嗎？在裘依絲暴露自己的位置之前，只剩下一條路可走了。我把小女孩往下拉，然後我們一起潛了下去。

燃油像死神的外衣一樣包裹著我們。它黏糊糊的流質滲透了每一件衣物，也把我們的眼睛、耳朵、鼻子和嘴巴全部封死。燃油堵住了鼻孔，像塞子一樣塞住了耳朵，我什麼也聽不到。那一刻我能想像海鳥的瀕死感受：牠們奮力想要清除羽毛上的黑色災禍——從船艙裡漏出的原油，最後卻永遠沉入被污染的海水中。

我壓抑求生的欲望，將裘依絲的頭往下按，我自己也不敢站起來，儘管肺部迫切需要氧氣。我不知道上面的情況。我什麼也看不見，什麼也聽不到，只感覺力氣正一點一滴地消逝。

直到我再也撐不住了，才先把裘依絲拉起來，然後自己站直了身子。儘管可能還是太早了，儘管伊莎可能正盯著我們，但我非得這麼做不可，再多撐一秒鐘也不可能了。

但並不是太早。

而是太晚了。

當我站起來的時候，雙臂裡的裘依絲沒有半點動靜。我擦去她嘴邊的油，撥開她的雙唇，抱著她不斷搖晃，想要對她進行人工呼吸。可是，已經毫無意義了。我感覺得到。我明白了。

直到今天我仍然無法確定，到底是驚嚇，還是恐懼，或者眞的是燃油奪去了她的生命。但我很清楚，不是伊莎，而是我殺害了裘依絲。

「天大的謊言！」

維克托想要大喊，卻只能從喉嚨裡擠出一絲沙啞的聲音。

「不，這不是謊言。」安娜冷冷地回答，往車窗外看了一眼。

維克托用手背抹去臉上的淚水，倔強地抬起頭。

「告訴我，這不是眞的。」

「很抱歉，我做不到。」

「全都是胡扯！妳瘋了！」

「對，我是瘋了，維克托。我很抱歉。」

「妳爲什麼要折磨我？妳爲什麼要編出這個故事來？裘依絲沒有死。」

「不，她死了。」

她並沒有精神分裂症，拉倫茲醫師。她所說的一切事情，她眞的都做過。

這時，引擎嚎叫了起來。維克托透過被雨水打濕的擋風玻璃，模模糊糊看到一排光柱正從一段距離外漸漸向他們逼近。

「不用害怕，馬上就過去了。」她抓住他的手。

「妳是誰？」他對她大吼：「妳從哪裡知道這一切？」

「我是安娜，安娜・施皮戈爾。」

「該死，不對！妳到底是誰？妳想要把我怎麼樣？」

那排光柱已近在眼前，儘管沒有開雨刷，它們的位置卻清楚可辨。

富豪正在海上的一條棧橋上，朝著大海疾馳而去。

「快告訴我，妳到底是誰？」維克托咆哮著，對於死亡充滿恐懼，就像以前在學校剛打完架一樣，滿臉鼻涕，眼睛都哭腫了，沮喪無比。

「我是安娜・施皮戈爾。我殺死了裘依絲。」

光柱距離汽車不到兩百公尺了。富豪往大海深處至少行駛了一公里，現在在道路盡頭等待他們的，就是那無邊無際、冰冷無情的北海。

「妳——是——誰？」

維克托突然拔高了嗓音，但立刻又被引擎、狂風和巨浪的混合音蓋了過去。

「安娜。我是安娜・施皮戈爾。爲什麼你要把最後這點時間浪費在枝微末節的事情上？故事還沒有結束，你還有一頁要讀呢。」

維克托搖了搖腦袋，把鼻子裡流出來的幾滴血擦掉。

「好吧，」她說：「我再幫你最後一個忙，我來讀給你聽。」

安娜從維克托手中拿走最後那頁紙。

就在汽車冷酷無情地駛向洶湧的波濤時，她開始唸了。

56

「毫無疑問，裘依絲已經死了。我緊緊擁抱已無一絲氣息的小女孩，想要大聲吼叫。但是，燃油黏住我的唇，讓我出不了聲，無法表達內心的悲傷。我只想喊出聲來，至於是否有人聽到，已無所謂，即使是伊莎聽也一樣。她已達到目的；她的親生女兒裘依絲，這個與我相伴數日的小女孩，已經離開人世了。

我站起來，爬出油箱，打開了棚屋的門，用手擦去嘴邊的燃油，開始喊她的名字。

伊莎。先是很輕的一聲，然後我大聲嚷道，伊——莎——！

我走出發電機的棚屋，往前廊跑了幾公尺。

伊——莎！妳——這——個——凶——手！

突然我聽到喀嚓一聲，眞眞切切，就在我後面，聲音很小。我轉過身去，看見她正從棚屋裡走出來。我才恍然大悟，原來她一直沒離開棚屋，而是在那裡待了很久，直到她確定我悶死了她的孩子。

她慢慢走向我。我的左眼仍然黏著睜不開，只能隱約辨認出她的身影。就在她離我只有幾步遠時，視覺與思考能力終於變得清晰。

她向我伸出一隻手，同樣滿是油污。那一刻我才意識到自己犯下的錯誤。原來我搞錯了，一直都想錯了，這眞是一個天大的錯誤。一切要歸咎於我，因爲站在我面前的並不是伊莎，站在我面前的是……」

……在安娜唸出最關鍵的那句話之前，維克托望進她的雙眼。然後事情就發生了。

那一瞬間，汽車騰空而起，衝進大海；同時，迷霧散盡，維克托明白了。

暖氣設備，吊燈，小房間。

一下子，他全明白了。

……白色的金屬床，灰色的壁紙，靜脈注射的點滴。

現在他明白了，一切都解釋得清楚了。

安娜・施皮戈爾！

這個認知貫穿了他的肉體，占據了他的靈魂。

站在我面前的是……

其中的含義突然再清楚不過了：安娜（Anna），正著讀、反著讀都一樣，就像鏡子（Spiegel，施皮戈爾）中的影像[1]。

「我就是妳！」他對她說，同時他看到汽車緩緩消失，變成一間醫院的病房。

「是的。」

維克托被自己的聲音嚇到，就像一隻動物在鏡子裡看到自己一樣。然後，他再次重複了那句話，彷彿是想確認自己並沒有搞錯。

「站在我面前的是……」

「站在我面前的是……我自己！」

於是，一切安靜了下來。

日期是十一月二十六號，星期一。明亮的冬日陽光穿過裝有柵欄的窗戶，照進柏林威丁心身創傷醫院的單人小病房裡。維克托・拉倫茲博士，一位曾經享有盛名的精神科醫生、治療精神分裂症的專家，因患有多重妄想症而在威丁醫院接受治療。就在這裡，大約自兩週前他開始停止服用藥物，得以在四年後第一次恢復清晰的意識。

這是一個陽光普照、溫煦美好的冬日下午，風力逐漸減弱，雲層也散去，幾天來的暴風雨終於過去了。

1 在德文中，「安娜」是Anna，姓氏「施皮戈爾」（Spiegel）的字義為鏡子。

57

九天之後。今天。

威丁心身創傷醫院的大教室裡聽眾屈指可數。除了第一排的兩位男士和臺上灰頭髮、瘦小的主講人之外，就沒有其他人了。一般情況下，這間大教室可以容納五百名大學生聽講，現在不僅被遮蔽了光線，並且從裡面上了鎖。

這兩位僅有的聽眾是法律界的翹楚，而醫院院長瑪爾丘斯教授準備要跟他們說的事情，必須嚴格保密，不得外洩。

「拉倫茲醫師曾經在柏林市中心的腓特烈大街上，有一間頗獲好評的私人診所。關於他本人，我想不必再詳加贅述了；雖然是好幾年前的事，但各位想必已從他發表的大量文章和在媒體上的頻頻曝光，而對他很熟悉了。」

兩位律師清了清嗓子，瑪爾丘斯教授先放了一張幻燈片，上面的拉倫茲還是身材魁梧的年輕人，就站在自己診所的書架前。然後幻燈片成了令人不太舒服的影像，出現的依然是拉倫茲，但他光著身子、雙膝蜷縮，以嬰兒的姿勢躺在一張簡陋的病床上。

「在他女兒失蹤後，他立刻就崩潰了，並被送到我們這裡來。開始的時候，他只需要接受短暫的治療，但是狀況一天天不斷惡化，直到今天我們既不能讓他出院，也無法將他轉院。」

他又換了一張影片，這次是一則報紙的大標題：

全國各地都在尋找裘依絲。
知名精神科醫生的女兒已失蹤數年。

「維克托・拉倫茲醫師十二歲的女兒在四年前的十一月失蹤。失蹤前，她生病了十一個月，沒人能解釋清楚那是什麼病。她的病因、失蹤的原因以及綁架者的身分——一切不明。」瑪爾丘斯刻意停頓了一下，好讓接下來要說的話引起更大的震撼，「直到今天，仍然不明。」

「對不起。」

兩位律師中個頭較小、留著金色鬈髮的那位，從座位上站了起來，就像是出庭一般開始發言。

「麻煩請您長話短說，如您所知，我們對這些細節非常熟悉。」

「謝謝您的提醒，拉恩博士。我非常了解，您和您的同事弗萊曼博士的時間寶貴。」

「很好，那麼您肯定也知道，病人半小時之後就要轉至莫阿比特的精神病院監獄，明天將在那裡第一次開庭。今天我們很想和他談一談。既然他現在可以離開這裡，不久後他就會因蓄意殺人，甚至是謀殺罪接受法律的制裁。」

「是的。正因爲如此，如果您想要好好地爲拉倫茲醫師辯護的話，就有必要認眞聆聽我的講述。」瑪爾丘斯勸誡道。在自己的大教室裡這樣被非醫學界人士指指點點，讓他頗不適應。

拉恩閉上了嘴，坐了下來。瑪爾丘斯繼續他的介紹。

「在長達四年的時間裡，我們一直無法與這位病人交談。這四年間，病人一直生活在自己的幻想世界中。直到三週前我們決定採取一個較大膽、不合常規、甚至有些極端的治療方法。我就省略那些醫療細節了，直接說明我們的治療結果吧。」

弗萊曼和拉恩感激地點了點頭。

「首先二位必須明白，拉倫茲醫師同時患有兩種疾病——代理孟喬森症候群，也就是『代理性佯病症』，以及一般所熟悉的精神分裂症。先容我解說一下代理孟喬森症候群，這種病得名於那位流傳後世愛吹牛的男爵。患者會對周遭的人或醫生假報病情，以期獲得更多的關注和好感。根據許多病例紀錄顯示，身體無恙的病人會在醫生面前謊稱得了盲腸炎，他們假裝得十分逼眞，讓醫生為他們開刀動了手術。後來呢，這些患者便將糞便或污穢物塗抹在傷口上，使其無法癒合。」

「眞是病態。」拉恩反感地咕噥。從他同事的表情來看，他的意見得到了認同。

「是的，的確如此。」瑪爾丘斯贊同道：「還有，這種病極難做出診斷，而且實際上並不少見。在英國的一些重症監護室，已經開始用錄影機進行監視。但這在維克托・拉倫茲所患的代理孟喬森症候群上毫無作用。因為他不會傷害自己，而是對替代者造成了傷害，也就是他的女兒裘依絲。」

院長略做停留，好讓他的聽眾消化理解這幾句話，然後才繼續說下去。

「這個父親是家中唯一知道女兒對兩種藥物有急性過敏反應的人，裘依絲無法服用撲熱息痛與盤尼西林。拉倫茲利用了這一點，完成致命性的計畫。他偏偏讓女兒服用這兩種藥物，並且不斷增加劑量。可以說，這種毒害具有完美罪行的特徵。拉倫茲對所有人隱瞞了女兒的藥物過敏，所以當他給裘依絲服用撲熱息痛應付頭疼，再使用盤尼西林治療一些無法解釋的感染時，沒有任何人會懷疑他。周遭的人都相信，他是充滿愛意、細心照料女兒的好爸爸，以其專業對女兒進行藥物治療。事實上，他的用藥卻一點一滴損害裘依絲的健康，直到她發生威脅生命的過敏性休克。」

他短暫休息一下，喝了一口水，潤潤喉嚨，再繼續他的演說。

「裘依絲還得在不同診所之間來回奔波，這也是代理孟喬森症候群的典型症狀。」他又解釋說：「一連串致命治療的肇因，始於假期裡發生的一段插曲。拉倫茲偕同妻子伊莎、女兒裘伊絲前往薩克洛夫森林的單層小木屋度假，一家人經常在那裡共度週末。當時裘依絲十一歲了，之前的父女關係十分親密，但此刻卻發生了變化：裘依絲突然獨自去洗澡、更加親近母親，並且開始疏遠父親。其中的原因是，她第一次月經來潮。這在青春期少女生活中十分正常的事，卻引發父親迅速加劇的妄想。他很清楚，裘依絲在慢慢成長，遲早會完全脫離他。沒有人注意到，父親拉倫茲對女兒的情感正朝不健康、病態的方向發展。也沒有人發現，父親為了維繫與女兒的親近關係而犯下的罪行：他給她下毒，並讓她變得無助，必須依賴他人。以上是關於他所罹患代理孟喬森症候群的分析。到那時為止，醫學界所熟悉的是，這種病大多發生在母親身上，這是極少數病患為父親的案例。」

「瑪爾丘斯博士，」弗萊曼打斷了醫生的話：「這些分析都讓人非常感興趣。但我們必須知道，拉倫茲是按計畫進行，或只是出於一時衝動。如果他真的花了好幾個月的時間給女兒下毒，那聽起來就相當有計畫性，而且是蓄意而為的。」

「也不一定。您不要忘了，拉倫茲是一個有病的說謊者，他是代理孟喬森症候群的患者。而且不僅止於此，他還生活在自己編織的謊言世界裡。他相信那些謊言。這裡出現的就是第二個病症，精神分裂症。」

瑪爾丘斯環顧兩位聽眾。

「這讓他變成一個完全無法捉摸的人。」

58

由於大教室的門是鎖上的，羅特醫師必須繞到中庭，才能透過窗戶朝被遮暗的大教室裡瞧上一眼。幾分鐘前，拉倫茲告訴他故事的結局，他趕緊下來，想看看瑪爾丘斯和那兩位律師在什麼地方。他暗自期望，院長仍像平時一樣滔滔不絕地引申講解；院長只要一有聽眾就不自覺那般。他的猜測似乎得到證實。羅特看到瑪爾丘斯才剛剛開始放幻燈片，他便估計自己大約還有十五分鐘的時間。於是，他急忙趕回封閉的住院區，再加上他還打算跑一趟藥局，更得加快腳下的速度。僅僅三分鐘後，他又站在一二四五號病房的門口了，上氣不接下氣。他先用手把頭髮撥整齊，透過淺灰色金屬門上的貓眼往房內瞄了一眼。一如往常。拉倫茲被固定在床上，躺在那裡直直盯著天花板。儘管如此，羅特還是有些猶豫，但他很快就下定決心。他用右手慢慢將沉重的鑰匙插進老舊的鎖孔，當他向右轉動時，房門自動打開。

「你還是回來了。」

當醫生進屋時，拉倫茲微微抬起頭轉向門口。醫生的左手深插在白袍的口袋裡，因此拉倫茲無法立刻看出，是什麼東西讓那個口袋鼓了起來。

「是的，我回來了。」

「你改變想法了嗎？」

羅特走到裝有柵欄的窗戶前，無言地望向外面那片覆蓋著雪花的中庭。今早開始飄的雪，這時通往醫院的混凝土上坡車道也已積了一層雪。

「你有沒有帶來我向你要的東西？」

「有的，但是……」

「沒有但是！如果你剛才仔細聆聽我說的話，你就知道：沒有但是！」

羅特明白，拉倫茲是對的。但他還是有些猶豫，這個計畫太危險了，他不想這麼輕易就讓拉倫茲得逞。

「快點，別再耽擱了，年輕人。他們在這裡已經有半個多小時了。」

「好吧，拉倫茲醫師，既然你今天對我開誠布公，我就豁出去一次幫你這個忙。可是別再指望我會爲你做其他的事情。」

羅特鬆開口袋裡的小藥瓶，掏出左手，迅速打開床上的鐐銬。維克托如釋重負地揉了揉獲得解放的四肢和關節。

「謝謝。這可是善事一樁。」

「不用謝。我們頂多還有十分鐘的時間，之後我必須再爲你上鎖。你想趁此去一趟洗手間整理一下嗎？」

「不用的，你知道我想要什麼。」

「自由？」

「沒錯。」

「不可能，我不能那麼做。這一點你很清楚。」

「爲什麼呢？我不懂。現在，你都知道整個故事的來龍去脈了。」

「我都知道了嗎？」

「當然，我已經對你全盤托出。」

「我可不信，」羅特搖了搖頭，用鼻子重重地哼出一口氣，說：「我認爲，你對我還有所隱瞞，尤其是關鍵的部分。你很清楚我指的是什麼。」

「我很清楚嗎？」拉倫茲調皮地笑了一下。

「有什麼好笑的？」

「沒什麼，」拉倫茲笑得更開心了，「根本沒什麼好笑的。我只是在問我自己，你還要多久才會注意到這一點。」

59

瑪爾丘斯教授輕輕咳嗽了一聲，再次拿起水杯，然後又以一成不變的聲調繼續講演。通常只有經過刻意遴選的醫生、患者和大學生才懂得欣賞他的講座，並覺獲益良多。

「拉倫茲借助精神分裂症，暫時躲進幻想世界裡。剛開始時只是偶爾發作，後來，便持續不間斷了。他的精神分裂症發作後，可以幫助他忘記對裘依絲造成的傷害。也可以這麼說，病症的發作是一種自我保護的反射動作。他竭力忘記是自己毒害了女兒，是他給女兒服用引發過敏的藥物。不僅在別人看來，也包括在他自己的眼中，他都是一位盡心盡責的好父親，爲了照料女兒不惜放棄蓬勃發展的事業，鍥而不捨地尋找女兒痛苦的根源。他帶著女兒找過各種醫生，唯獨沒有帶孩子去看過敏專科，這是他早就該做的事情。

「隨著病情發展，精神分裂症帶來的幻覺益發嚴重，與妻子伊莎的關係也日漸惡化。他突然陷入一個想法：妻子有可能與裘依絲的病情有關聯。出於瘋狂的念頭，他甚至開始懷疑伊莎，儘管他自己才是凶手。」

「如果事情眞如您所分析的，那麼拉倫茲醫師在犯案時就屬於無責任能力。」

這次是弗萊曼博士發言。他的身高有兩百公分，體型粗壯笨重，穿著一件有著奇怪鈕釦的藍色夾克。在灰色法蘭絨褲子的上方是凸起的肚腩，在皮帶的圈套上看得見懷錶的金鏈。

瑪爾丘斯就像面對一個教養很差、愛搶話插嘴的小孩，他用教訓的口吻回答說：「我只能向您們描述事實，兩位先生。而這就是眞實的情況，根據目前的判斷來看是如此。至於法律結論就需要您們自己來判定了。可是，我也贊同您的意見：維克托．拉倫茲當時絕對是無責任能力。至少他沒有犯罪意圖，他從來沒有想過要殺死自己的女兒，他只是想讓女兒繼續依賴他。而且最後導致裘依絲死亡的也不是藥物，她因拉倫茲失手才窒息而死。」

瑪爾丘斯教授按了一下手中的遙控器，牆上出現一張新的幻燈片。這次是維克托位於萬湖畔天鵝島區的房子。

「這就是拉倫茲醫師的別墅，更準確地說，是莊園。」

弗萊曼和拉恩再次不耐煩地點點頭。

「拉倫茲在精神分裂症發作最嚴重的時候，出現了一個致命的幻覺。他以爲自己在帕庫姆，北海的一座小島上。其實，他是在別墅的花園裡與裘依絲在一起。突然他的病發作了。他聽到有人說話的聲音，並且看到妻子伊莎。事實上伊莎還在城裡工作。剛才說過，他認爲伊莎對裘依絲構成威脅。現在，他以爲妻子將要對女兒不利，所以他把裘依絲拖進位於水邊的船塢。」

幻燈片又有變化，這次出現的是一間漂亮的木屋，就在萬湖岸邊。

「他命令裘依絲不准出聲，以免伊莎聽到。可是，裘依絲並沒有聽從，開始大聲呼叫，於是他把她摁進船與船之間的湖水裡，而且一直捂著她的嘴巴，最後她窒息而死。」

第一排的兩位律師開始竊竊私語起來，瑪爾丘斯隱約聽到一些片斷，如「刑法第六十三條第二十項」、「羈押」。

「請允許我提醒您們注意非常重要的一點，」瑪爾丘斯打斷他們的交頭接耳，「雖然我不是律師，但是您們曾經告訴過我，法庭還要調查那究竟是一場謀殺還是意外事故。」

「對，也包括這個。」

「噢，我剛才說過了。事實上，拉倫茲從來沒有想過要殺死自己的女兒。相反地，他非常愛她。等到他明白過來自己在船塢裡做了什麼之後，他又陷入另一個精神分裂的幻覺。他想要把所有的事情倒轉回去，包括裘依絲的病、她的疼痛，特別是她的死亡。於是，他的腦子又讓小女孩復活了。他以爲自己帶著裘依絲，來到了烏蘭德大街上過敏專科醫生的診所，請醫生爲女兒進行診療。當時，那家診所人滿爲患，沒有人注意到這位父親來的時候是否帶著女兒。雖然他沒有預約，但診所裡的人也不覺得奇怪，因爲新來的門診助理經常出錯，她還在接受訓練。這讓格羅克醫師與警方後來都沒有理由懷疑：就在拉倫茲去上廁所的時候，他的女兒被人從候診室給綁架了。

「還在格羅克醫師的診所裡，維克托．拉倫茲整個人就虛脫了，然後被送到我們這裡來。直到一個月前，我們對他的治療都沒有任何效果。我們認爲，他的狀況是因爲痛失愛女受到的刺激太大所導致。然而，當時一直無法解釋的是，爲什麼一般的精神藥物沒有讓他好轉，反而使他的病情一天一天惡化下去。由於那時我們並不知道他對裘依絲的失蹤有責任，所以這個病例的處理方式完全是錯誤的。我們先是針對他嚴重的憂鬱症進行治療，結果卻每況愈下。最後，他完全無法與人交談，且因緊張症而陷入呆滯狀態。我們後來才知道，原來他又逃進虛構的世界中，妄想自己一直生活在帕庫姆島上。在那裡他有小狗辛巴達作伴，並與村長哈波施特、船員布爾格有所接觸，而且他還接受雜誌的平面採訪。所有這些都只發生在他的腦海中。沒有半點是眞的。」

「可是，既然他病得這麼嚴重……」弗萊曼追問道，並掏出一只懷錶，以確認時間是否充裕，「……既然他在四年的時間裡都無法與人交談，爲什麼九天前突然一下子就醒了過來？您在事前的電話討論中也提到，拉倫茲現在可以接受偵訊了，爲什麼?」

「好問題，」瑪爾丘斯承認道：「請二位先看看這些照片。」他換了一盒新的幻燈片，然後繼續放映。

「現在看到的是拉倫茲病情的發展過程。入院第一天，他迷惘地盯著鏡頭，然後他徹底崩潰，接著是自閉且流著口水地躺在病房中，猶如植物人般日復一日。」

幻燈片切換得非常快速。

「即使是醫學的門外漢也看得出來：我們這幾年來所做的一切努力，包括治療與用藥，只是讓他的狀況不斷惡化，器官機能也日漸衰退，看不到半點起色。後來，一位年輕醫生提出一個大膽的想法。我說的是馬丁・羅特醫師。根據他的建議，我們決定就此停掉他所有的用藥。」

「所以，在他不再接受注射之後……」拉恩激動地對著整間大教室喊道。

「……可以這麼說，他的自我療癒能力發揮了作用。他從自己的幻覺中創造出一位醫生，就是安娜・施皮戈爾。」

拉恩輕吹了一聲口哨，弗萊曼瞪了他一眼。顯然，在這兩位明星律師之間，也存在著一種階級權力鬥爭的微妙關係。

「首先，拉倫茲醫師認爲，安娜去他那裡請求治療。然而，情況恰好相反。他自己才是患者，而安娜・施皮戈爾是他的心理醫生。正如她的姓氏所代表的意義一樣，她眞的在他面前豎起了一面鏡子，讓他看到自己之前做了什麼事：是他害死了女兒。如此一來，拉倫茲便成爲第一位有精神分裂症、卻在幻覺的幫助下成功治癒自己的患者。」

教室裡的照明亮了起來，兩位律師非常感激地得知，這場演講終於結束了。早在一個小時之前，他們就想上去探望當事人，瑪爾丘斯教授若能提供一份書面報告，那就太好了。無論如何，他們還是獲悉重要的新資訊，由此應能發展出具有說服力的辯護策略。

「我還能幫二位什麼忙嗎？」教授一邊打開大教室的門，一邊問。他引領律師走向長廊。

「還有一點。」弗萊曼回答，拉恩也表示認同。

「您的演講非常具有啓發性，只是……」

「哦？」瑪爾丘斯揚起了眉毛。他的演說向來只得到毫無保留的讚揚，沒想到這次竟然有不一樣的反應。

「是這樣的，您剛才的報告是以拉倫茲醫師自己的講述爲基礎，是他在一定程度上能夠清晰思考後所表示的，對嗎？」

瑪爾丘斯點了點頭。「多多少少是這樣的。到目前爲止，他不是非常健談，而我們也必須從爲數不多的暗示中，再將大部分的內容連貫起來。」

之前，教授在與兩位律師進行電話討論時曾提到，患者在最近幾天特別封閉。除了羅特醫師之外，誰也別想讓他開口說一句話；所以，醫生們早就不清楚，在拉倫茲的妄想中到底發生了什麼事情。

「可是，如果拉倫茲醫師像您所說的是個病態的撒謊者，是個代理孟喬森症候群的患者，那我們怎麼確定，這則故事不是另外一個幻想出來的無稽之談呢？」

瑪爾丘斯先是看了一下自己的手錶，再與掛在背面牆上的大型電子鐘對了一下時間。等到他確定這兩位律師已經明瞭，他對這種浪費時間的問題抱持什麼看法後，他才言簡意賅地回答：「就目前的狀況而言，我當然無法給二位百分之百肯定的答案，也從來沒有人做得到。可是，我認爲這種情況幾乎是不可能的：代理孟喬森症候群的患者，爲了要讓一個謊言顯得眞實可信，耗費將近四年的時間來僞裝一次精神分裂症的發作！要是您二位沒有其他問題的話……」

「請留步！」弗萊曼近乎粗魯地打斷了他的話。律師只是稍微提高了嗓門，已讓瑪爾丘斯暫且沒有拋下他們離開。

「難道還有其他問題嗎？」院長說道，對方不可能聽不出來他的不耐煩。

「還有一個問題。」

瑪爾丘斯緊皺眉頭，目光在弗萊曼與拉恩之間來回游移。

「是什麼？」他問兩位律師：「哪個問題是我還沒有回答的？」

「哦，最重要的那個問題。我們今天就是爲了這個問題才來這裡的。」

弗萊曼露出善意的微笑。

「屍體在哪裡？」

60

「値得喝采!掌聲鼓勵!」拉倫茲無力地拍了拍手掌，「非常好，一個簡單、但是非常好的問題。」

「那麼，你女兒的屍體究竟在哪裡?」羅特醫師第二次提出這個問題。

這下子拉倫茲不再鼓掌，他搓了搓手腕，低頭看著棕色的地板。從屋頂照下的燈光，讓地面微微泛起一層淡綠色的光。「那好，」他嘆氣著說：「就讓我們完成最後的交易吧。」

「你告訴我眞相，而我給你自由?」

「是的。」

「不行!」

維克托重重地呼出一口氣，發出了嘆息聲。

「我深知自己有罪。我犯下了可以想像得到最嚴重的罪行。我殺死我最愛的人，自己的女兒。可是，你知道的，我那時有病，現在也有。對我來說，已經沒有治癒的機會，甚至還會掀起一場媒體大戰。先是官司纏身，最後是囚禁終身。如果我夠幸運的話，將被關在封閉的精神病院裡。可是，你以爲這樣對社會有什麼幫助嗎?」

羅特醫生聳了聳肩。

「對這個社會來說，我犯了謀殺罪。一點也沒錯。然而，他們也大可以立刻釋放了我，並且萬分肯定，我永遠不會再犯了，因爲我永遠不會像愛我女兒那樣再去愛一個人了。求求你，你不認爲我受到的懲罰已經夠了嗎？這樣又對誰有好處呢？」

羅特醫師搖了搖頭，表示拒絕。「也許你說的沒錯。可是，我不能這麼做。那樣一來，我就違法了。」

「我的天！我又沒要你把門給我打開，羅特醫師。馬丁！求求你！我就待在這裡。你只要把雞尾酒藥丸給我，讓我回到帕庫姆去。」

「回到帕庫姆？做什麼？你在那裡經歷了可怕的事情，今天你才對我講了好幾個小時的。」

「那也是最近幾個星期的改變，不久之前我還生活在一座夢幻小島上呢。」維克托的文字遊戲讓自己笑了起來，「當時大暖花開，舒適宜人，妻子每天與我電話熱線，還說很快就會來探望我。哈波施特負責維修發電機，米夏會送給我航行時捕獲的鮮魚。辛巴達就貼心地躺在我的腳邊。還有最重要的：裘依絲跟我生活在一起。在那之前，所有的一切都非常完美。要不是你們停了我的藥，也不會刮起那場暴風雨的。」

羅特醫師把手伸進口袋裡，緊緊握住小藥瓶。拉倫茲的話觸動了他。

「我不知道。這樣做是不對的。」

「好吧。」拉倫茲在床上坐了起來。

「讓我助你一臂之力，羅特醫師。現在我回答你的最後一個問題，告訴你裘依絲的屍體在什麼地方。有一個條件：你先把藥給我。」

「順序顛倒吧。」醫生回答，緊張地用手把頭髮梳往禿落的額角。

「你現在就告訴我，然後我給你藥。」

「不行！到現在爲止，都是我一直在說話，還不知道會不會得到應有的回報。現在輪到你了。相信我，把藥給我吧。何況至少還要再等兩分鐘它們才會起作用。這點時間足夠了，我會告訴你那個地方的。」

羅特醫師站在拉倫茲的床前，還在考慮著，猶豫不決。他知道，現在要做的事情違背了他這一輩子所學的。然而，他實在難以抗拒，好奇心比理智更爲強烈。

他把手從口袋裡伸了出來，將白色的小瓶子遞給維克托・拉倫茲，裡面裝著他一心想得到的藥物。在過去幾年中，他們定時給他注射的也是相同藥物，一直到大約三個星期前才停掉的。

「非常感謝。」拉倫茲把握分秒，迅速在蒼白的手掌心上數了八顆。主治醫生親眼目睹了他堅定不移的神情。正當拉倫茲將藥丸一把拋進嘴裡時，羅特想要拉住他的手，企圖挽回這個錯誤。可是，太晚了。拉倫茲一口全吞下去了。

「別害怕。請相信我，羅特醫師，你做了正確的事情。現在是舊疾復發的最佳時機，幾分鐘後，我將躺在自己的床上，忘記自身，也忘記周遭，沒有人會要求做血液檢查。我的律師將出手阻攔此事，他們並不希望我出庭受審的嘛。瑪爾丘斯教授也會認爲，我的自我療癒能力仍有問題，他會回到傳統的藥物治療，畢竟停藥原本也不是他的主意。」

「或許不是這樣，他可能會給你洗胃。」

「我不得不冒此風險了，不管我是活著還是……死去。」維克托的呼吸變得沉重，他躺了下來。由於他服用雙倍的劑量，聲音中已聽得出藥物的影響力。他虛弱地對羅特醫師比了個手勢，讓他到他身邊去。羅特彎下腰，好讓拉倫茲能對著他的耳朵說話。

拉倫茲翻了一下白眼。羅特醫師開始擔心，也許維克托會把問題的答案一起帶到帕庫姆島上。

「裘依絲在哪裡?」他抓住維克托的肩膀搖了搖，「她的屍體在哪裡?」

有那麼一瞬間，羅特醫師看到病人的眼神飄忽迷茫，幸好他的目光再度清澈了起來。

拉倫茲以堅定而清晰的聲音說出最後幾句話。

「注意了，」他說，羅特醫師把身子彎得更低，挨得更近。

「仔細聽好，我年輕的朋友，現在我要告訴你的事情，將會讓你一夕成名。」

尾聲

半年之後。蔚藍海岸。

在法國南部侯克布韻的維斯塔大飯店中，九一〇號套房堪稱頂級舒適豪華，窗外視野美得令人讚嘆，馬當角和摩納哥的壯秀景色，可盡收眼底，一覽無遺。除了三間獨立的臥室和兩套衛浴之外，套房內還有專屬的小型游泳池，讓飯店的貴賓可免去與一般客房的遊客擠在同一個游泳池裡的窘境。

伊莎・拉倫茲靠在小池邊的躺椅上，正享受著二十四小時客房服務的尊寵。她點了一份菲力牛排搭配義式馬鈴薯，外加一杯香檳。佳餚已經送到她面前，身穿白色制服的服務生正在擺放沉甸甸的瓷器餐盤；另一個服務生從套房裡搬出一把椅子，放在柚木桌旁。她要在這張桌子上用餐。先前她拒絕了在一把普普通通的花園椅子上就座。

「門鈴響了，女士。」

「什麼？」

一個侍者居然在對她說話，伊莎有些不解，放下了手中當期的法語時尚雜誌。

「有人在按門鈴。要我開門嗎？」

「去開，去開。」伊莎讓工作中的服務生走出她的視線，並站起身來。她胃口來了，希望兩個服務生盡快離開。不過，就在用餐之前她還想讓雙足浸入池中清涼一下。她決定今天下午讓美容沙龍的修指甲小姐再來一趟，昨天挑選的指甲油與今天的晚禮服已不相稱了。

「您好，拉倫茲夫人。」

伊莎不情願地轉過身去，看見一個陌生男子正穿過套房的推門往露臺這邊走來。他個頭中等，穿戴簡單，髮型隨意而蓬亂，而且開口說的是德語。

「您是誰？」她問他，向四周看了看。

她迷惑不解地發現，兩個服務生已經走了，根本沒有等她付小費，而且也沒有將配菜擺上桌，她非常惱火。

「我叫羅特，馬丁・羅特醫師，是您丈夫的主治大夫。」

「噢？」伊莎站在游泳池邊。本來她想好好坐下來大快朵頤的；可是，那樣一來，她就得爲這個不速之客也上點什麼了。

「我來這裡是要告訴您一件事情，非常重要的事情，那是您丈夫再度崩潰之前告訴我的。」

「我不理解爲什麼要如此大費周章，您千里迢迢從柏林飛到這裡，就只是爲了跟我說幾句話？爲什麼不直接打個電話呢？」

「因爲我想，我們最好還是當面談談。」

「好吧，羅特醫師。雖然我覺得有點奇怪，您還是請說吧。您不要坐下嗎？」她努力裝出一點基本禮貌。

「不必了，謝謝。我不想打擾您太久。」羅特走過游泳池旁，站在露臺的草坪上，太陽正照著他的頭頂。
「您在這裡可眞是愜意啊。」
「是的，還不錯。」
「您經常來這家飯店度假嗎？」
「不，這是我四年來第一次在歐洲度假，羅特醫師。可是，我們能不能開門見山談正事呢？我的餐點都要涼了。」
「布宜諾斯艾利斯，對嗎？」他沒有理會她的抗議。
「就在裘依絲死後不久，您就離開德國了。」
「我有充足的理由想將一切拋諸腦後。如果您有家庭的話，想必能夠理解。」
「那當然。」羅特醫師用審視的目光看著伊莎。
「哦，正如您所知道的，您丈夫向我坦承，他在很長的一段時間裡持續給女兒下毒，最後還在妄想中讓她窒息而死。」
「我的委任律師已經告訴過我了。」
「正如您還知道的，您丈夫在認罪之後又陷入昏迷狀態。」
「而且到現在還沒有醒來。是的。」
「可是，就在那之前他還想對我透露，您女兒的屍體在什麼地方。」
伊莎的臉部毫無表情。她放下了名牌太陽眼鏡，先前她把眼鏡推到頂上，插在頭髮裡；現在她又將它戴上。

「在哪裡呢？」她用自信的口吻說：「他告訴您了嗎？」
「是的。我們現在知道您女兒躺在哪裡了。」
「哪裡？」她問道，並且第一次露出情緒反應。她的下唇輕微顫抖著。
馬丁・羅特走過草坪，倚在欄杆上。在他後方不遠處就是陡峭的海岸斷崖，高度達幾百公尺。
「請您到我這邊來一下！」他對她提出要求。
「爲什麼？」
「麻煩您移駕，在這裡談更方便一點。」
伊莎遲疑地走到他面前。
「在我們左下方是飯店游泳池，開放給這裡所有的客人，您看到了嗎？」羅特用手指了指下面一層的露臺。
「是的。」
「您爲什麼不在哪裡游泳呢？」
「我不明白，這跟我丈夫有什麼關係。您自己也看到了，我有專屬的小型游泳池。」
「是的，說的也是。」羅特醫師回應道，目光仍停留在下面的熱鬧場景。
「可是，爲什麼那位先生卻躺在那裡呢？」
羅特醫師指著一個身穿紅格子泳褲、身材瘦削的男子，年紀大約四十出頭，正在把躺椅從大太陽下推往蔭涼的地方。
「這個我怎麼會知道！我又不認識他。」

「他就住在您的隔壁。他也是醫生，跟我一樣；他的套房也有專屬游泳池，跟您的一樣。儘管如此，他還是喜歡跑到下面做日光浴。」

「羅特醫師，我其實是個很有耐心的人。可是，您剛才不是要告訴我，關於我女兒下落的重要消息嗎？您該不會認爲這點無關痛癢，而要與我討論起陌生男子的游泳習慣？」

「抱歉，您說的有道理。只是，事情是這樣的……」

「什麼？」伊莎又取下太陽眼鏡，瞪著深褐色的眼睛看著他。

「只是，事情是這樣的：下面那位男子老愛跑大眾游泳池，老實說是因爲那裡有許多美女。比方那位漂亮的妙齡女子，就在他左手邊第三張躺椅上的女孩，淋浴間的附近。您看到了嗎？」

「看到了，可是這個女人我也不認識，而且我不想再……」

「不想？」

羅特醫師將左手兩根指尖塞進嘴裡，朝著下面的游泳池吹了一聲響亮的口哨。

水池中和躺椅上的好幾個人都抬頭向上瞧，包括那位年輕貌美的金髮女子也朝這裡看。她把手裡的書放到一邊，然後略顯猶豫地對著胳臂高舉的羅特醫師招手。

「你好！」她用西班牙文喊道，並站了起來，從躺椅旁跑開了幾步。

伊莎目瞪口呆，一眨眼女孩與他們只隔了幾公尺的距離，她就站在他們下方，翹首上望，一會看著羅特醫師，一會又看著伊莎。

「嗨，你好。」她又用西班牙語喊道：「媽媽，這個男的是誰？」

羅特醫師本來還以爲她會跑走呢。伊莎還沒回到起居室，房門就打開了，一個法國警察走了進來。

「您因涉嫌妨礙司法公正、嚴重詐欺和嚴重傷害罪而被逮捕。」警察用結巴生硬的德語說。

「這太可笑了。」伊莎非常憤怒。

手銬發出喀嚓的聲音。

「這一定是搞錯了！」在被警察帶走時，她大聲喊道。

警察對著麥克風說了一些他們聽不懂的話，只過了幾秒鐘，飯店屋頂的上空就有一架直升機發出轟隆巨響。

「這本來是一個非常聰明的計畫，拉倫茲夫人。」伊莎被帶往外頭，羅特醫師一邊跟在她後面，一邊說道。他確信伊莎在聽他說話。

「裘依絲並沒有窒息而死。當您在船塢找到她的時候，她只是暫時失去知覺。您把女兒藏了起來，並送她到了南美洲。這樣您就可以好好利用丈夫的精神疾病了。您讓他相信自己是殺人凶手。他以爲自己害死了女兒，整個人崩潰。藉此您向法院聲請宣告禁治產，並將他的財產全部占爲己有。律師也幫您打點好所有的事情，只要手裡有足夠多的錢，在阿根廷是不會有人探問您身邊的小女孩是誰。天衣無縫的計畫！愚蠢的是，這個計畫並非長久有效。說起來，您不該這麼輕率的，您不該帶裘依絲回到歐洲的。只是因爲您相信，維克托在認罪之後，永遠不會再醒過來了。」

在樓梯間，警察帶著伊莎快速走上五樓，來到維斯塔大飯店的屋頂。那裡通常用來升降頂級豪華貴賓的直升機，現在則停放著一架特警隊行動小組的直升機。伊莎一直沒有開口說話，也沒有回答羅特醫師在她背後大聲提出的一連串問題：

「您當時是怎麼對裘依絲解釋的？您是不是對她說，惹人厭的媒體會來騷擾糾纏，還是逃到布宜諾斯艾利斯去好一點？全新的名字在那裡也不會引起問題？過了多長時間，她才不再追問自己父親下落的呢？」

伊莎還是不發一語，沒有答案，也沒有任何問題。她不想知道自己的律師在哪裡，甚至沒有表達出想要與女兒告別的願望；有一位女警正在裘依絲那裡。伊莎默默走上屋頂的空地，任憑警察領著她往直升機的方向走去，她也毫無抗拒。

「您的丈夫情有可原。」羅特醫師對著她的背後大喊，他希望自己的最後一句話不要被直升機的噪音給淹沒了。

「維克托有病，可是您……您只是太貪婪了。」

直到聽見這些話後，她才站住，並轉過身來。警察立刻把武器對準了她。伊莎問了什麼，但羅特沒能聽見。於是，他又朝她走近了一步。

「維克托是怎麼發現的？」

現在他離她夠近了，聽懂了問題。

「我丈夫怎麼知道的？」

噢，維克托早就知道了，羅特醫師心裡想，但沒有作出正面回覆。拉倫茲醒來後不久便明白了，在羅特醫師向他追問裘依絲的屍體之前早就明白了。警察沒有在船塢找到裘依絲的屍體，這讓維克托只能想到一個合理的解釋：裘依絲還活著。拉倫茲很快就把事情串連在一起。

起初，羅特醫師也自問，既然拉倫茲知道女兒還活著，爲什麼他仍堅持要回到幻想世界中呢。不過，羅特很快就明白了，拉倫茲很害怕，他非常恐懼，他怕他自己；他已經傷害女兒一次了，幾乎奪走她的性命。身爲精神科醫生他再清楚不過：自己痊癒的機會非常渺茫，於是他選擇了世界上唯一一個地方，在那裡裘依絲永遠不會受到他的傷害。就是帕庫姆島。

「維克托是怎麼知道裘依絲還活著的？」伊莎在螺旋槳的轟隆聲中再次大聲問道。

「她告訴了他！」羅特醫師也大聲了起來；有那麼一瞬間，連他自己都大感驚訝，他居然給了她這個答案。也許，因爲這個答案是維克托希望他說出來的。

「告訴了他？是誰告訴他的？」

「安娜。」

「安娜？」

警察輕輕推了伊莎一把，強迫她繼續前進。她服從了，卻一直企圖向後轉身。她還想再跟羅特說一句話，想對他提出最後一個問題。可是，走了幾公尺之後，他完全聽不清楚她的話了。不過，一切已無必要。他只看見她顫動的雙脣，便能知道她想問什麼了。

「見鬼，誰是安娜？」

當直升機起飛的時候，伊莎疑惑不解的目光、全然無助的雙眼，就是馬丁・羅特最後看到她的模樣。這幅景象永遠烙印在他的腦海中。

他慢慢轉過身來，走向樓梯間。下樓時，他很清楚自己即將面臨一項艱鉅的任務。接下來的幾個月裡他會確認，自己到底是不是一個合格的精神科醫生。一位新來的女患者在等著接受治療。他將竭盡全力爲她解釋全部的眞相。他已經向她父親許下了承諾。

致謝

首先，這不是客套話，我要感謝你。由衷感謝你讀了這本書。你和我，我們因此有了一個共通點。因爲寫作和閱讀是孤獨的活動，向來也都是私密的行爲。而你把最珍貴的禮物送給了我：你生命中的時間。如果你現在還看了這段「片尾字幕」的話，那麼你甚至送給了我非常多的寶貴時間。如果你有興趣的話，可以將你對本書的意見告訴我。

歡迎上網瀏覽參觀我的網站：

www.sebastianfitzek.de

或者直接寫封e-mail給我吧：

fitzek@sebastianfitzek.de

我非常感謝那些「創造」了我的人：

包括我的經紀人羅曼・霍克（Roman Hocke），他從第一天起就沒有把我當新手看待，他視我爲旗下所經營眾多暢銷書作家中的一員。

我要感謝出版社的編輯安德烈婭・米勒（Andrea Müller）博士，她不僅友好地接納我融入出版社的大家庭，還藉由本身的工作對這本小說產生了相當大的影響。

我要感謝好友彼得・普朗哥（Peter Prange），因爲他無私地與我分享了，他身爲暢銷書作家的知識與經驗，並與他的夫人瑟爾皮（Serpil）女士一起提供我重要的修改建議。我希望自己遵從了他們所有的寶貴意見。

克萊門斯，謝謝你專業的醫學諮詢。有一個哥哥是教授神經放射學的講師，可以說是有百益而無一害。至少家裡有一個人學了一些有用的東西。爲了避免讓我的批評者成爲你的批評者，在此我要鄭重聲明，本書若出現任何醫學專業上的謬誤，都要歸咎於當初我沒有將全文書稿請你仔細審閱一番！

每本小說都是一條漫長道路的終點。我的作品始自父母親大人，感謝你們對我的愛和永不匱乏的支持。

如果不能把故事講給別人聽，那些故事肯定一無是處。可琳德，我要感謝妳，因爲《治療》這個故事妳至少聽了六遍，而每一次妳都讚賞不已，儘管妳的客觀性多少受到愛情的矇蔽。

最後，我要感謝很多我不認識的人。假如沒有他們的鼎力相助，這本書根本不會存在並擁有形體。是他們爲這本書設計了美感封面，是他們印刷了這個作品，是他們把書運送到書店，是他們將書擺設至書籍平臺上，然後你才能看到這本書。

當然我還要謝謝你，維克托・拉倫茲。不管你現在身在何方，我都要向你說一聲，謝謝。

瑟巴斯提昂・費策克

德國柏林，二〇〇六年一月

〈試讀本〉

遊　戲

Amokspiel by Sebastian Fitzek

瑟巴斯提昂・費策克　著
姬健梅　譯

每一頁不斷顛覆你的閱讀想像與理解
即將出版，敬請期待

序曲

命運女神洗牌，我們玩牌。

——德國哲學家叔本華（Arthur Schopenhauer）

他接到那通毀了他一生的電話時，正好是下午六點四十九分。他這麼準確地記住了這個時間，讓大家都感到驚訝，包括警方、他那無能的律師，還有情報局派來的那兩個人。那兩人起初自稱是記者，然後偷偷地在他車後行李箱裡塞進了一包古柯鹼。每個人都問他，何以把接電話的時間記得這麼清楚，畢竟，和之後發生的一連串事件相比，這實在舉無輕重。答案很簡單，他在接起電話後，曾經盯著答錄機上規律閃爍的電子時鐘楞了好一會兒。這是他的習慣，每當他想要集中注意力時，就會找個地方停駐視線。也許是玻璃窗上的一點污漬、桌巾的一道皺摺、或是時鐘的指針，總之是讓雙眼凝視某處，彷彿藉此能讓他的思緒有個地方休憩，就像一艘船在港口裡下錨繫纜一樣，好讓他能更清楚地思考。

在這一連串事件發生之前，當他在診所裡面對病人種種複雜的心理問題時，他習慣盯著厚重木門上的一道紋路。陽光透過深色玻璃照進他格調高雅的看診室裡，隨著光線的變化，那道紋路會讓他聯想起一個星座、一張孩童的臉，或是一幅挑逗的裸體畫像。

他在下午六點四十七分五十二秒時拿起聽筒，渾然不知一場災難就在眼前，也因此他在頭幾秒裡完全沒進入狀況。他的目光徘徊在這個樓中樓公寓的底層，一切都很完美，羅馬尼亞籍的管家露易莎把房子整理得井然有序。公寓位於憲兵市場，在柏林的新市區，他在銀行理財專員的鼓吹之下買了這個房子。一個星期以前他還覺得這根本是浪費金錢，但此刻他卻很慶幸，仲介公司還沒能替他把這間豪華公寓租出去。因此今晚他才能給雷歐妮一個驚喜，在陽臺上共享一頓燭光晚餐，眺望燈火輝煌的音樂廳，而他準備要問那個她一直不許他問的問題。

「喂？」

他拿著電話走進寬敞的廚房，廚具是前天才裝好的，跟絕大部分的家具一樣。他原本住在柏林市郊一棟湖濱別墅裡，鄰近連接波茨坦與柏林市的克里尼克橋。

他之所以能過這麼優渥的生活，得歸功於他在進大學之前就成功地做了一次心理輔導。一個女同學因爲沒通過中學畢業考而心灰意冷，意圖輕生。他多次跟她長談，充滿同理心，勸她打消了這個念頭。這個同學的父親開了一家電腦軟體公司，爲了表達感激之意，送了他一些公司股票，那些股票當時並不值什麼錢，可是幾個月後股價卻一夕間飆漲。

「喂？」他又說了一次。原本他正想把香檳從冰箱裡拿出來，此刻他停下來，想把注意力集中在從話筒另一端傳來的聲音。沒有用，背景雜音太大了，他只斷斷續續聽見幾個字。

「親愛的，是妳嗎？」

「對……起……」

「妳說什麼？妳在哪裡？」

他快步走回客廳，電話的充電器就放在落地窗前的一張小茶几上，窗子正對著皇家劇院。

「現在聽得清楚了嗎？」

顯然沒有。他的話機在這整棟大樓裡都能清楚收到訊號，即使是走進電梯，從七樓下到一樓，再到對面的希爾頓飯店裡點一杯咖啡，通話都不至於中斷。問題顯然不在他的話機，而出在雷歐妮的手機。

「……今天……再也不……」

接下來就只聽見一連串雜音，就像用老式數據機撥接網路時發出的聲音。雜音隨後又突然消失，他還以爲斷訊了，把話機拿到眼前，看了看閃著綠光的螢幕。

通話中！

他再把話機拿到耳邊，剛好還聽見了兩個字，隨後那個混合著風聲和電訊干擾的雜音再度出現。從這兩個字他清楚辨認出，那確實是雷歐妮的聲音，也聽出她在說出這兩個字時並非喜極而泣，她顯然出事了。這兩個字在後來那八個月裡不斷糾纏著他：「死了。」

死了？他努力思索這話的含義，想問她的意思是不是沒法來赴約了？同一瞬間裡，一股不安的感覺湧上他心頭，就像在不熟的地區開車，遇上紅燈，路上空蕩蕩的，一個行人朝著他的紳寶汽車走來，他會本能地把車門鎖上，那樣地忐忑不安。該不會是她腹中的孩子吧？

一個月前他在垃圾桶裡看見了一個驗孕劑包裝盒，她沒有告訴他，她一向什麼也不說。跟別人提起雷歐妮時，他總是滿懷愛意地說她「文靜而神祕」，刻薄一點的人則多半會說她「難以接近」，甚至「個性古怪」。

從外表上看，他和雷歐妮是一對金童玉女，很適合拍下來，放在待售的相框裡當活廣告，就像一對幸福洋溢的新婚夫妻。她美麗而溫柔，淺棕色的皮膚，深色的鬈髮；他三十多歲，模樣還像個大男孩，髮型中規中矩，眼神裡帶著一絲幽默，彷彿不敢相信自己竟有如此美女爲伴。外型上兩人很相稱，可是個性上卻是南轅北轍。

第一次約會時，他就把一生的故事都告訴了她，而雷歐妮卻不太提起自己的事，只說她在南非長大，家人在一座化學工廠失火時喪生，而她剛到柏林不久。除了這些，她的過去對他來說就像一本頁片四散的殘破日記，有幾頁上潦草地寫了幾行，有些地方則整段付之闕如。她沒有童年的相片，沒有閨中密友，左臉顴骨上方還有一道淺淺的疤痕。每回他一問起，雷歐妮總是立刻把話題轉開，或是微微搖頭。儘管每一次他腦中都浮現警訊，他卻明白這些祕密也阻止不了他娶雷歐妮爲妻。

「甜心，妳想說什麼呢？」他把話機換到另一隻耳朵旁。「雷歐妮，我聽不清楚妳說的話。妳爲什麼要說對不起？什麼東西『再也不』？」

而死了的是誰？還是什麼東西？他不敢問，雖然他猜想她可能根本聽不見他說的話。於是他下了個決定。

「親愛的，電話收訊實在太差了，如果妳聽得見我說的話，就先把電話掛了，我馬上會再打給妳，也許收訊就會……」

「不，不要！」

收訊突然清楚了起來。

「嘿，總算……」他不禁笑了，但笑聲旋即中斷。「妳的聲音怪怪的，妳在哭嗎？」

「沒錯，我是哭過，不過這不重要。你聽我說。」

「出了什麼事嗎？」

「沒錯，但你千萬不要相信他們說的話！」

「嗄？」

「不要相信他們跟你說的話，好嗎？不管他們說什麼，你得……」句子的後半又被電訊干擾的雜音給淹沒了。就在同一瞬間，他吃驚地驀然轉身，往門口望去。

「雷歐妮，是妳嗎？」

他對著電話和大門同時問道，有人正重重地敲著門。他暗自希望是他的女友終於出現在他面前，而手機收訊不良只是因爲她之前人在電梯裡的緣故。這樣一來整件事就說得通了。「對不起，親愛的，我來晚了。下班時間塞車，下次再也不走這條路了，我累死了。」

可是她要我別相信什麼呢？她爲什麼哭？又爲什麼敲門呢？

她是一家稅務事務所的助理祕書，今天上午他請快遞把公寓鑰匙送到她辦公室去，附上一張紙條，要她看法蘭克福匯報的第三十二頁，上面有他刊登的一則啓事，畫著通往這個公寓的路線圖。就算她忘了帶鑰匙，又怎能在管理員通知他之前逕自上樓呢？任何人要上樓都得先經過管理員通報啊？

他開了門，而他的疑問不但沒有得到解答，反而更深了。門外是個陌生男子，從外表來判斷，健身房大概不是他愛去的地方，他腆著個大肚子，把白色的棉質襯衫撐得鼓鼓的，看不出他是否繫了皮帶，還是全靠肚皮上的一圈肥肉撐著那件老舊的法蘭絨長褲。

「抱歉，打攪了。」那人開口了，侷促不安地用左手的拇指和中指按著兩個太陽穴，彷彿偏頭痛正要發作。

事後他想不起這個陌生人到底有沒有自我介紹，還是出示了證件。可是那個人說的頭兩句話是那麼制式，讓他馬上明白了此人闖進他的世界是基於職業原因。他是個警察，而這決不是件好事，大大不妙。

「很抱歉，不過……」

噢，天啊，該不會是母親吧？還是哥哥？可千萬別是我姪兒。他腦海裡迅速浮現了所有可能出事的親人。「你認識雷歐妮．格雷果嗎？」

「認識。」

那個刑警用粗短的手指揉著他的濃眉，濃密的眉毛和幾乎已經掉光的頭髮形成強烈的對比。

他腦中一片混亂，乃至於沒有察覺心中逐漸湧起的恐懼。這一切跟他的女友有什麼關係呢？他看了看話機的螢幕，上面顯示仍在通話中。不知道爲什麼，他覺得就在這幾秒裡，他的話機好像變重了。

「我盡速趕來，免得你從晚間新聞裡得知此事。」

「究竟是什麼事呢？」

「你的女友……這個，一小時前她出了嚴重的車禍。」

「什麼？」他心裡像放下了千斤重擔，此時他才明白自己心中有多少恐懼。他的心情就好比一個人接到醫生打來的電話，說他其實並沒有染患愛滋病，是醫院疏失，拿錯了測試樣本。

「你在開玩笑嗎？」他笑著說，那個警察看著他，一臉疑惑。

他把話機拿到耳邊，「寶貝，有人想跟妳說話。」他說。然而就在他想把話機遞給那個警察時，他遲疑了一下，事情有點不對勁。

「寶貝？」

沒有回答。電訊干擾的雜音又變強了，跟他們剛開始通話時一樣。

「喂，親愛的？」他轉過身去，把左手食指塞進左耳裡，快步穿過客廳，走到窗邊。

「這裡訊號比較清楚。」他對那個警察說。警察慢慢地跟在他後面進了公寓。

可是他錯了。情形正好相反，現在他什麼也聽不見了，沒有呼吸聲，也沒有含混不明的音節和破碎的句子，甚至連嗡嗡聲都聽不見了，一片死寂。

他首度體會到，寂靜有時比噪音更折磨人。

「我很難過。」

警察把手放在他肩膀上。從落地窗上的倒影，他看見那個警察站在他身後，離他只有幾公分。也許曾有當事人在得知噩耗後當場昏倒，所以警察才靠得這麼近，好在必要時扶他一把。不過，還不至於如此。

今天不會。

他不會。

「我跟你說，」他一邊說話一邊轉過身來，「再過十分鐘，雷歐妮就會來這裡和我共進晚餐。在你敲門之前，我才跟她通過電話。其實，我們現在還在通話中……」

他話還沒說完，已經意識到別人聽到這些話會怎麼想。身爲心理學家，倘若事不關己，他會判斷說這話的人驚嚇過度。然而今天他並非局外人，他莫名其妙地成了這齣戲的主角。和那名警察四目相接之後，他喪失了繼續往下說的勇氣。

別相信他們說的話……

「很遺憾，我得通知你，你的女友一小時前在來此的途中滑出了車道，撞上紅綠燈和一面牆。我們還不清楚車禍發生的過程，但車子顯然馬上起火，很遺憾，醫生也束手無策，她當場死亡。」

事後，當鎮靜劑的藥效逐漸消失，他腦海中不斷浮現過去曾治療過的一個病人。她推著嬰兒車走在街上，因爲鞋跟鬆脫，想去買一盒快黏膠，就把嬰兒車停在商店門口。當時天氣很冷，她替五個月大的兒子蓋好被子，才匆匆走進店裡。三分鐘後她走出店門，嬰兒車仍舊停在櫥窗旁，可是裡面卻是空的，孩子不見了，再也沒有找回來。

替這個精神崩潰的母親做心理治療時，他常自問，換做是他，他會有什麼樣的感覺呢？發現嬰兒車異常地安靜，掀開被子的那一剎那，是種什麼樣的感覺呢？

當時他以爲自己大概永遠無法切身體會那個母親的心情。然而從今天起，他知道了。

第一部　八個月後的今天

在遊戲中最能見出我們的本性。

——古羅馬詩人奧維德（Ovid）

1

鹹的。槍管在她嘴裡，意外地有股鹹鹹的味道。

奇怪，她想，我以前從沒想過把警用手槍放進嘴裡，就算是鬧著玩也沒想過。

自從莎拉出事以後，她常想在出任務時不顧一切地衝出去。有一次她沒穿防彈衣，毫無保護地朝一個殺人狂走過去。但她從不曾把手槍塞進嘴裡，像小孩吸奶嘴似地含著，她顫抖的左手食指放在扳機上。

那麼，今天就算是首演吧。此時此地，在克羅茲堡區的卡茲巴赫街上，在她凌亂的廚房裡。一早她忙著把舊報紙鋪在地板上，彷彿打算翻修廚房，事實卻是因爲她知道一顆子彈能造成滿目瘡痍的後果，子彈一旦擊碎頭顱，碎裂的頭骨、鮮血和腦漿將濺滿這個四坪大小的空間。說不定警方派來現場蒐證的還是個熟人，也許是湯姆或是她多年前上警校時的同學馬丁。反正也無所謂。至於牆壁，伊娜沒有力氣管了，再說舊報紙也用完了，家裡又沒有塑膠布。

就這樣，她會倒坐在一張搖搖晃晃的木椅上，背對著水槽，等警方檢查過現場，亮面的碗櫥和不鏽鋼的水槽很容易就能用水管沖洗乾淨。再說現場也沒什麼好檢查的，原因顯而易見。在她女兒出事之後，同事都會明白她何以決定在今天替自己的生命劃下句點，不會有人認爲有他殺的嫌疑。所以她也省下了寫遺書的功夫，反正不會有人想讀她的遺書。她唯一還愛著的人比別人更了解她，過去這一年來，這個人用沉默表達了一切。

自從那樁悲劇發生後，她的小女兒就不願意見她，不願意跟她說話，也不願意聽她說話。凱薩琳不接伊娜的電話，退回伊娜所寫的信，倘使在路上和她母親巧遇，她多半會掉頭就走。

*而我甚至不能怪妳，伊娜想，爲了我所做的事。*她張開眼睛望了望四周，這是個美式的開放式廚房，從她坐的地方看得見整個客廳，要不是春天的陽光這樣興高采烈地照在久未擦拭的玻璃窗上，她甚至看得見陽臺外頭的維多利亞公園。伊娜的目光停留在客廳的書架上，腦海中驀地浮現希特勒這個名字。她的博士論文就是以這個獨裁者爲題，題目是〈操控群眾心理〉，那時她還在漢堡警局受訓。她想，如果那個狂人曾經做對過一件事，那麼就是最後在防空壕裡自殺。他也是把槍塞進自己嘴裡之後開槍的，但他唯恐有什麼差錯，讓他自殺不成，反成了殘廢落入盟軍手中，所以在舉槍自盡之前還先吞了一片氰化鉀。

*也許我也該這麼做？*伊娜遲疑了一下。然而，她並非因爲想藉由自殺向旁人發出求助的訊號而遲疑，正好相反，她希望能夠萬無一失。在她冰箱的冷凍庫裡也有足夠的毒藥，伸手可及。高濃度的毛地黃。她在執行一生中最重要的一次任務時，在浴缸旁邊發現了這包毒藥。她沒把這包毒藥繳出去有她的理由。話說回來，伊娜把槍管又往裡推了一點，幾乎碰到咽喉，對準了中央。*子彈射歪的機率有多大呢？只打碎了頷骨，錯過了主動脈，而射進腦中不至於致命的部位？*

這個機率很小，太小了。但並非絕無可能！

就在十天前，一個幫派分子在提爾公園的紅綠燈旁被人朝腦部射了一槍，據說傷者下個月就可以出院了。

話說回來，這種事重複發生的機率實在……

砰！

突如其來的聲響把伊娜嚇了一大跳，槍管擦傷上顎流了血。該死。她把槍管從嘴裡抽出來。快七點半了，她忘了那個收音機鬧鐘每天早晨這個時候都會轟然作響。此刻一名年輕女子正在嚎啕大哭，因爲她輸掉了某一個廣播節目的愚蠢遊戲。伊娜把槍放在餐桌上，懶懶地拖著步子走進臥室，那陣吵鬧聲就從臥室一直傳進廚房裡：

「瑪莉娜，我們隨機從電話簿裡選中了妳，假如妳接電話時說出了正確的通關密語，就可以贏得五萬歐元獎金了。」

「可是我有啊！『我收聽一零一點五，立刻奉上現金來』。」

「可惜慢了一步，妳接到電話時先報了自己的名字。妳必須在拿起電話時馬上說出通關密語才行，所以……」

伊娜不耐煩地拔掉了收音機的插頭，她都要自殺了，死前可不想聽這名女子因爲錯失了高額獎金而歇斯底里地哀嚎。

坐在凌亂的床上，伊娜盯著敞開的衣櫥，裡面看起來就像一個塞得半滿的洗衣機。掛衣桿斷掉了，而她早已決定不換上新的。

眞是一團糟！

她向來不是個井井有條的人，至少在日常生活中不是，在她將死之際更不是。今天早上她起床後，踩在浴室的磁磚地板上，心裡明白時候到了。她知道自己再也撐不下去了，也不想再撐下去了。醒來對她而言不是問題，糾纏她的是相同的噩夢，這一年來不停地折磨著她。夢中她一而再、再而三地爬上同一道樓梯，每一級臺階上都有一張紙條，唯獨最後一級臺階上沒有。爲什麼沒有呢？

伊娜意識到她在回想時不自主地屏住了呼吸，於是重重地吐了一口氣。自從刺耳的收音機不再作聲，屋裡的其他雜音就格外清楚，電冰箱低沉的嗡嗡聲從廚房一直傳進臥室裡，乍聽之下像是那個老舊的冰箱被自己的冷卻液給噎著了。

這該不是個預兆吧。

伊娜站了起來。

好吧，那就還是服毒吧。

但她不想用在加油站買來的劣等伏特加呑下那些藥。在生命將盡之際，她不想爲了麻醉自己而喝，而想喝點有滋味的東西。一瓶健怡可樂，最好是檸檬口味的。

沒錯，這樣的最後一餐很好，檸檬健怡可樂，搭配過量的毛地黃充當甜點。

她走到玄關，拿起大門鑰匙，往牆上的大鏡子望了一眼，鏡面的左上角已經有點剝落。

妳看起來一塌糊塗，她想。憔悴潦倒，像個沒有梳洗的過敏病患，兩眼因爲花粉熱又紅又腫。

無所謂，她也不打算去選美，至少今天不想，在她這一生的最後一天。

她從掛鉤上拿下那件磨得舊舊的黑色皮夾克，以前她喜歡配上緊身牛仔褲。儘管臉上有深深的黑眼圈，但細加端詳，看得出她一度足可當選警方的月曆女郎。在那段逝去的生命裡，她的指甲修得整齊光滑，高高的顴骨上淡淡地畫了妝。今天她把腳塞進一雙半統的麻質運動鞋裡，修長的腿上裹著一件鬆垮的淺綠色工裝褲。她已經好幾個月沒上美容院整理頭髮，但那頭直髮依舊烏黑，沒有一絲白髮。牙齒依然整齊潔白，儘管她每天不曉得要喝多少杯黑咖啡。身爲犯罪心理學家，多次在特警隊的危險任務中負責談判，都不曾在她身上留下飽經風霜的痕跡。她唯一的傷疤在肚臍下十公分處，那是剖腹生產的疤痕，莎拉就是剖腹生下的，她的大女兒。

也許伊娜該慶幸她從不抽菸，因此臉上尚未出現皺紋。然而幸與不幸也很難說，因爲不抽菸的她卻染上了酒癮。

不過，現在酒癮也不是問題了，她自嘲地想，戒酒輔導員會以我爲榮，從現在起我將滴酒不沾，而且持之以恆，從現在起我只喝健怡可樂，也許加點檸檬，如果在哈坎的店裡買得到。

她帶上門，聽見門在她身後鎖上，一股混合著清潔劑、灰塵和廚房油煙的味道迎面而來。這是飄散在柏林老舊公寓裡的典型氣味，就跟地鐵站總是有一股混合著污垢、香菸和機油的氣味一樣。

我會懷念這股味道，伊娜心想。雖然微不足道，但我會想念這股氣味。

她並不怕死，她怕的是傷痛並不會隨著死亡而結束，害怕在她心跳停止之後，死去女兒的模樣仍會繼續縈繞著她。莎拉的樣子。

伊娜經過一樓的走道，對塞滿了的信箱視若無睹，打了一個哆嗦，走進春天和煦的陽光裡。她掏出皮夾，拿出裡面剩下的錢，順手把皮夾扔進路邊一個無蓋的大垃圾箱裡，連同皮夾裡的身分證、駕照、信用卡，還有她那輛舊車的行車執照。再過幾分鐘，她就用不著這些東西了。

2

「歡迎各位來參觀柏林最熱門的廣播電臺一零一點五。」身材嬌小的實習生緊張地扯著牛仔裙，吐了一口氣，吹開額上的一綹金髮，微笑著招呼一群來賓。這群來賓和她之間隔著五個階梯，全都滿懷期望地望著她。她羞澀地笑了笑，露出門牙間一道小小的細縫。

「我叫凱蒂，是這個電臺的食物鏈中最末端的生物。」她開玩笑地說。她穿著一件緊身上衣，上面印著「成功小姐」。她向這群聽友會的會員說明接下來這二十分鐘的參訪流程。「……活動最後，各位將可在播音室裡當面認識晨間節目的主持人馬庫斯・提伯和其他工作人員。提伯今年才二十二歲，一年半以前開始在一零一點五主持節目，不僅是柏林最年輕的主持人，也是最受歡迎的一位。」

楊・麥伊把身體的重心放在那副鋁製柺杖上，傾身朝向地板上的廉價購物袋，袋子裡塞著綁成一捆的屍袋和補給彈藥。他不屑地打量著這群興奮的聽眾，一個看起來稚氣未脫的小姐，留著塗成五顏六色的長指甲，身穿一襲平價洋裝，想必是她衣櫥裡最體面的一件。她的男伴爲了參觀電臺也打扮了一下，燙過的牛仔褲，配上一雙新球鞋。大賣場時裝，楊輕蔑地想。

在這對情侶之外還有一個胖子，模樣像個職員，頭髮已經掉得只剩下一圈，腆著個久坐辦公桌而來的大肚腩。他已經跟一名紅髮女子聊了五分鐘，這名女子顯然有孕在身，此刻暫時脫了隊，站在一張人型看板後講電話。看板上是那位主持人眞人大小的相片，帶著一臉傻笑。

七個月大吧，楊估量著，也許還不只。很好，一切都很順利……

他身後的電動門驀然開啓，他頸部的肌肉不由得一緊。

「啊，我們的慢郎中來了。」凱蒂面帶微笑，招呼那個壯碩的快遞司機，那人板著臉對她點了點頭，好像他遲到全是她的錯。

該死。楊著急地回想是哪裡出了錯。這個身穿棕色制服的傢伙並不在聽友會中獎會員的名單上，看他的樣子，若非剛下班，就是打算在參觀活動結束後直接去上班。楊緊張地舔了舔剛戴上的假牙，這副假牙不僅改變了他的容貌，也改變了他的聲音。他回想起他們在準備這次行動時一再重複的基本原則：「一定會有意外狀況發生。」甚至就在頭幾分鐘裡，眞氣人。不單是他對此人一無所知，這個頭髮往後梳，留著鬍子的送貨員看起來還難搞得要命。他的上衣若非在洗衣機裡洗縮水了，就是他常做舉重練習把胸肌越練越結實，以至於上衣嫌小了。楊隨即揮開這個念頭，已經準備了這麼久，現在絕不能罷手，就算這第五個倒楣鬼不在計畫之內。

楊把手在髒兮兮的長袖運動衫上擦了擦，衣服內側縫著僞裝的啤酒肚。十分鐘前他在電梯裡換上了這身裝扮，之後就不停地流汗。

「……請問你是馬丁．庫比傑先生嗎？」他聽見凱蒂從來賓名單上唸出他的假名。看樣子，在開始參觀之前每個人都得先自我介紹。

「沒錯，你們在邀請來賓以前應該先檢查一下你們的無障礙設備。」他口沫橫飛地說，一拐一拐地往臺階走去。「我怎麼爬得上這個該死的樓梯呢？」

「噢！」凱蒂的笑容益發顯得不安。

「你說得對，我們沒想到……欸……」

你們也沒想到我身上有兩公斤炸藥，他在心裡補上一句。

那個快遞員不屑地看著他，但還是往旁邊讓了一步，看著他吃力地一跛一跛往前走。那對情侶和職員模樣的人則像是原諒了他的粗魯，看在他身有殘疾的份上。

太酷了，楊心想，穿一套便宜的運動服，戴一頂彆腳的假髮，舉止像個瘋子，大家就對你百依百順。進入柏林最熱門的廣播電臺也不成問題。

其他的來賓尾隨在他身後，慢慢爬上了那道狹窄的樓梯。

凱蒂走在最前面，帶領他們往編輯部與播音室的方向走。

「寶貝，我不是答應過你嗎，我會記得問他。我也愛你……」

紅髮的孕婦落在最後，急急地跟上來，一邊向大家道歉，一邊把手機收進口袋裡。

「是我兒子安東。」她解釋道，像要證明似地，她打開皮夾，拿出一張相片。照片已經有點磨損，上面的男孩大約四歲大，明顯有智能障礙，樣子卻十分快樂。

「氧氣不足。出生時被臍帶纏住了，差點窒息。」她向大家解釋，微笑裡帶著一絲嘆息。她雖然沒說，但大家都知道她一定很擔心這樁分娩時的悲劇會再度重演。「我人還在產房，安東的爸爸就拋下我們母子。」她撇了撇嘴，「他錯過了這輩子最大的福份。」

「我相信。」凱蒂附和著，把照片還給她，眼裡泛著淚光，像是剛讀完一本感人的小說。

「本來我的小寶貝今天要跟我一起來的，可是他昨天晚上才又發病。」這個準媽媽聳了聳肩膀，顯然這是常有的事。「我本來想留在他身邊，可是安東不肯，他說：『媽媽，妳得替我去問問馬庫斯，問他開什麼車。』」她模仿著小孩細嫩的童音。

大家全都笑了，深受感動，連楊都得提醒自己別忘了現在正扮演的角色。

「我們馬上就會替他問出答案。」凱蒂說。她擦掉落在眼角的一根睫毛，帶著大家往裡走了幾公尺，朝著編輯部的大辦公室走去。楊確認了，室內格局跟那個被解雇的警衛畫給他的草圖相符，放下心來。四分之一公克再加一針，就讓那個警衛憑著記憶替他畫出了這張草圖。

這個廣播電臺位於柏林媒體中心大樓的十九樓，這是一座摩登的玻璃帷幕大樓，臨著波茨坦廣場，可俯瞰整座柏林市，視野極佳。在電臺的編輯部裡，全部的隔間都拆掉了，奶油色的屏風和定期更換的室內盆栽營造出大廳般的氣氛。地板是灰白色的實木，空調裡放了芳香劑，一股淡淡的肉桂香氣飄散在空中，爲這個私人電臺增添一絲莊重的氣氛。楊心想，大概是想平衡一下過於輕浮的節目風格吧。

他向這層樓右邊的角落瞥了一眼，這個角落就是電臺員工口中的「水族箱」，那是一個玻璃圍成的大三角形，新聞部和兩間播音室都在裡面。

「那邊那些人在做什麼?」只剩一圈頭髮的胖子問道，指著站在播音室旁的三個編輯。他們圍著一張書桌，書桌前坐著一個人，手臂上有一個紅黃相間的刺青，是一幅熊熊烈焰。

「他們在玩什麼遊戲嗎?」他開玩笑地說。

*好吧，這位職員先生決定扮演搞笑的丑角，*楊心想。凱蒂禮貌地笑了笑。

「那些是替這個節目撰寫腳本的作者，我們的主編正在親自寫一篇稿子，再過幾分鐘應該就能完成了。」

「那個人是你們的主編?」那對情侶異口同聲地脫口而出。那個年輕小姐還直率地用長長的指甲指著那個人，楊知道這個人有玩火的癖好，所以同事戲稱他爲「阿火」。

「是啊，人不可貌相。」凱蒂說：「他的樣子有點怪，可是他是這一行裡的佼佼者，十六歲起就在廣播電臺工作了。」

「啊！」眾人不由得發出一聲讚嘆，然後繼續往前移動。

我從未在電臺工作過，可是我來的第一天就能讓收聽率節節攀升，足可媲美電視轉播世足決賽的收視率。楊這麼想，同時放慢腳步，落在隊伍的最後面，準備拉開手槍的保險。

3

被砍下的狗頭躺在一灘血裡，距離冰櫃大約半公尺。伊娜無暇察看那隻鬥牛犬的殘骸躺在這間雜貨店的哪一角，她的注意力全集中在店裡的兩名男子身上，這兩人用對方聽不懂的語言互相叫罵，各自用槍指著對方。此刻，她但願自己接受了門口那個小混混的警告。

「欸，小姐，妳瘋了嗎？」那個土耳其裔的少年對著她喊，那時她正擠過他身邊往店裡走，「他們會宰了妳！」

「那又怎麼樣。」她回了一句，留下那個目瞪口呆的少年。兩秒鐘後她就面臨典型的危機狀況：眼前的衝突就像出自特警隊的訓練手冊，她在受訓的第一天就拿到了這本手冊，在那之後，有很長一段時間這本手冊就像是她的聖經。兩個敵對的外國人正打算轟掉對方的腦袋。她認得那個臉部因憤怒而扭曲的持槍男子，他是這家土耳其商店的老闆哈坎。另一名男子的模樣就像典型的俄國保鏢，身形粗壯，結實的臉上一個被打扁的鼻子，兩眼分得很開，體重至少有一百五十公斤。他穿著海灘鞋、運動褲和一件髒兮兮的汗衫，遮不住身上濃密的體毛。不過他最引人注目之處還是他左手拿著的大刀和右手持著的手槍，他多半是柏林市東歐犯罪集團的一員，聽命於黑幫頭子馬里歐斯・史瓦洛夫。

伊娜倚著裝冷飲的冰櫃，自問為何把手槍留在廚房桌上。繼而想起這根本不重要了。

再想想那本手冊，她想，緩和衝突的那一章，第二段：危機處理。那兩名男子繼續互相叫罵，渾然不覺伊娜的存在，伊娜則機械化地把處理程序默唸了一遍。

在正常情況下，她在接下來的三十分鐘裡應該先研判現場情況，同時封鎖現場，免得危機從靜態演變成動態，例如那個俄國佬瘋狂地向四周掃射，往維多利亞公園狂奔。在正常情況下？哈！

在正常情況下，她根本不會在這裡。正面對峙，近距離四目相接，在尚未與衝突的雙方建立起一丁點信賴之前這無異於自殺，何況她連究竟出了什麼事都還不知道。這兩名男子各自用不同的語言對罵，她急需特警隊召來合適的口譯員，而且警方得馬上派一名男性談判專家來替換她。雖然她在攻讀心理學及接受警方訓練時都以優異的成績畢業，結訓之後在德國各地參與過多次特警隊任務，擔任談判專家，但此時此地，她的文憑和證書只能拿來擦這家雜貨店的地板。土耳其人和俄國人都不會聽一個女人的話，也許他們的宗教信仰不容許他們聽命於女性。此外還得弄明白衝突的起因。

在這一區，衝突多半都起於大男人心態，眼前的情況看來也不像是勒索保護費。否則那個俄國人不會隻身前來，而哈坎早就身中數槍躺臥在地了。伊娜聽見那個俄國佬上緊了左輪手槍，鬆開了左手拿著的大刀，好使用雙手射擊。她透過櫥窗往外看了一眼。啊哈，這就是衝突的由來了。外頭停著一輛白色的寶馬汽車，輪緣鍍了鉻，有毀損的痕跡，前方的車燈撞碎了，保險桿也歪了。伊娜腦海中逐漸拼湊出整樁事件的圖像。

土耳其人，俄國人，大砍刀，損毀的汽車，死狗。顯然是哈坎的車跟那俄國人的車子相撞，所以俄國佬到這兒來「按照他的規矩」擺平此事，先砍下哈坎店裡看門狗的腦袋當作見面禮。

這是個無解的情況，伊娜想。假使一場槍戰在幾秒鐘後爆發，唯一值得慶幸的是店裡除了她之外沒有別的顧客。而槍戰無疑會爆發，畢竟事關一筆至少八百歐元的修車費。只是不曉得誰會開第一槍，還有她要多久以後才會被一顆流彈掃中。

也罷。這裡沒人會甘願示弱。事實上他們也不宜向對方示弱，誰要先放下槍，一顆九釐米的子彈馬上會射進他腦袋。而且他還得蒙羞而死，因爲他沒開槍，葬禮上大家都會認定他是個膽小鬼。

然而同樣的，誰也不想做第一個開槍的人，因爲這有違榮譽。這也就是他們還僵在那裡的原因，否則此地早就鮮血四濺了，躺在地上的不會只是那隻鬥牛犬。

伊娜看見俄國佬採取升高衝突的行動，朝著冰箱走近了一步，用力往那個狗頭踹下去，雖然他穿的是海灘鞋，不免減了些力道。哈坎快氣炸了，厲聲咆哮，伊娜覺得耳膜都快震破了。

也許再過十秒，最多再二十秒，她想。倒楣透了。伊娜不喜歡跟企圖自殺者談判，她的專長是人質挾持和綁架。但她還是知道：面對厭世的人，最好的辦法就是轉移注意力。讓他們把心思從尋死上頭移開，轉到比較不重要的事情上，無關緊要的事，即使做不成也沒有嚴重後果的事。

沒錯，伊娜想，一邊打開了冰櫃的門。

轉移注意。

「嘿！」她喊道，背對著準備決鬥的人，「嘿！」她提高音量，因爲那兩人似乎都沒注意到她。「我想買一罐可樂！」她又大聲喊了一次，旋即轉過身去。這次她成功了，那兩名男子望向她，手裡仍舉著槍，目光中流露出赤裸裸的仇恨和一絲不知所措。

這個瘋女人想做什麼？

伊娜笑了笑。

「而且我要健怡可樂，最好是檸檬健怡可樂。」

一瞬間現場一片死寂，連呼吸聲都聽不見，隨後就聽見第一聲槍響。

4

凱蒂匆匆跑進一號播音室，差點絆到盤腿坐在地板上的提伯，他正百無聊賴地翻著一本男性雜誌。「該死，小心一點！」他粗聲粗氣地說，一邊使了點勁站起來。

「阿弗，還要多久？」他向高高瘦瘦的製作人嘟囔著。

班雅明・弗洛摩從混音控制臺上抬眼望向監控器的螢幕，螢幕上的數位計時器告訴他瑪丹娜這首歌還要播多久。

「再四十秒。」

「好吧。」提伯用修長的手指順了順淡金色的頭髮。

「我們接下來要做什麼呢？」

他從來弄不清楚節目的流程，向來依賴製作人告訴他接下來節目中的重點。

「現在是七點二十八分，第一輪的Cash Call剛剛開始，我們還可以再播一首歌。之後我們有一則感人的消息，三歲大的菲利斯如果找不到骨髓捐贈者，就只能再活四個星期。」

提伯露出嫌惡的表情，阿弗不加理會，繼續往下說：「你要呼籲聽眾來接受檢驗，看看是否有人適合捐贈骨髓。我們已經安排好了：會議室裡放了幾張行軍床，有三位醫師協助，從中午十二點起，替到電臺來的聽眾抽五百CC的血。」

「嗯。」提伯不情願地嘟囔了一聲，「我們還可以叫那個小鬼來聽電話，聽他感激得痛哭流涕吧？」

「那個男孩才三歲，而且患了癌症。你會跟他母親通話。」阿弗簡短地答道，一邊用預聽鍵檢查第一則廣告是否已經就緒。

「她是個辣妹嗎？」提伯又問，順手把雜誌扔進了垃圾桶。

「誰？」

「那個母親。」

「不是。」

「那菲利斯死定了。」提伯站了起來，自以爲風趣地咧嘴一笑，只有他笑得出來。

「妳有什麼事嗎？」看見凱蒂還站在他面前，他氣呼呼地說：「骨髓捐贈？挽救生命？這一定是妳出的主意，對不對？」

凱蒂費了很大的勁才克制住自己。

「不是。」

「那妳爲什麼還待在播音室裡呼吸我的空氣？」

「是因爲那群聽眾。」她終於說道。

「哪群聽眾？」

「我忘了告訴你，今天有人來參觀。」

「什麼人？」提伯看著她，好像覺得她神智不清了。

「聽友會的會員嗎？」她用了個問句來回答，彷彿她自己都不確定，此時在隔壁等待來此朝聖的是些什麼人。本來凱蒂該在參訪的前一天事先通知提伯，但她忘了。此刻他沒刮鬍子，穿著一件破牛仔褲，再過片刻就得和他的忠實聽眾見面。他在電臺工作的時間雖然不長，已經爲了比這更小的事開除了好幾個工作人員。這一回，凱蒂的緊身上衣恐怕也救不了她，這是提伯當初錄用她的原因。

「他們什麼時候到？」提伯驚慌失措地問。

「已經到了！」

只等那個拄枴杖的仁兄從廁所出來。這個不討人喜歡的老粗倒還替她爭取了一點時間。

提伯透過深色玻璃隔間往外看，一號播音室後方是新聞部，果然，一小群聽眾正在爲新聞部主管說的話鼓掌。

「大概再三分鐘。」

「快去拿我的簽名照！」他下了命令，把頭往左撇了撇，指著CD架旁的一道側門。凱蒂馬上跑過去，心裡感謝上帝，這人至少還有一點專業精神。就算他當著來賓的面耍脾氣，凱蒂也不會覺得意外。凱蒂打開了通往休息室的小門，這間沒有窗戶的小房間裡只有一排廚具和一張搖搖晃晃的餐桌，是大家可以吃點東西，抽根菸，休息一下的地方。要到休息室去必須經過一號播音室，穿過休息室可以通到一間機房和火警時的緊急出口。那個緊急出口是建築設計的一個敗筆，門後是一道鋁製的螺旋樓梯，沿著外牆往下大約半層樓，通到一個突出的屋頂平臺，這個位在十八樓和十九樓之間的平臺通不到任何地方，倘若眞發生了火災，往那裡跑等於是死路一條。

凱蒂四處張望，提伯的黑色背包放在水槽旁邊的流理臺上，在一個菸灰缸和一個咖啡杯之間，杯裡還有半杯咖啡。她焦急地在背包裡翻來翻去，想找到那些該死的簽名照。終於她翻到了那一小疊照片，上面是提伯經過精心修飾的臉，她正鬆了一口氣，卻被一個聲音給嚇了一跳。

「歡迎光臨！」

她轉過身，透過門上嵌著的玻璃往一號播音室裡望去，看見提伯正伸手向某人打招呼。*噢，拜託不要！一定是庫比傑從洗手間出來了，而新聞部的主管忘了和凱蒂的約定，逕自把訪客帶進播音室了。提伯鐵定會大發雷霆，她這下子完蛋了。*

「很榮幸能在這裡跟各位見面！」

這名當紅主持人的聲音從關著的門後隱隱地傳出來。門在凱蒂進入休息室時就自動關上了，由於這扇門只能往外開，凱蒂現在得等所有的人都離開門邊到「櫃臺」旁就坐之後才能開門。所謂的櫃臺呈U字形，像個馬蹄鐵，圍繞著大型的混音控制臺，櫃臺前放了幾張高腳凳，像吧臺一樣，是給來賓坐的。凱蒂走到門邊，緊張地往播音間裡窺視。此刻幾乎所有的訪客均已就坐，除了一個人以外。

那個白癡幹嘛在門口耗那麼久？她自問。爲什麼他不像其他人一樣進來呢？啊，總算。

此刻他終於一拐一拐地往前走，但他爲何關上了播音室厚重的門？在窄小的播音室裡眾人已經幾乎無法呼吸了。

*噢，天哪。*凱蒂不自覺地用手摀住了嘴。*他要做什麼？*

十秒鐘後她目睹了他所做的事，不由得發出一聲尖叫。

5

對楊來說，要善用出其不意的關鍵時刻只有一個辦法：他得打傷一個人，而且要快，還要夠嚇人。他得導演具震撼效果的一幕，做一件驚人之舉，把旁觀者嚇住。於是他向提伯伸出手，但是在提伯還沒握到他的手之前，楊又把手縮回，舉起枴杖，用杖柄使勁往提伯的鼻子打下去。

鮮血從提伯的鼻子噴出，灑在他面前的混音控制臺上，再加上提伯的尖叫聲，達到了楊預期的效果。房間裡沒有人敢動一下，從節目製作人的表情看得出他的錯愕，阿弗本以爲這不過是尋常的握手寒暄，加上幾句無關痛癢的客套話。但事情完全出乎意料之外，只見提伯用雙手摀著臉，大聲呻吟。阿弗的錯愕在楊的算計之中，這替楊爭取到一點時間，至少一兩秒鐘。

楊用掌緣擊碎了牆上緊急警報器的玻璃蓋，啓動了警報器，一陣刺耳的警報聲隨即蓋過了U2最新暢銷單曲的最後幾個音節。同時一扇厚重的金屬百葉窗從外面落下，遮住了播音室的大窗戶，外面的人就此無法再看見一號播音室裡的混亂場面。

「搞什麼鬼……？」楊所料不差，優比速快遞駕駛第一個回過神來，他坐在櫃臺的末端，離楊最遠，中間隔著那個孕婦、那對年輕情侶和那個職員模樣、愛搞笑的胖子。楊用左手扯掉了頭上的假髮，右手從運動長褲的口袋裡掏出了手槍。

「看在老天的份上……」在震耳欲聾的警報聲中，他只能猜到那個孕婦想對他說什麼。可是她話還沒說完，就看見楊舉起槍對準了提伯那張滿是血跡的臉，隨即停在那兒。楊瞄了一下牆上的時鐘，時間是七點三十一分。

他有十分鐘的時間、七名人質和三扇門。一扇通往二號播音室，一扇通往新聞部，第三扇就在他身後，通往一個廚房模樣的地方。雖然那個有毒癮的警衛沒提到這扇門，但如果他沒記錯，從大樓的平面圖來看，這扇門並不能通到任何出口，可以稍後再處理。此刻他得先設法阻止人質從另外兩扇門逃走。大樓的保全人員在聽到警報聲後想必已經出動，一分鐘之內就會來到門外，但楊一點也不擔心。剛才他故意落在後面，在播音室門外的密碼鎖上動了手腳。這種電子鎖簡直就是保全科技的一個笑話，只要接連三次輸入錯誤的密碼，門就會自動鎖上，內建的定時裝置要等十分鐘以後才容許再度輸入密碼。

果然，此刻幾名警衛正從外面使勁地扯著門把，放下的百葉窗讓他們看不見播音室內的情形，這些僅受過基本訓練的保全人員顯得有些無措，他們所受的訓練不足以應付這樣的場面。

楊正暗自心喜一切都依照計畫進行，場面卻突然失控。

他早就隱隱覺得不妙：那個快遞司機！事後他十分自責，怪自己沒想到他可不是柏林唯一有槍的人。尤其是快遞員，每天都得到陌生人家去按門鈴，當然會想帶把槍壯膽。楊正想走到混音控制臺前面，就在他背對人質的那一瞬間，快遞員掏出了他的槍。

好吧，既然你想當英雄，楊心想，暗自氣惱這麼早就得犧牲一名人質。

「把槍放下！」快遞員喊著，模仿著電視警匪影集中的對白，楊不為所動，反而把高聲呻吟著的提伯拉起來擋在自己身前。

「你犯了個大錯。」楊說道，用槍抵住了提伯的太陽穴，「現在回頭還不晚。」

那個快遞員開始冒汗，用棕色制服的衣袖擦了擦右邊的太陽穴。

只剩下七分鐘，如果門外那些警衛手腳夠快的話，也許只剩下六分鐘。

好吧。楊看見那個快遞員灰白色的眼睛裡充滿恐懼，楊很篤定他不會開槍，可是現階段他不能冒太大的風險。就在他想把提伯推開，好有足夠的空間射擊時，他瞥見了混音控制臺上的總開關，突然靈機一動。他用力夾緊了提伯的脖子，把他往牆邊又拉回了半公尺，槍始終仍抵住他的頭部。

「不要再動一步！」那個司機激動地喊。

楊只是疲倦地笑了笑。

「別緊張，我就待在現在的位置。」

說時遲那時快，楊按下牆上的電燈開關，燈光驀地熄滅，大家一片驚慌，情況再度對他有利。眾人的眼睛尚未適應驟然暗下來的光線，楊又用左手把混音控制臺與所有相連的電腦螢幕全關了，整個播音室裡幾乎一片漆黑，只有兩個緊急照明燈的紅光在黑暗中閃閃發光，像螢火蟲一樣。

一如預期，這簡單的一招就讓所有的人質都呆住了，一動也不敢動。那個快遞員看不清他的對手，遲疑著不敢有進一步的動作。

「你這個欠扁的混蛋，這算什麼？」他罵道。

「冷靜一點。」楊在黑暗中發號施令。

「你的大名是？」

「曼福瑞，可是這關你屁事。」

「哈，你的聲音在發抖，你怕了。」楊說。

「看我一槍打死你，你在哪裡？」

一個打火機的微弱火光暫時照亮了室內的黑暗，點燃了一支香菸，紅色的末端在半空中晃動。
「在這兒。不過你最好別對我開槍。」
「見鬼了，爲什麼？」
「因爲你多半會射中我的上半身。」
「那又怎麼樣？有什麼不對？」
「沒什麼不對，只不過你會毀了我綁在肚子上的炸藥。」
「噢，天啊！」職員模樣的人和孕婦同時發出一聲驚呼。楊暗中希望其餘的人質在接下來這幾秒中還不敢妄動。一個人質起身反抗他也許還能處理，一群人他可就應付不來了。
「你在唬人！」
「是嗎？換做是我，我就不會想試試看。」
「狗屎。」
「這倒是的。現在把你的槍往我這裡丟過來，最好快一點。如果五秒鐘之後燈亮了，而槍還在你手裡，那我就一槍射進我們這位當紅主持人的腦袋。聽清楚了嗎？」
那個司機遲疑了一會沒有回答，只聽見空調嗡嗡作響。
「既然這樣，那就開始倒數。」楊在提伯的肩膀上敲了敲。「麻煩你從五倒數！」他命令。
提伯喘了幾口氣，低低地呻吟了幾聲，然後用帶著鼻音的顫抖聲音開始了恐怖的倒數：「五，四，三，二，一。」
隨後只聽見噗通一聲。等到燈光再度亮起，其餘的人質看到令他們一生難忘的一幕。

快遞司機趴在櫃臺上不省人事，渾身沾滿血跡的提伯害怕地抱住了製作人，製作人嘴裡叼著楊剛才塞進去的香菸。楊在把香菸塞進他嘴裡後就不慌不忙繞過櫃臺，從背後把曼福瑞給打昏了。

楊滿意地看著眾人震驚的表情，在他解決了現場唯一難搞的傢伙以後，一切就可繼續依照計畫進行。他要提伯和阿弗交出鑰匙，先鎖上了通往新聞部的門，然後關上了通往二號播音室的門，並且把鑰匙折斷在鎖孔裡。

「你想把我們怎麼樣？」提伯害怕地問。楊沒有回答，揮了揮手槍，要他坐在櫃臺後的高腳凳上，但示意阿弗留在他身邊。現在大家都知道他是一顆活炸彈，不會再有人敢對他動手，他大可放心地把這個瘦巴巴的傢伙留在身邊，再說他也需要一個懂得操作機器的人。他下了命令，要製作人完成一切所需的步驟，好讓節目繼續播出。

「你是誰？」提伯又發問了，他現在坐在混音控制臺的另一邊。楊仍舊沒有回答。

楊看見螢幕及混音控制臺重新開始運作，覺得很滿意。他把麥克風拉到面前，在觸控式螢幕上按下了紅色的訊號鍵，這整個流程他已經預先演練過好幾遍了。萬事具備，好戲可以上場了。

「見鬼了，你究竟是誰？」提伯又問了一次，這一次全柏林都能聽見他的聲音，一零一點五又開始播放節目。

「我是誰？」楊終於開口，又把槍對準了提伯。他的聲音變得嚴肅而平淡，對著麥克風說：

「嗨，柏林，現在是早晨七點三十五分，你正在收聽一生中最大的噩夢。」

……即將出版，敬請期待

國家圖書館出版品預行編目資料

治療——瑟巴斯提昂・費策克（Sebastian Fitzek）著；
張世勝譯. -- 初版. -- 臺北市：
商周出版：家庭傳媒城邦分公司發行, 2008. 02
面：　　公分.--（iFiction 13）
ISBN 978-986-6662-10-2（平裝）
875.57　　97000808

iFiction 13

治療

作　　者／瑟巴斯提昂・費策克（Sebastian Fitzek）
總 編 輯／楊如玉
責任編輯／程鳳儀
事業群總經理／黃淑貞
發 行 人／何飛鵬
法律顧問／元禾法律事務所　王子文律師
出 版 者／商周出版
城邦文化事業股份有限公司
台北市104民生東路二段141號9樓
電話：(02) 25007008　傳眞：(02)25007759
E-mail：bwp.service@cite.com.tw
發　　行／英屬蓋曼群島商家庭傳媒股份有限公司城邦分公司
台北市中山區104民生東路二段141號2樓
書虫客服服務專線：02-25007718・02-25007719
24小時傳眞服務：02-25001990・02-25001991
服務時間：週一至週五09:30-12:00・13:30-17:00
郵撥帳號：19863813　戶名：書虫股份有限公司
讀者服務信箱E-mail：service@readingclub.com.tw
歡迎光臨城邦讀書花園　網址：www.cite.com.tw
香港發行所／城邦（香港）出版集團有限公司
香港灣仔駱克道193號東超商業中心1樓
E-mail：hkcite@biznetvigator.com
電話：（852）25086231 傳眞：（852）25789337
馬新發行所／城邦（馬新）出版集團 Cite (M) Sdn. Bhd.
41, Jalan Radin Anum, Bandar Baru Sri Petaling,
57000 Kuala Lumpur, Malaysia.
Tel: (603) 90578822 Fax:(603) 90576622 Email: cite@cite.com.my
封面設計／王志弘
插　　畫／滿腦袋
電腦排版／冠玫電腦排版股份有限公司
印　　刷／韋懋實業有限公司

■2008年01月30日初版
■2019年10月01日初版10刷
printed in Taiwan
定價299元

 ISBN 978-986-6662-10-2